신神 없는 신神 앞에

신神 없는 신神 앞에

오승재 단편집

창조문예사

머리말

1969년 〈한국일보〉 신춘문예에 단편 소설로 등단한 뒤 저는 이렇다 할 작품과 창작집을 내지 못했습니다. 학교를 정년 퇴직하고 장로직에서 은퇴한 뒤에야 이제 창작집 한 권쯤은 내야 하지 않겠는가 하는 생각을 하게 되었습니다. 그래서 1960-70년대에 이곳저곳에 발표한 단편들 중 교회와 기독교인을 주제로 쓴 것들을 모아 책을 내기로 했습니다.

당시에 제 글이 교회를 비판하는 글이라고 비난하는 분들도 있었고, 또 제대로 치지 않고 왜 솜방망이로 치느냐고 꾸중하는 분들도 있었습니다. 솔직히 저는 제 식구들을 칠 생각도 없고, 또 그것이 문학의 사명이라고 생각해 본 적도 없습니다. 다만 하나님께서 가슴 아파하실 것이라고 생각하면 제가 먼저 아파해서 그렇게 형상화했을 뿐입니다.

6, 70년대의 글을 그대로 실을 수 없어 많이 개작하게 되었습니다. 어떤 것은 거의 새로 쓰다시피 했습니다. 이 글들을 개작하면서 환경이 변했을 뿐 교회와 교인들은 본질적으로 아무것도 변하지 않았다는 것을 느꼈습니다. 오히려 기독교의 본질에서 더 벗어난 삶을 살고 있다는 것도 느끼게 되었습니다.

이 작품집에 실린 글들은 옛 환경과 옛 문체로 되어 있어 개작을 했지만 어색한 점이 많다는 것을 인정합니다. 표현보다는 작품의 주제를 감안하여 읽어 주시면 감사하겠습니다. 작품 끝에는 발표된 연도와 잡지명을 참고로 기록해 놓았습니다.

2005년 11월

오승재

차례

머리말	4
아시아제祭	7
일제日製 맛	40
루시의 방한기	66
신神 없는 신神 앞에	93
이차적 가공加工	139
제일교회	160
대성리교회	187
식모	212
기도	236
하늘나라로 통하는 여행	253
내 손으로 밥을 지어 주고 싶다	267
평화 회담	280
작품 해설	289

아시아제祭

하와이에 있는 EWC(동서문화센터)는 연례 행사의 하나로 각국의 민속 예술을 소개하는 예술제를 열고 있었다. 그 해에도 유월 중에 아시아제를 갖기로 했는데, 이를 준비하기 위해 한국 학생들이 모인 것은 사월 초순이었다.

동서문화센터는 아시아-태평양 지구에 있는 여러 나라 학생들과 이와 동수同數인 미국 학생들에게 장학금을 수여하여 하와이 대학에서 함께 생활하고 연구 활동을 하게 함으로써, 다양한 문화를 서로 이해하고 국가 간에 긴밀한 유대를 공고히 하기 위해 1960년부터 설립된 기구다. 한국에서는 한미교육위원단이 장학생을 선발하여 보냈는데, 아마 1966년이 최대 인원을 선발해서 보냈던 해가 아닌가 한다. 거기서는 왕복 여비, 학비, 생활비, 교재 대금, 학생들끼리 교제하는 문화비까지 풍성한 장학금을 주었다.

"나 오늘 마누라헌테 편지를 받았는디, 요것이 집에서는 글 안틈마는 어찌 사랑스런 말만 써 났는지 내가 지금까지 정소를 지켜 왔다는 것이 얼마나 대견스러운지 모르겄다이."

김金가가 아래층 편지함에서 지금 막 받았는지 그 편지를 든 채 이층 제퍼슨 홀 회의장에 들어와 의자에 걸터앉더니 큰소리를 쳤다.

"사삭 떨지 마라."

옆에 앉았던 고高가가 편지를 낚아챈 뒤 일어서서 큰소리로 읽기 시작했다.

"이 방정맞은 자식이……."

김가가 고가의 이마를 손뼉으로 딱 치며 편지를 빼앗아 갔다.

"어, 래이디즈 앤 제늘멘."

고가가 미국 애들 제스처를 하며 큰소리를 치고 나서 안安 영감 나왔느냐고 낮은 목소리로 말했다. 안 영감은 팔을 위로 들어 허공을 마구 내젓고, 고가는 허리를 쥐어 잡고는 큰 입을 찢어지게 벌리고 웃어댔다.

"오늘 안 영감이 편지를 받았는데 말이다. '허허허' 하고 혼자 웃는단 말이다."

"예끼, 이 사람."

안 영감이 더 크게 손을 내저었다.

"'영감님, 와 그러십니꺼' 하고 졸랐더니 편지를 보여주지 않나."

고가는 성우같이 목소리를 가다듬었다.

"미국은 배울 것도 많지유우. 아따 공부만 배우지 말고 거그서도 집에서 자기 마누라 잘 때리는가, 안 때리는가 그것두 배워 오세유."

모두 깔깔대고 웃어댔다.

"늙었다고 맘놓지 말라등만 참말 바람일랑 피우지 마세유우."

"와 이 경상도 문딩이가 사람 망신을 시키노."

김가가 경상도 사투리를 흉내내며 일어섰다.

"들어보이소. 내 이마한테 온 편지 소개할 테니. 지난 크리스마스에 카드가 왔는디 말이여."

이번에는 고가가 허공에 손을 내저으며 김가에게 달려들고, 김가는 도망쳐 다니며 소리질렀다.

"약혼한 처녀가 있거든. 그런디 아니, 딴 처녀가 말이여, 지가 카드를 만들고 글씨를 써서 머리카락을 잘라 그것으로 묶어 보냈드랑게. 그게 무슨 뜻이여?"

"야" 하고 함성이 올랐다.

"그 머리털 잘 조사해 봐라."

또 웃음이 터졌다.

"새끼들, 왜 이리 안 나타나. 여덟 시라 했잖아. 그런데 이게 뭐야, 아홉 시가 다 됐는데."

웃음이 시들해지니까 한 학생이 짜증 섞인 목소리로 말했다.

"관둬라. 지금 기숙사 놈들 설거지 하느라고 난리일 게다."

"그런데 말야. 지난주 뉴스레터에도 났는데 이건 정말 국제적인 체면 문제도 있고 하니까 좀 조심해야겠어."

"체면 좋아하네. 괜찮아, 괜찮아. 중국 놈들은 더 하는걸."

"시실 돈 아끼는 것도 좋지만 기숙사만 들어가면 밥 하는 냄새, 된장국 냄새, 김치 냄새, 거기다 수채도 없는데 먹다 남은 찌꺼기를 마구 변소에 버리니까 구멍이 막혀 야만인이란 소릴 들을 수밖에 없지 않느냐 말야."

장학금을 넉넉하게 주는 것은 식당에서 매식을 하며 타국 학생들과 교제하고 지내라고 그러는 것인데, 동양인들은 돈 아끼느라고 불법으로 방에서 밥을 해먹고 있었다. 그래서 동양인들이 모여 사는 기숙사 층을 게토ghetto: 유태인촌라고 부르고 있었다.

회장이 아홉 시가 넘어서야 대여섯 명의 학생들을 더 데리고 나타났다. 그는 여태 안 나온 사람은 어쩔 수 없고 이 인원이라도 시간이 넘었으니 회의를 시작할 수밖에 없다고 말했다. 그리고 이번 아시아제는 일본, 중국, 필리핀, 한국이 위주가 되는데, 작년엔 한국이 제일 잘했다는 평을 받았기 때문에 금년에도 그 명성을 유지해야 한다고 했다. 그런 뒤에 회장은 이번 아시아제에서 맡은 역할은 크게 네 부문으로 나뉘는데, 필리핀은 사회, 중국은 프로그램, 일본은 매표, 한국은 안내를 맡게 되었다고 경위 설명을 했다.

"회장, 그런데 왜 우리는 가장 더러운 일만 맡았소?"

늦게 회장과 같이 들어온 허가가 말했다. (EWC에서 김가, 허가, 고가는 망나니 패로 통했다.)

"결국은 우리는 사회 할 만한 능력자가 없으며, 프로그램을 짤 만치 치밀한 계획성이 없으며, 표도 마음대로 못하고, 오는 손님들에게 고개나 숙이라는 말 아뇨?"

회의는 이 문제 때문에 더 진행되지 못하고 옥신각신했다. 이럴 바엔 우리는 아예 아시아제에 참여할 필요가 없다는 것이었다. 한국 옷이 매력적이라고 이 지방 인사들에게서 찬사가 많았기 때문에 안내를 맡았고, 또 사회는 늘 오락회를 리드하던 필리핀 계집애가 있어서 그쪽으로 결정하고, 매표는 일본이 맡았지만 다 정해진 매수가 있어 마음대로 나누어 주지 못하는 것이라고 회장이 설명했다. 필리핀 그 계집애가 사회를 하면 아시아제를 망친다고 개인의 비행을 들어 욕하고, 또 옷은 일본 옷이 더 매력적이니 적어도 매표와 안내를 바꾸도록 하고, 이것은 회장이 책임지라고 일단락지우고 나서 출연할 종목을 결정하기로 했다. 그런데 출연 종목보다도 여기에 소요되는 비용을 어디서 염출捻出해 내느냐는 문제를 먼저 토의하자고 다시 허가가 의견을 냈다. 연습할 때 필요한 비용이라든가 의상이라든가 해서 작년에는 오백 불을 들였다니까 금년에는 적어도 칠팔백 불은 만들어야 되지 않겠느냐는 것이었다. 우리 민속 예술을 소개하는 것이니까 의당 영사관에서 삼사백 불은 내야 하지 않겠느냐고 했다. 그리고 영남부인회에서 이삼백 불, 기타 하와이 대학에서 교편을 잡고 있는 교수들에게서 백여 불, 지방 유지들에게서 나머지, 그러고도 부족하면 학생들 호주머니를 털자고 했다. 종내 영사관은 누가 맡고 부인회는 누가 맡고 하는 식으로 회의가 진행되었으나 말이 많아 결론을 못 내고 있었다. 작년에 왔던 한 학생이 일어섰다.

"금년에 오신 분들이 하시는 일이 되어서 전 사실 말할 자격도 없습니다만, 혹 참고가 되실까 해서 몇 마디 하겠습니다."

작년에 오백 불을 썼다는 말이 있으나 실제로 그렇게 쓴 것 같지는 않으며, 또 그 때는 삼십여 벌의 한복을 만들었기 때문에 경비가 그렇게 많이 들었지만, 금년에는 그 의상이 할라함 무용 연구소에 있으니 빌려 쓸 수 있을 것이라는 의견이었다. 또 이것은 공부하는 학생들이 하는 소인극이니까 우리가 가지고 있는 재주가 무엇인지를 찾아서 보여주는 것이기 때문에 너무 경비만 들이려고 애쓸 것이 없을 것 같다고 했다. 그러면서 비록 학생회라는 명칭을 걸더라도 고국에서처럼 이곳저곳 기관에서 돈을 뜯어내려 하면 오히려 욕을 먹어서, 모르긴 하나 도저히 칠팔백 불은 걷힐 것 같지 않다고 했다. 따라서 최소의 경비를 학생들 호주머니에서 갹출하는 일이 가장 쉽고 빠른 일일 것 같다는 말이었다.

"제길, 우리 호주머니 털 바에야 오래 회의할 필요가 뭣이냐?"

한 학생이 말했다.

그리고 결국 작년 학생들이 갹출한 정도의 돈도 못 걷는다면 금년 학생만 무능하다는 증거가 된다고 그는 말했다. 회의는 또 헛바퀴를 돌았다.

"젠장맞을 것, 오늘 회의하는 목적이 뭣이여, 응? 돈 걷자는 것이여?"

김가가 짜증 섞인 목소리로 외쳤다.

"치와 뿌리고 이번에 내보낼 종목과 그 책임자만 정하고 폐회하자."

한 학생은 일어서서 시계를 보며 걸어 나갔다.

"야, 너 가 버리면 난 어떻게 가니?"

"재지 말고 좀 태우고 가라우."

"아니, 나 어포인트먼트가 있다니까."

"야야, 간지럽다. 니가 언제부터 양놈 됐냐?"

그러나 서너 명의 학생들이 따라 일어섰다. 아파트까지 머니까 그 녀석 차로 좀 데려다 달라고 해야 한다는 것이었다. 그 해에는 기숙사가 부족해서 시내 아파트에서 사는 학생들도 있었다.

"아 새끼, 차 있다고 더럽게 재재?"

"난 더러버서 아 새끼 차 안 탈난다. 차 속에다 저금 상자를 넣고 다닌단 말이다. 휘발유 값 부주하라고 말이다."

장내는 이젠 차분히 가라앉질 않았다. 모두 갈 생각뿐이었다. 회의는 흥미가 없는 듯이 날치기로 진행되었다. 종목은 농악, 강강술래, 합창, 사중창, 도라지 춤, 북 춤으로 하기로 하고, 책임자는 김가와 고가와 허가와 나로 결정지어 버렸다. 김가는 농대 출신이기 때문에 농악과 강강술래를 맡고, 고가는 할라함 무용 연구소의 총애를 받는다는 이유로 도라지 춤과 북 춤 지원을 책임지고, 허가와 나는 이 곳 호놀룰루 두 교회의 성가대원이기 때문에 합창으로 두 교회의 성가대를 동원하라는 것이었다. 이유는 이러했지만 사실 모두들 이 귀찮은 일을 누구에게든 떠맡기고 나서 가고 싶었던 것이다. 중요한 회의인데 콩가루 집안처럼 다 한마디씩 지껄이고 가 버리면 그만이었다. 그러나 그날 밤 선출된 네 위원은 흩어지지 않고 더 구체적인 것을 협의하자는 허가의 의견을 좇아 그의 아파트로 모였다. 맥주를 한 박스 사다 놓자 우리는 기분이 흐뭇해져서 잡담부터 늘어놓았다.

"김가야, 니는 양놈이 냉장고에서 김치 냄새 난다고 지랄 안 하나?"

"고걸 그냥 둬? 난 며칠 전에 말야, 웃옷을 벗어제치고 고추장에 밥을 비벼 신나게 먹고 있는디 이 새끼, 코를 쥐고 들어오더란 말이야. 그래 이거야말로 한국 밥이라고 살살 달래서 그것도 고추장을 듬뿍 더 처 입에 몰아넣어 주었더니 펄쩍펄쩍 뛰고 소방수를 부르고 양치질을 하고 야단을 떨었지."

"데이비드란 자식 말이지?"

"EWC에서는 서루 딴 나라 습관과 문회를 이해하라고 이렇게 같이 살게 하고 있는디, 니가 한국을 이해하려면 이 꼬치까리 정신부터 이해해야 한다 했더니, 꼬치까리를 몇 번 외워 보고는 살인적 정신이라고 놀래더라."

우리는 맹물에 된장을 풀어 끓여 가지고 그걸 훌훌 마셨다.

"이 맛 최고제. 여기다 막걸리만 있으만 더할 끼 뭐 있겠노?"

막걸리 대신 맥주 깡을 하나씩 터뜨려 들고 한 순간 모두 고향을 생각하는지 얼굴이 기쁨에 환해졌다.

"한국 학생이 최고지? 잘생겼겠다, 똑똑하겠다, 공부 잘하겠다. 사실 못하는 게 뭐 있나? 연앨 못하나?"

"잘하제."

고가가 큰 입을 벌렁거리며 웃어댔다.

"지금 이 새끼는 아리랑(술집)을 못 가서 속이 속이 아닐 것이여."

"와 또, 나가 우이했단 말이고?"

술이 어지간히 들어가도 학생들을 바래다 주러 간 회장은 나타나지 않았다. 우리는 화투를 꺼내어 차분히 '섯다'를 시작했다. 판이 한창 무르익었다. 성냥개비가 한 무더기 쌓였다.

"요것 좋다. 이것 다 내 것인 게 속 돌려 잉."

김가가 뻥자(송학) 하나를 내보이며 성냥개비 다섯 개를 집어 질렀다(베팅). 고가가 망설이다가 화투짝을 던졌다.

"구뻥 잡고 좋게 물러나 준다."

허가가 화투짝을 확인해 보고 말없이 다섯 개비를 더 베팅했다.

"졌으면 고이 들어갈 일이지."

김가가 자신만만하게 소리치며 자기 앞에 있는 성냥개비를 전부

들어 합해 놓았다.

"몇 갠데?"

"열두 개." 하고 눈치를 살피다가 허가가 중앙의 성냥개비 더미를 손으로 집으려 하자, 김가는 날쌔게 합하려던 성냥개비를 뽑아 왔다.

"좋았어. 다 준다, 주어."

그는 화투짝을 내던졌다. 여섯 끗으로 버티었던 것이다.

"아 새끼, 환장하제. 그래, 기껏 여섯 끗이란 말이가?"

고가가 어처구니없다는 표정을 했다.

허가는 성냥개비를 쓸어 모은 뒤 화투장을 던졌다.

"장땡이다."

그러나 허가의 끗수는 공산과 매조껍질인 망통이었다. 그는 숨을 크게 들이마시고 몸을 흔든 뒤 시조를 읊었다.

> 대붕을 손으로 잡아 번갯불에 구워 먹고
> 곤륜산 옆에 끼고 황해를 건너뛰니
> 태산이 발길에 채여 외각대각 하더라.

회장이 그제야 나타났다. 그러나 구체적인 협의고 뭐고 이젠 안중에 없었다. 맥주와 '섯다'로 하룻밤을 새우고, 다음날은 강의에 빠지고 쓰러져 잤다.

아시아제는 유월 첫 주일로 결정이 되었다. 따라서 오월 말이 되자 각 나라 학생들이 밤이면 나와 연습하는 횟수가 눈에 띄게 늘어났다. 제퍼슨 홀 앞 라나이(베란다)에서는 일본 애들의 봉오도리(북 춤), 중국 애들의 용 춤, 잠자리 날개처럼 비치고 어깨 위가 치켜 올라간 옷을 입은 필리핀 아가씨들의 춤이 식사 후에 보면 한창이었다. 나는 홀의 휴게소에 앉아서 창 너머로 일본 학생들이 사중창 연습을 하고 있는 것을 보고 있었다. 의자를 하나 가져다 오른발을 괴 올리고 한 학생이 타는 기타 소리를 따라 노래하고 있었다. 가로등과 이층 홀의 처마에 걸린 전등들이 코코넛나무 밑에 모인 그들의 모습을 매혹적인 영화의 한 장면처럼 부각시키고 있었다. 회장이 슬리퍼를 끌고 오더니 옆에 앉자 파이프를 꺼내어 물었다.

"당신이 지휘해 보지 그래."

그는 나더러 말했다.

"글쎄, 난 안 된다니까."

정말 나는 답답하고 따분했다. 난 지휘 같은 것은 못하는 위인이었다. 허가는 한국인 교회의 지휘자였다. 그러나 그는 지휘를 않겠다고 잡아뗐다. 반대쪽 교회의 지휘자 조가가 지휘를 맡겠다고 했으니 그가 끝까지 맡아서 해야 하지 않겠느냐는 것이었다. 그러나 조가는 자기 교회 찬양대가 출연해야 한다고 말했기 때문에 지휘를 맡겠다고 했지만, 이제 EWC 학생만으로 합창을 하게 되었으니 개인 유학생으로 온 자기는 지휘할 자격도 없는 것이라고 말했다. 허나 따지고 보면 양 교회 성가대를 합해서 출연해 보고 싶다는 것은 꿈이었고, 실제로 그들은 개인 일에 얽매여 함께 모여 연습할 시간이 없었다. 따라서 허가도 조가도 오합지졸인 학생들을 모아 놓고 체면을 잃는 지휘자 노릇은 않겠다는 심산이었다.

"그래, 이제 와서 그만둔단 말요?"

"그만두든지, 아니면 합창이 아니고 제창을 해야지요."

"여보시오, 그래 대한민국 학생들이 기껏 초등학생처럼 제창을 하고 내려온단 말요?"

지하실 스낵바에서 고가와 김가가 아이스크림을 각각 하나씩 들고 올라오는 것이 보였다. 회장이 손짓해서 앞자리에 앉으라고 말했다. 두 사람은 탁구 시합을 한 듯했다. 고가가 이긴 듯 의기양양하고, 김가는 좀 코가 빠져 있었다.

"그래, 강강술래는 어떡하려구 그래?"

"사람을 모아 줘야지."

"누가?"

"그럼 나보고 데리고 오라고? 누구는 안 바쁜 사람인가? 기숙사 학생들은 공부한다고 이리저리 피해 다니제, 밖에서 사는 놈들은 차가 없다고 앉아 있제, 나보고 어떻게 하란 말이여."

회장은 담배를 싹싹 비벼 끄고 벌떡 일어났다.

"나 회장 그만두겠어."

"와 이러십니꺼? 지금 그만두면 우리나라 체면은 우이 되는기요?"

"그럼 나더러 어떻게 하란 말요? 나 혼자 어떻게 하란 말여?"

그는 걸어 나가 버렸다. 행사는 가까워지는데 아무도 심각하게 걱정하는 것 같지 않았다. 어떻게 되겠지 하는 심산인 것 같았다.

"일통 잘 된나이."

한참 두 사람이 얼굴이 벌겋게 되어 이렇거니 저렇거니 하더니 나는 할 일 다 했다면서 고가가 안락 의자에 팔베개를 하고 몸을 눕혔다.

"나두 책임 없어."

이번에는 김가가 몸을 눕혔다.
얼마 동안 침묵이 흘렀다.
"야 고가야, 아까 고 이야기나 해봐라. 그래 그날 밤 태극기를 꽂았냐 못 꽂았냐?"
김가가 몸을 고쳐 앉으며 호기심에 찬 눈으로 말했다. 고가는 큰 입을 벌리며 금시 웃어댔다.
"이마는 나를 야만인으로 아나?"
"그럼 그것이 목적이제 뭣이 또 있간디?"
고가는 웃다가 정색을 했다.
"나 이러다 병 나지 싶다."
그는 자다가 갑자기 고향이 그리워지고 친구가 보고 싶어지면 눈을 뜨는데 견딜 수 없어진다고 했다. 살갗 속으로 두드러기가 생긴 것처럼 온몸이 근질대고 숨이 막힐 것처럼 답답해져 찬물을 벌컥벌컥 들이켜고 윗옷을 벗어제치지만, 그것도 안 되면 밖에서 마구 뛰어다니거나 한없이 걸어야 한다고 했다. 서울에서 하숙을 하며 학교 다닐 때도 가끔 그런 일이 있었는데, 그 때는 곧장 집으로 달려가면 되었으나 이 곳에서는 그 짓도 못한다는 생각이 들 때 앞이 캄캄해진다는 것이었다.
"그건 향수병이다. 그런데 이건 호강에 초친 병이다. 사내 새끼가 무슨 집 생각이 그렇게 나냐?"
"한국을 떠날 때부터 그렇지 않나 싶어 걱정이 되더니……."
"야야, 쓸데없는 병 만들지 말라 잉."
김가는 태연한 척했으나 걱정이 되는 듯 겁용기를 냈다. 마치 그런

병이 자기에게도 옮아올 것 같아 미리 부정하려 드는 것처럼…….

"너 총각이라 그 경험 없지?"

고가는 너털웃음을 웃었다.

"야가 나를 얼라로 아나?"

"그럼 그런 병 곧 나을 수 있다 잉, 꽂아 버려 태극기를."

"우리가 삼십육 년 간 얼마나 고생했간디. 여그서 멋있게 원수를 갚아 버려. 미스터 허의 말 안 들어봤어? 서울서부터 똥이 매려운 것을 참았다가 일본 땅에 왔을 때 싸 부렸단 말 말이여. 아, 만세 불러 버리랑게. 병 낫고 저 좋고…….."

고가는 어젯밤 그 발작으로 술집 아리랑까지 걸어가고, 거기서 늦게까지 술을 마신 뒤 일본 계집의 호의로 같은 차를 타고 기숙사까지 온 모양이었다.

"그 좋은 것을……."

김가는 오른손으로 왼손 바닥을 딱 치고 침을 삼켜 가며 설명하고, 고가는 "차랴"를 연발하고 있었다.

다음날 한국 학생들의 편지함에는 임시 총회를 알리는 쪽지가 들어 있었다. 안건은 회장 사표 수리 및 아시아제 대비책 강구이며, 일시와 장소는 저녁 후 뉴먼 센터로 캠퍼스 안에 있는 천주교의 청장년 집회 장소라고 되어 있었다. 끝나고 맥주 파티 및 댄스 파티를 할 테니 부인이나 파트너를 데려와도 좋다는 말이 첨부되어 있었다. 시간 엄수라 했는데도 모이는 시간이 너무 달라 먼저 온 사람은 기다리다 못해 전축을 틀어 놓고 맥주를 따 마시기 시작했다. 따라서 보누 모였다고 생각될 무렵에는 잔치 무드였고, 또 각 나라 여자 파트너들이 와서 회의가 될 것 같지 않았다. 그러나 회장은 외국 사람은 우리나라 말을 이해 못하니까 잠깐 한쪽에 있어 달라 하고 회의를 시작하자고 했다. 회장이 전축을 껐다. 한참 미국 애하고 탱고를 추고 있던 허가는 왜 끄느냐고 고함을 쳤다. 회장은 손뼉을 땅땅 쳤다.

"잠깐 조용히 하십시오. 이제부터 한국 학생 임시 총회를 할 테니 외국 학생은 잠깐만 한 곳에서 쉬시면……."

장내가 소란해졌다.

"회장, 모처럼 좋은 우리의 기분을 망치지 맙시다. 그리고 회장이 이제야 사표를 낸다지만 사표 낸 것으로 문제가 해결이 됩니까? 여러분, 나는 회장의 사표를 받지 않기로 동의합니다."

"재청이요."

누군가 저쪽 구석 테이블에서 맥주를 마시고 있다가 외쳤다. "옳소!" 하며 모두들 박수를 했다. 외국 여자들이 어리둥절해 눈을 굴리고 있었다. 회장은 지금 개회를 하지도 않았고 이 문제를 이렇게 소홀히 넘겨 버릴 수는 없는 일이라고 말했다. 또 아시아제만 하더라도 지금 프로그램 인쇄를 하겠다고 출연 종목의 명칭과 그 해설을 써 달라는데 아무도 해보려는 기색이 없지 않으냐고 했다. 그러면서 이것은 회장이 무능하다고밖에 볼 수 없으니 유능한 회장을 뽑아 늦기 전에(이미 늦었으나) 일을 해야지, 이러다가 한국은 똥이 되고 말 것이라고 했다. 그때 한 학생이 일어서서 말했다.

"결국 우리더러 회장 말 잘 듣고 연습하러 잘 나오란 말인데, 연습 못한 것만큼 더 여러 번 하면 되지 않겠습니까? 그러니까 이번 회의는 없는 것으로 치고 파티로 그칩시다."

그러자 모두 손뼉을 치고 환성을 울렸다. 결국 회의는 흐지부지되고 무슨 일이 있든 빠지지 말고 매주 화요일과 목요일 저녁 식사 후에는 전원 제퍼슨 홀의 라나이에 모여 연습을 해야 한다고 매듭을 지었다.

할라함 한국 무용 연구소에서 징, 꽹과리, 소북과 '농자천하지대본'이라 쓴 큰 기치를 빌려오고, 연구소에서 농악 지휘를 하는 한국인 2세의 여대생을 초청해 와서 연습을 시작했다. 한국의 꽹과리와 징 소리는 일본의 다이꼬(대북) 소리에는 대지도 못할 만큼 컸다. 한 순간 다른 나라들은 연습을 못하고 멍청히 우리가 연습하는 몰골만 보고 있었다. 음악은, 허가가 지휘하는 것은 거절했으나 연습은 끝까지 보살펴주겠다고 하여 "고향의 봄"은 합창으로, "농부가"는 한 사람이 메기고 나머지가 받아 부르는 식으로 하기로 했다. 무용 연구소에서는 전문적인 학생이 나와 북 춤과 도라지 춤을 구성지게 춰 줄 것이고, 농악과 강강술래가 멋있을 것 같았다. 합창도 잘 되어 가고, 이만하면 한국이 으뜸이 될 수 있다고들 으쓱거렸다.

그러나 이 연습은 두 주일도 가기 전에 차츰 시들해지고 문제가 생겼다. 강강술래는 한국 여학생이 부족하여 외국 여학생을 파트너로 받아들여 연습했는데, 한국 학생들이 한 번은 연습하고 다음날은 빠지고 해서 외국 파드니들은 와서 오랜 시간 무료하게 기다리며 보고 섰다가 돌아가곤 했다. 농악 지도 교사는 세 번 계속 나오고는 거절해 버렸다. 시간을 잘 지켜 주지 않으니까 자기의 TV 공연에도 지장이 있고, 또 연습할 때는 흥을 내는 것은 좋으니 흰 바퀴 돌라빈 두

바퀴 돌고, 소리내지 말라면 소리내고, 자기 멋대로 흥을 내니 해볼 수 없다는 것이었다. 그것도 단체 농악에선 전체적인 조화의 미가 있는 것이니까 개인이 너무 흥을 내면 안 된다고 말했다. 그러나 학생들은 진짜 한국 농악을 보지 못해서 그런다고 우기고, 농악이란 약간 어긋나고 또 간간이 괴성을 지르는 게 있어야 참 한국적인 맛을 내는 것이라며 오히려 가르치려 들었다.

합창은 더더구나 말할 나위가 없었다. 참석하는 사람들의 변화가 너무 심해 파트별 연습이 불가능했다. 이렇게 서로 잘났다고 떠드는 사이에 아시아제 리허설 기간은 닥쳐오고, 드디어 리허설 날 막이 열리며 한국 학생들의 차례가 다가왔다.

필리핀 계집애가 안내장에 나와 있는 합창을 설명하는 내용을 읽었다.

"고향은 떨어져 있을수록 그리운 곳입니다. 한국은 오래도록 외국의 지배를 받아 왔습니다. 그 당시, 옛날과는 다르게 변모해 가고 거칠어진 고향을 보고 한국 사람들은 이 '고향의 봄' 노래를 즐겨 불렀습니다. '나의 살던 고향은 꽃피는 산골 복숭아꽃 살구꽃……'."

남자만으로 구성된 합창 대원이 한복 바지에 조끼를 입고 걸어 나갔다. 모두들 박수를 했다. 그런데 이 지휘자 없는 합창은 화음이 처음부터 맞지 않아서 관중석에서는 킬킬 웃어대는 소리가 새어 나왔다. 대원들은 합창이 끝나자 쥐구멍을 찾듯 도망쳐 나와 극장에서 멀리 떨어진 외진 곳으로 모였다. 바로 앞에 있었던 일본 사람들의 사중창과 비교해서 너무 차이가 나기 때문에 이만저만 창피한 일이 아니었던 것이다.

"와? 소리 좀 크게 내지, 병신 새끼들같이 그기 뭐노?"

"화음이 안 되는데 소리까지 크게 내면 뭐가 되게."

"화음이고 뭐고 첫째 씩씩해야 되는 기라."

"이거 완전히 똥 됐어, 똥 돼."

허가가 다시 한 번 연습해 보자고 첫 음을 맞추고 시작했다. 그러나 합창이 기분만으로 쉽게 맞아지는 것은 아니었다.

"이것 집어치고 '빨간 마후라' 라는 그거 하면 어떨까? 주먹을 쥐고 막 흔들면서 큰소리로 불러 버리면 시원하겠는디 나 이놈의 합창 답답해서 못허겄어."

"맞았어, 그기야 바로. 한국의 고춧가루 정신이라 카는 건 씩씩한 데 있는 기지 곱고 예쁜 기집애 같은 데 있는 기 아니란 말이다."

이 기발한 생각에 선뜻 응하지는 않았으나 아무도 합창에는 자신이 없었다.

"아따, 딴 생각 하지 말고 이것으로 통일해. 여기서는 멋있고 재미있게 하는 것이 장땡잉게."

결국 무대에 걸어 들어갈 때와 나올 때는 "빨간 마후라"를 씩씩하게 부르고 무대에서는 "농부가" 하나만 부르기로 하여 삼십여 분 드나드는 연습을 했다.

"훨씬 안 낫다고. 진작 이렇게 할 일이제. 그리고 말이여, 내일은 준비실에 종이로 싸시 양주를 한 병 넣어 놓아. 한국 사람은 말이야, 술을 좀 마셔야 멋이든지 잘한게."

"그렇지만 국제적인 예술제에 딴 나라 사람도 있는데 어떻게 술을……."

아시아제 23

"잔소리 말고 내 말만 들어. 내일 한국이 히트할 텐게. 우리는 한다면 하는 나란게."

그날 밤 EWC의 망나니 그룹은 다음날 낮과 밤 몇 번의 공연을 앞두고 술집 아리랑으로 몰려들었다. 이제 연습이 다 되었다고 치부한 것이다. 희미한 붉은 불빛에도 서徐 아주머니는 우리를 잘 알아보았다.
"헤이, 마이 보이스, 캄온, 캄온."
그녀는 마구 손을 흔들었다.
"헬로, 미스터 허, 헬로, 미스터 고……."
그녀는 한사람 한사람의 이름을 잘도 외워서 부르며 어깨를 두들겼다. 지난해 남편과 이혼해서 혼자 살며 이 영업을 한다는 그녀는 한국 학생들에게 너무 친절했기 때문에 서 아주머니로 통하고, 학생들은 한국의 다방처럼 그 곳을 드나들었다. 그녀는 말하는 것이 재미있을 뿐 아니라 한국인 사회에서 일어난 일, 또 학생 간의 연락을 잘도 맡아 해 주었다. 이 술집은 이름이 아리랑이지 종업원은 미인, 한인, 일인들이 섞여 있고 특별히 한국적인 냄새는 풍기지 않는 곳이었다. 다만 한국적인 것이 있다면 한국의 술집처럼 맥주 안주를 내주되 불고기, 사시미, 된장으로 된 조갯국, 닭 튀김 같은 것을 푸짐히 내주는 게 특색이었다. 또 술집 아가씨들은 한국에서처럼 남자 옆에 착 안겨서 술을 마셨다. 미국 놈들도 이런 분위기를 좋아하는 녀석들은 곧잘 단골로 드나들었다. 맥주를 오 불 혹은 십 불어치 마시고 팁은 오십 불, 백 불씩 내놓고 가는 놈팡이들도 있다고 했다.

미시즈 서는 우리를 잘 웃겼다. 아니, 사소한 일도 그녀가 말하면 우리가 잘 웃었다. 그녀는 종업원들에게 한턱내고 싶으면 모두 불러 놓고 어느 민족이 세계에서 으뜸가느냐고 묻는다고 한다. 그들이 모두 알아차리고 한국이라고 이구동성으로 말하면 우쭐해져서 한턱낸다는 것이다. 오늘은 자기 집 여종업원 하나가 몇 달 전 남편과 함께 하와이 섬에 휴가로 놀러갔다 왔는데 이제 알아보니 그때 어린애를 배 가지고 왔다는 이야기를 했다. 그래, 그녀더러 무슨 짓이냐고 걱정스럽게 말했더니 섬에 가니까 할 일이 없더라고 대답했다 해서 모두 또 웃었다. 또 요 며칠 전에 들어온 미국인 바텐더가 살 빠지라고 한국의 인삼정을 사서 먹는다 해서 웃었다.

"인삼은 살 빼는 약이 아니구 정력제예요."

허가가 말했으나 정력제란 말이 영어로 충분히 설명되지 않았다. 남자가 장가를 간 뒤 마누라 집엘 가면 마누라의 어머니가 인삼을 넣어서 닭을 고아 주는데, 이것은 힘을 얻어 애를 잘 낳으라는 뜻이고 이 때의 힘을 정력이라고 한다고 김가가 말하자 웃어댔다. 내일 아시아제에 나오라고 했더니 그렇잖아도 나가려고 한복을 진작부터 다려 놓고 기다리고 있다고 했다. 그러다가 갑자기 오늘 한국 사람에 대한 기사 안 읽었느냐고 했다. 모두들 얼굴을 마주보았다.

"그 시한폭탄이 터진 사고 말입니까?"

허가가 기사 내용을 말했다. 노름에 돈을 잃어 원한을 품은 사람이 호텔 앞에 세워 놓은 한인 차에 폭탄을 장치해서 한인이 죽었다는 것이다. TV 뉴스 시간에 노름꾼이던 한국인이 죽었다고 해서 미시즈 서는 자기 전 남편이 아닌가 하고 사정없이 가슴이 뛰었다고 말하고,

친구에게 전화해서 그 이야기를 했더니 친구도 직장에서 근무하다 이 뉴스를 듣고 자기 남편이 아니었나 하고 놀랐다고 해서 한바탕 웃었다고 했다. 이번에는 아무도 웃지 않았다.

내 건너편 세 번째 테이블에 후줄근한 옷을 걸친 미국 녀석이 혼자서 술을 마시고 있었다. 그는 일 불짜리를 내서 종업원에게 뭘 사오도록 요구하고 있는 것 같았다. 좀 있자, 그녀가 코크 한 잔을 들고 와서 그 옆에 앉았다. 나는 그녀가 아까도 그런 일을 하는 것을 보고 있었다. 그리고 십여 분 있다 그녀가 일어나려 하자, 그 녀석은 그녀를 주저앉히고 그 얼굴 옆에 바싹 자기 얼굴을 갖다대곤 소곤거리고 있었다. 그런데 별안간 여인이 벌떡 일어서며 한국말로 지껄여댔다.

"칠뜨기 같은 새끼가 지랄하네."

모두들 영문을 모르고 큰 눈을 떴다.

"무슨 일이야?"

한국 학생들이 저마다 한마디씩 하며 그 녀석을 쳐다보자, 그는 어슬렁어슬렁 일어나 걸어 나갔다. 코크를 사오라고 두 번 시키더니 나중엔 한 번 사올 때마다 돈이 얼마나 남느냐고 물어보고, 한 번 사와서는 십 분씩만 앉아 있었으니 이젠 그런 걸 살 필요 없이 십 분에 남는 돈만큼 지불해 줄 테니 한 시간 진득이 앉아 있겠느냐고 흥정을 걸었다는 것이다.

주크 박스에서 일본 노래가 흘러나오기 시작했다.

"야, 웬 왜놈 노래야. 한 오 불 집어 넣어. 한국 노래만 나오게."

김가가 기염을 토했다.

맥주가 몇 라운드 돌아가는 사이 번번이 화장실을 다니던 고가가 동전을 넣은 것임에 틀림없다. 어느새 그는 그 일본 계집애 미끼꼬를 붙들고 저쪽 구석 테이블에 앉아 나를 보고 눈웃음을 치고 있었다.

うぶな　名前が　可愛いいと
いつた　あなたは　憎い人
いつそ　散りたい　夜の花
夢は夜ひらく.
(숫된 네가 귀엽다고
 일러 준 당신은 얄미운 분
 차라리 밟히고픈 밤에 핀 꽃
 꿈은 밤길을 여네.)

고가는 이 노래만 나오면 쪽을 못 쓴다. 미끼꼬가 가르쳐 주었단다. 시답잖은 유행가가 왜 그렇게 견딜 수 없게 해 주는지 모르겠다고 말했다. 유행가면 어떠냐? 일본 계집이면 어떠냐? 술집 계집이면 어떠냐? 자기는 무엇이냐고 고가는 말했다. 대한민국의 유학생? 고생한 편모 밑에서 자란 외아들? 약혼한 여성을 두고 온 성실한 남성? 이 모든 것을 팽개쳐 버리고 밑바닥까지 흘러내려가 버리고 싶다고 말했다.

"치와 뿌리고 흘러가는 기야. 나는 이래가 닿는 곳이 정말 인간의 고향이지 싶다. 내일은 필요 없는 기라. 이 값진 순간을 무얼로 보상함 끼고."

고가는 지금 신이 나 있다. 양손을 들고 무언가를 열심히 설명하고, 미끼꼬는 간간이 몸을 흔들며 웃어댄다.

"나가 귀국해서 대통령이 되면 말이다. 너를 불러다가 한국에서 최고로 맛있는 시라기국을 한 사발 줄 끼다. 너 알제? 시라기국." 하거나 "어때 이만하믄 남자 잘생겼제. 이런 남편감이 어디 있노 말이다." 아니면 "나가 이래뵈두 말이다, 호놀룰루에서 한 헨델의 메시아 공연에서 솔로를 했데이. 그 '할렐루야' 카는 것 있지 않나 뵈. 이때 모아나 호텔의 청중이 다 기립했단 말이다. 그래 그 곡이 끝날 때 한 번 쉬어가 힘을 모았다 힘찬 '할렐루야'로 끝나는 긴데 그 쉴 때 나가 흥이 나서 마 '할렐루야' 카다가 '할' 하고 그 엄숙한 순간에 솔로를 안 했나?" 이런 식의 대화일 것이다.

그는 결코 남 앞에서는 외롭지 않다. 그러나 혼자가 되면 끝없이 외로운 것 같다. 열두 시 삼십 분 전에 전등이 반 꺼졌다. 문을 닫을 모양이다.

"나가 또 이래되면 참을 수 없제."

고가가 이번 술 값을 줄곧 허가가 부담해 온 것을 알고 다음 2차는 자기에게 맡기라고 했다.

"야, 돈이나 있어?"

김가가 비꼬듯 말했다.

"이마가 날 어떻게 보는 기지?"

그는 우쭐대면서 미끼꼬는 자기가 책임질 테니 한 사람씩 끌고 나와 춤추러 가자고 했다. 춤이라면 허가의 특허물이었다. 이제 놀이는 끝나 가는 것이 아니라 이제부터라는 듯 사기가 충천했다.

미시즈 서가 한국 애들을 끌고 나와 함께 스타더스트로 갔다.

"너 이렇게 나와도 괜찮니?"

자리에 앉자 미시즈 서가 미끼꼬에게 말했다.

"아주머니도 참 구식이셔. 그렇잖아도 십이 월부터는 자유가 없을 테니 지금 실컷 놀게 해 달라고 말했는걸요 뭐."

그녀는 애교가 있었다. 〈아리랑〉에 있는 미국 애 바텐더와 결혼하기로 했는데 결혼식 날을 크리스마스 전날로 정하고 그 전엔 실컷 좀 놀 수 있게 해 달랐다는 것이다.

"이제 두 시 되면 데리러 올 거예요."

밴드가 노래를 시작해서 모두 스테이지로 나갔다. 김가는 춤을 못 추어서 서 아주머니가 가르쳐 주기로 하고, 우리는 모두 일어섰다. 나는 춤을 잘 못 춘다고 미스 김에게 말했다. 그녀는 자기도 정식으로 배워 보지 못했노라고 말했다. 나는 그녀의 허리에 손을 둘렀다. 서양의 습관이라고 하나 버릇이 되지 못한 탓인지 가슴이 좀 뭉클해졌다. 내 옆을 나이 많은 할아버지가 어린 여인을 안고 음악에 맞춰 천천히 왔다갔다하는 것이 보였다.

"언제 한국으로 돌아가세요?"

술을 마신 탓이었을 게다. 나는 내 심장의 뛰는 소리와 그녀의 말소리와 음악 소리를 한꺼번에 듣고 있었다.

"참 좋으시겠네요, 한국에 곧 가시니까. 저도 작년에 잠깐 다녀왔어요. 그러나 고향에는 가지도 않고 그냥 반도 호텔에서 한 2주일 지내다 왔지요. 한국은 너무너무 가난한 사람이 많아요. 저는 그때 동생에게 차고 긴 시계도 풀어 주고 옷도 벗어 줘 버리고 왔어요. 요즘 버릴 것이 있어도 동생 생각나서 못 버려요."

고가가 얼굴이 벌겋게 상기된 채 나를 보며 웃고 지나간다.

"여기서 그렇게 외롭지는 않아요. 어느 바에 가기니 빈드시 한국 여자들이 몇 사람씩은 있거든요. 그리고 다 처지가 마찬가지니까 위안이 돼요. 결혼해서 건너와 가지고 이혼했는데 지금도 결혼하자는 미국 놈이 있어요. 그렇지만 이제 질렸어요."

김가는 스텝이 또 틀렸는지 다시 시작하려고 멈추어 섰다.

"전 건강해 봬도 병신 다 됐어요. 이혼하기 바로 전에는 어떻게 맞았는지 전화로 영사 댁을 불러 놓고 기절했어요. 이제는 생각만 해도 징그러워요. 한 이만 불 벌면 한국 들어가서 살래요."

허가는 멋있는 스텝을 잘 엮어 가며 사람 사이를 잘 꿰어 다니고 있었다. 데스크로 돌아와서 술이 몇 라운드 더 돌아갔다. 이제는 모두 약간씩 취해 있었다. 미끼꼬가 허가와 춤을 추고 돌아와서는 허는 직업적인 댄서라고 입술이 마르게 칭찬했다. 미시즈 서가 엄지손가락을 추어올리며 말했다.

"정말 이렇게 추어 보기는 처음이야. 정신이 아찔했어."

그녀는 탁자 위의 술을 단숨에 들이마셨다.

"미끼꼬, 나하고 한 번 추지."

고가가 벌떡 일어섰다.

"잠깐만, 저 이분하고 한 번만 추구요."

그녀는 옆에 앉은 내 손을 잡아 일으켰다.

우리는 스테이지로 갔다. 그녀가 허리에 두른 내 바른 팔을 겨드랑이 위까지 추어올렸다. 보드라운 그녀의 유방의 감촉이 느껴져 왔다.

흑인 여인이 길게 줄이 붙은 마이크를 잡고 몸을 꼬며 블루스를 불렀다.

그녀는 상체를 밀착시켜 왔다.

"더 꼭 안아 주세요, 더 꼭."

나는 숨이 막힐 것 같았다. 그러나 그녀는 더욱 눈을 말똥거리며 오히려 나를 리드하듯이 스핀했다. 나는 처음으로 춤의 즐거움을 느꼈다. 그녀의 덮쳐 오는 체중과 몸의 동요가 나에게도 똑같은 동작을 요구하면서 자연스럽게 돌고 움직이도록 하곤 했다.

"나는 자유롭고 싶어요. 정말이에요. 그러나 조금 있으면 그분이 나타날 거예요. 나를 데리러 말이에요. 나는 행복해요. 그분은 나를 행복하게 해 주거든요."

나는 온몸이 나른해진다는 미스터 고의 말을 이해할 수 있을 것 같았다. 일본을 미워하던 내가 전혀 미끼꼬를 미워하지 않고 있음을 느꼈다. 아니, 오히려 기분이 한없이 좋아서 그녀와 엎치락뒤치락 뒹굴고 있는 기분이었다.

일본도를 들고 담을 뛰어넘어 궁전에 들어가 명성황후를 끌어내어 치고, 아직도 살아 있을 왕비를 가마니로 싸 석유를 뿌려 태워 버린 왜놈의 후손, 또 동척회사를 두어 우리나라의 식민지화를 서두르고 물건을 팔되 안 사갈 때는 상투를 잡아 때리고 도랑에 우리의 조상을 처넣은 왜놈의 후손과 그 치욕 속에 살아 남은 한 조선의 후손이 이렇게 다정할 수 있다는 것은……. 정말 내일은 없고 현재의 이 순간이 몇천 년의 과거보다 중요한 것일까.

"제 어머니는 제가 미국 사람과 결혼하는 것을 싫어해요. 하지만 저는 소심한 일본 사람을 싫어해요. 미국 사람이면 어때요. 그리고 한국 사람이면 어때요. 제 아버지는 부동산 장사를 하거든요. 그런데 미국 사람에게서는 땅은 사지만 팔지는 않아요. 도둑놈 근성이시 뭐예요. 민족이 어디 있어요? 인간이 있지. 저는 무엇보다도 먼저 행복해지고 싶어요. 참 행복이 뭔지 모른다고요? 전 느낄 수 있어요. 그분은 저를 행복하게 해 줘요."

    I'm out to give you all of my money
    And all I'm askin' in return, Honey,
    Is to give me my propers when
    you get home……
    Yeah, baby, whip it to me when
    you get home.
    (나는 왔어, 호주머니 다 털어 널 주려고.
    그 대신 내가 바라는 것은 하니,
    집에만 들어서면
    내게 고것 좀 줘, 응? 하니,
    집에만 들어서면 …….)

"하루 종일 술 심부름을 하고 나서 집에 돌아가 샤워를 하고 나면 유일한 희망은 그분이에요. 전 오늘 하루에 만족해야 해요. 오늘 하루의 행복에 포만해서 내일을 잊고 자야 해요."
  나는 갑자기 술이 올라오는 것 같아 그 자리에 서서 얼마 동안 몸을 경련했다. 허가가 우리 옆을 지나며 무어라고 중얼거렸다. 나는 그때 얼굴이 붉었을 것이다. 누구나 겪는 외로움이다. 그는 웃으면서 필시 알았을 것이다.
  그녀는 실례한다고 수줍은 듯 고개를 숙이고 걸어 나갔다. 그녀의 약혼자가 온 모양이었다. 얼마 동안 머리가 어지러웠다.
  '이 세상과 이 세상에 있는 것들을 사랑하지 말라…이 세상에 있는

모든 것이 육신의 정욕과 안목의 정욕과…'
 아내와 함께 암기했던 성경 구절이 생각났다. 그러나 지금 내게 삼킬 자를 찾는 우는 사자와 같은 유혹을 이길 힘이 있는가? 격동하는 악어가 입을 벌릴 때 그를 유순하게 길들일 힘이 내게 있는가?

 두 시가 넘자 이젠 갈 곳이 없었다. 두 시 넘어서 여는 나이트클럽이나 바는 없었다.
 "야, 내가 운전할 텐게 섬 한 바퀴 돌자."
 김가가 말했다.
 "좋아, 밤새미 하는 기라."
 "미쳤어."
 미시즈 서가 김가의 등을 탁 쳤다. 그러나 우리는 미시즈 서를 꾀어내어 다섯이서 섬을 돌았다. 돌다가 차 세울 곳만 있으면 세워 놓고 목이 터져라 한국 노래를 했다. 미시즈 서는 "내 고향 남쪽 바다"를 좋아해서 우린 이 노래를 스무 번은 더 불렀다. 그러나 나중엔 목이 쉬고 부를 노래가 없어졌다. 새벽 세 시가 넘어서자 하이웨이는 한적해서 다니는 차가 없었다.
 "야, 이 차 썩어서 칠, 팔십 못 놓지?"
 핸들을 잡고 있던 김가가 차 주인 허가에게 말했다.
 "네 것과는 질적으로 다르나이. 구십, 백 놓아도 까딱없단 말야."
 허가가 담배를 물고 비스듬히 기대며 말했다. 김가가 갑자기 액셀을 밟자 이 낡은 자동차는 비행기 소리를 내며 공중에 붕 뜨는 것 같았다.

"이것 봐, 벌써 이상 안 허다고?"

스피드 미터가 칠십오, 팔십 사이를 왔다갔다 했다.

"조심해, 무서워."

미시즈 서가 말했다.

"해봐, 운전 기술이 달린가, 차가 나쁜가."

허가는 그냥 기대 있었다.

"참말이지?"

차가 더 야릇한 소리를 내며 달리기 시작하자 차창에 작은 벌레들이 부딪혀 깨지는 것이 보였다.

이젠 모두들 속으론 겁을 먹고 있었다. 저쪽에서 작은 헤드라이트가 하나 나타났다.

"조심해, 경찰찬지도 모르니까."

"어때, 배짱 있으면 한 번 더 몰아 보시지."

허가가 약을 올렸다.

"그래, 알았어. 죽으면 두 번 죽나."

"챠라, 니 죽는 기는 문제 아니지만 나가 죽으면 장차 대통령이 안 죽나."

"한국 사람 겁 없어."

미시즈 서는 여느 때처럼 김의 어깨를 치려 하다가 손을 멈추었다. 저쪽에서 나타났던 불빛이 급속도로 다가오더니 살인적인 속도로 엇갈려 갔다.

"신난다. 담배 이리 내라."

김가가 한 손으로 핸들을 잡고 옆사람의 담배를 낚아채 입으로 가져갔다. 순간 자동차가 크게 흔들렸다.

　모두 한쪽으로 휙 쏠렸다. 미시즈 서가 비명을 올렸다. 그제야 김은 속도를 떨어뜨렸다.

　"이러다간 자동차가 못 배겨낼 것 같아 그만둔다."

　"병신 육갑하네."

　미스터 허는 그냥 담배 연기만 내뿜고 있었다.

　네 시가 다 되어서야 모두 미시즈 서의 아파트로 돌아왔다. 거기서 팬케이크를 해먹고 모두들 소파에 기댄 채 잠들었다.

　아시아제는 오후 세 시와 저녁 일곱 시 반, 하루에 두 차례가 있었다. 우리는 늦게야 일어나서 아침 겸 점심을 먹고 고가는 할라함 무용 연구소에 들러 농악 기구인 소북 등을 가져오겠다고 나가고, 김가는 양주를 한 병 사가겠다고 나가고, 허가와 나는 EWC로 직접 나갔다. 회장이 제퍼슨 홀을 바쁘게 지나가면서 진작 와서 맞춰 보지 않고 무슨 짓이냐고, 외국 학생들은 열심이 아니냐고 힐난하듯 말했다.

　"걱정 없쇠다."

　허가는 양팔을 올려 크게 하품을 하고 일간신문을 든 채 소파에 기대앉았다. 두 시가 되니까 회장이 큰소리로 외쳤다.

　"공연하는 분들은 지금 준비실로 들어오시기 바랍니다."

　강강술래를 하려고 지원 나온 외국 여성들이 웅성거리며 홀을 빠져 나가 극장으로 가기 시작했다.

　"미스터 허는 뭘 해."

　의자에서 일어나지 않은 허를 보고 회장이 신경질이 난다는 듯 말했다.

"왜 이래? 우리 프로는 중간쯤 있으니까 시작한 다음에 들어가도 늦지 않단 말야."

"그렇지만 준비실에서 한국 학생들 안 들어온다고 자꾸 야단 아냐? 그리고 무용 연구소에서는 왜 소식이 없어? 전화 좀 해 주지 그래. 어디 바빠서 혼자 해먹겠어?"

"여보시오, 내가 그런 거 하는 사람이오?"

좀 있으면 다 올 텐데 그 자식 어린애처럼 설친다고 하며 허가는 다시 의자에 앉아 신문을 폈다. 얼마 안 있어 고가가 연구소에서 짐을 한 아름 가져왔기 때문에 우리는 나가 그걸 준비실로 옮겼다. 출연자들이 한복으로 갈아입고 화장을 하곤 하는데, 김가는 노란 봉지로 싼 술병을 들고 한 잔씩 하라고 권하고 다녔다. 어떻든 한국의 세시 공연은 성공적이었다. 합창을 전날 결정한 대로 빼버렸다. 프로그램과 대사는 바꿀 수 없었으므로 필리핀 계집애가 "고향은 떨어져 있을수록 그리운 곳입니다. 한국은 오래도록 외국의 지배를 받아 왔습니다. 그 당시, 옛날과는 다르게 변모해 가고 거칠어진 고향을 보고 한국 사람들은 이 '고향의 봄' 노래를 불렀습니다. '나의 살던 고향은 꽃피는 산골⋯⋯.'" 할 때 씩씩하게 두 손을 흔들며 "빨간 마후라는⋯⋯." 하고 프로그램의 해설과는 얼토당토않은 노래를 부르고 나갔다. 모두들 아무 뜻도 모르고 이 파격적인 합창의 시작에 놀라며 웃었다. 관중들은 모두 잘 되었다며 끝나고 나서 칭찬이었다.

한국 학생들의 사기가 충천했다. 한복 칭찬이 자자했고, 외국 여성들은 강강술래를 할 때 입었던 옷을 입고 떼를 지어 사진을 찍으며 다시 파트너와 함께 찍고 야단들이었다. 김가는 자기의 착상이 들어

맞은 거라면서 저녁에는 강강술래도 순 한국식으로 모두 소리를 내면서 흥겹게 해야 한다고 강조하고 이번 선두의 리드는 자기가 하겠다고 나섰다. 정말 밤에 있었던 프로그램은 한국의 강강술래가 히트였다. 북 춤이나 도라지 춤은 전문적인 연구생이 해서 그 예술성 때문에 높이 평가되었지만, 이 강강술래는 자유분방한 사기(士氣)와 오락성으로 모두 좋아했다. 끝날 때는 한 바퀴만 무대를 잘 돌아서 내려와야 하는데, 김가는 자기가 말을 만들어 메기면서 무려 다섯 바퀴를 돌았다. 이 때문에 뛰는 사람은 지쳐서 남녀가 무대에 흩어질 대로 흩어져 어지럽게 되고, 외국 여인들은 서툴게 신은 버선이 다 벗겨지고, 어떤 남학생은 바지 끈이 풀어져 내의가 훌랑 나와 버렸다. 장내는 웃음 바다가 되었고, 강강술래는 그날 밤의 명물이 되었다. 연극이 끝나자 모두들 뿔뿔이 나가 버리고 무용 연구소에 돌려줄 농악 기구인 소북 등만이 잔뜩 남았다고 고가가 투덜대며 손을 빌리라고 했다. 결국 망나니 그룹이 다시 이 뒤치다꺼리를 해야만 했다.

"회장 그 새끼 어디 갔어. 이럴 때 자기가 책임져야 할 거 아냐?"

허가가 주위를 둘러보며 소북 꾸러미를 들고 말하는데 저쪽에서 회장이 나타났다.

"회장, 당신 도대체 뭘 하고 다니는 거요?"

"아니, 뭘 하고 다니다니. 우릴 위해서 온 손님들 전송 좀 하고 또 공연을 칭찬하는 사람과 응대하나 보니 이렇게 안 됐소."

"그래, 당신만 무슨 정치요?"

고가가 걸어 나오다 이 꼴을 보고 무슨 짓이냐며 소북 꾸러미의 양 귀를 각각 하나씩 들게 했다. 그들은 꾸러미를 들고 옮기면서도 다툼이었다.

"보시오, 회장을 통해 한국 학생들에게 입장권 백 매를 더 주었다는데, 당신은 수고하는 우리에겐 일언반구도 없이 다 누굴 주었소? 혼자서 다 인심 쓰고 다닌 것 아니오? 또 이번 찬조금을 받았으면 계획을 세우고 이렇게 쓰겠다고 무슨 간부회라도 해서 정해야 할 것 아뇨? 당신 혼자 점심 사 준다, 술 사 준다 하고 기분 내키는 대로 선심 쓰고 다니니 되먹었느냐 말요."

그들은 다투느라고 차와는 정반대쪽으로 걸어가고 있었다.

"보소, 어디로 가는 기요? 이리 갖고 오이소."

고가가 소리질렀다.

그들은 이쪽으로 방향을 돌렸다.

"그래, 미스터 허는 왜 회장 하라 할 때 안 했소? 그렇게 정치도 할 수 있고 돈도 마음대로 쓸 수 있는 회장 말이오."

"그게 말이라고 하는 거요?"

그러다 걸어오는 미국 계집애 하나를 만났다. 그녀는 회장을 보고 한국 쇼가 참 멋있었다고 칭찬했다.

"강강술래는 가장 훌륭한 쇼 중의 하나였어요."

"이거 미안합니다."

허가가 말하는 사이를 가로막았다. 고가도 가까이 왔다.

"이제 곧 뭐라 했지요? 가장 훌륭한 쇼 중의 하나란 무슨 뜻이지요?"

그녀는 어리둥절해 허가를 쳐다보았다.

"우린 가장 좋은 쇼 중의 하나가 아니라 가장 좋았느냐, 그렇지 않았느냐를 알고 싶단 말이에요."

고가가 영어로 덧붙였다. 회장이 공허한 너털웃음을 웃자, 그녀도 따라 웃었다. 아무것도 모르는 김가가 저쪽에서 장구를 치며 나왔다. 그는 더덩실 춤까지 추며 "밀양아리랑"을 큰소리로 부르며 나오고 있었다.

청천 하늘엔 별도나 많고
우리네 사회엔 말썽도 많네.

이것이 극찬을 받은 한국 학생들의 아시아제였다.

(1968년 현대문학 10월호)

일제日製 맛

"야, 정복했니?"
"뭘 말이야?"
"가쓰꼬 고년 말이다."
"그건 너무했잖아?"
"뭐가 너무해? 갖고 놀 생각 아니면 너는 친일파거나 매국노야."
 사실 김가의 말은 너무 극단적인 말이라고 생각되었다. 그러나 그 말이 늘 머리에서 떠나지 않았다. 왜 하필이면 장난 삼아 총을 시험해 본다고 논에서 김을 매던 우리 조상을 표적으로 쏘아 죽인 왜놈의 딸과 사귀느냐는 것이었다. 그런데 나는 가쓰고와 육 개월 남짓 사귀고 있었다. 아주 우연한 인연이 나를 그녀와 가깝게 만든 것이다.
 유월 말에 들어 EWC에는 아시아 태평양 지역에서 많은 외국 학생들이 몰려들었기 때문에 호놀룰루의 공군 밴드를 동원해서 신입생 환영회를 했다. 춤을 추면서 자기 소개도 하고 서로 친해지도록 주선한 것인데, 동양에서 온 학생들은 댄스를 못하는 사람이 많아서 잘 어울리지 않았다. 그래서 사회자는 여자를 불러 원형으로 세우고 뒤로 돌아를 시켜 한 사람씩 주변에서 구경하고 있는 파트너를 끌어오게 했다. 이때 나를 붙든 것이 가쓰꼬였다. 그녀는 나보다 일 년 전에 이 곳에 와 있던 명랑해 보이는 아가씨였다. 그 후에 내가 영화를 보러 가자고 청했는데 그 뒤로 갑자기 친해졌다.

그때 나는 그녀에 대해 열등 의식 같은 것을 느끼고 있었다. 영화를 보던 때였다. 그것은 음악 영화기 때문에 나는 대사를 거의 알아들을 수 없었지만 그런대로 재미있었다. 그런데 영화가 끝나고 불이 활짝 켜지자 나는 나가자고 했다. 그녀는 짐짓 못 알아들은 체하며 지금은 중간에 쉬는 인터미션이기 때문에 담배를 피우고 싶으면 혼자 나갔다 오라고 했다. 자기는 자리를 지키고 있겠다고 하면서 말이다. 한국에서는 영화 중간에 인터미션 같은 것을 가져 본 적이 없었다. 얼굴이 화끈거리며 TV를 밤새 보아서라도 영어를 빨리 알아들을 수 있도록 해야겠다고 다짐했다. 또 내가 담배를 피우지 않는 것은 그녀도 알고 있는 터였다. 그녀는 내 감정을 그렇게 배려하는 여학생이었다. 나는 할 수 없이 밖으로 나와 한참 서성이다가 돌아갔다. 그녀에게 느끼는 또 하나의 열등감은 나는 승용차가 없다는 것이었다. 학생으로서 승용차를 가지고 있지 않은 것은 당연한 일이며 부끄러울 것이 없는 것이었다. 국민소득이 겨우 88불이 넘은 나라의 학생이 무슨 승용차겠는가? 그러나 그녀는 독일제의 폭스바겐을 가지고 있었고, 나는 그녀가 운전하는 차를 타고 다녀야 했다. 영화 보러 나올 때도 그녀가 운전을 했고, 귀가할 때도 그녀가 나를 기숙사까지 데려다 주었다.

"운전 할 줄 아세요?"

"모릅니다."

"배우지 않으시겠어요?"

"기회 있으면 배우겠습니다."

그녀는 내 자존심을 상하게 한 것이 아닐까 해서 눈을 아래로 뜨고 눈치를 살피더니 이렇게 말했다.

"원하시면 가르쳐 주고 싶어서요."

남학생들이 여학생들에게 치근덕거려 되도록이면 떼어 내려고 하는 판에 왜 나에게 이렇게 호의를 베푸는 것일까? 나를 아주 풋내기 어린애로 알아 귀여워서 그러는 것이 아닐까 하고 기분이 나빠졌다.

"싫습니다."

"내 차로 거저 가르쳐 주겠다는데도요?"

그녀는 씽긋 웃으며 말했다.

"생각이 바뀌면 전화 주세요."

나는 그녀에게 끌려다니는 것 같다는 생각을 하면서도 그렇게 하기로 했다. 우리는 서로 시간이 나는 오후를 골라 한적한 골목으로 차를 몰고 가서 운전 연습을 했다. 이렇게 되자 자연 친구들과 만나는 시간이 줄어들고 가쓰꼬와 지내는 시간이 많아졌다. 그러자 김가는 나에게 친일파, 매국노라는 말을 노골적으로 하기 시작했다.

"명심해. 일본 것들은 육체를 농락할 것밖에 가치가 없는 것들이야. 우리가 놈들 때문에 얼마나 착취를 당하고 살았니. 넌 자존심도 없니? 작년에 굴욕적인 한·일 협정 조인 때문에 데모했던 것도 생각 안 나? 정 좋으면 빨리 해치우고 끝내."

"우린 네가 생각하는 그런 관계가 아니야."

"초등학교 땐 고무신이 없어 맨발로 학교를 다니고, 교실 앞 물통에서 발을 씻고 교실에 들어갔잖아? 종도 떼 가 버려서 나무로 만든 딱딱이를 치고. 공부는 뭐 했나? 송탄유 따기, 건초 베기, 근로 동원에다가 겨울엔 눈사람 만들어 놓고 루즈벨트, 처칠이라고 이름 붙이고 죽창으로 찌르는 훈련…… 지긋지긋하잖았어?"

"과거를 잘 알지. 하지만 조상 정치가들의 죄를 아무것도 모르는 후손이 져야 한다는 이유가 뭐야?"

"암 져야지. 아담의 죄를 우리가 벗어나지 못하듯 회개하지 않고는 죄에서 자유로울 수 없지. 그런데 뭐야? 그 죄를 뉘우치기는커녕 뻔뻔스럽기가 한이 없단 말이야. 배 안에서 그 왜놈 새끼 봤어? 히노마루를 가슴에 달고 있던 새끼 말이야."

아시아 태평양 지역에 있던 학생들은 비행기 대신 배편으로 미국으로 왔다. 배에서 신입생 오리엔테이션을 겸했던 것이다. 그때 일장기를 가슴에 달고 아-태 지역의 왕자처럼 당당히 다니던 일본 학생이 하나 있었다. 그런데 그가 옷을 벗어 놓고 어딜 나갔다 왔는데 와 보니 그 윗옷이 칼로 갈기갈기 찢겨져 있었던 것이다.

"우리만 미워하는 게 아니란 말이야. 대만, 필리핀, 월남, 태국 등 미워하지 않는 나라가 없어. 너도 조심해. 고년과 함께 다니면 너도 미움을 받게 될 길."

그렇지 않아도 나는 가끔 일본 사람으로 착각되는 경우가 있었다. 의무실 복도를 슬리퍼를 질질 끌고 가는데 일본인 간호사가 내 가까이 와서 그렇게 슬리퍼를 끌고 다니면 나리 망신이라고 작은 소리로 귀띔해 준 일이 있었다. 그녀는 필경 나를 일본 학생으로 착각하고 있었던 모양이었다. 정말 이웃에 있는 일본 사람을 원수처럼 생각하고 살아야 할까? 지금까지 보아 온 가쓰꼬는 그렇게 원수 같은 존재가 아니었다. 그녀는 자신의 조상들이 우리나라에서 무슨 일을 했는지를 전혀 모르고 있었다. 한국에 대한 것은 국사책 맨 뒤에 두 장쯤 쓰여 있는데 무슨 말이 쓰여 있었는지 기억에도 없다고 말했다. 그녀는 운전 연습이 끝나면 차를 한적한 곳에 세워 놓고 한국 이야기를 해 달라고 졸랐다. 그녀에게서 나는 은은한 화장품 냄새로 정신이 몽롱할 때가 있었지만, 김가가 말한 것처럼 나는 지금이 기회가 아닐까 하며 그녀를 정복하고 싶은 욕망은 솟지 않았다. 나는 교회에서 훈련 받은 순한 양이었다. 나는 호기심 많은 여동생을 만난 것처럼 쓰디쓴 한국의 과거 이야기를 해 주었다.

일본인 미야모도가 명치 구 년(1876년)에 한국인의 무지를 미끼로 무관세 무역장정을 조인시켰는데, 이 조인이 끝나고 각서를 교환할 때 한국인 관리는 그것이 얼마나 일방적으로 일본에 유리한 조약이었는지를 알지 못하고 그저 고마워서 다음과 같은 순진한 각서를 보냈다.

"통상 규칙에 관하여 그처럼 관유하게 처리하시니……. 우리나라는 인민의 매매에 관하여 그 자유에 맡길 것이며 수출입과 화물에 관하여 특히 금후 수 년 간 면세하기로 하겠습니다……. 귀국이 양국 인민의 교편을 위하여 그처럼 세밀하게 힘쓰시는 데 대하여 더욱 감사하나이다."

우리나라는 개화가 늦어 은자隱者의 나라로 알려져 이렇게 순진하게 속고 살았다. 또 일인은 공연히 소총을 시험해 보느라고 어린애를 업고 가는 한국 부인을 쏘아 죽인 일도 있었다. 여인은 즉사하고 등에 업힌 어린 것은 총에 맞아 손가락이 다 없어졌다. 같이 가던 남편이 통곡하니까 일본 군인이 한두 푼을 주고 가려고 했는데 거절하자 그들을 발길로 걷어차 쫓아 버리기도 했다.

그녀는 "미안해요", "몰랐어요", "저라도 사죄하고 싶어요."를 연발하면서 물었다.

"당신은 나를 용서할 거지요?"

그러고는 내 팔을 붙들고 머리를 어깨에 기대었다. 가쓰꼬는 나를 완전히 믿고 있었다. 이처럼 후미진 곳에서 이렇게 나에게 파고들어도 되는가? 내가 언제 늑대로 변할지 아는가? "음녀는 깊은 구렁이요 이방 여인은 깊은 함정이라."고 성경의 잠언에서는 말했는데, 정말 나는 함정에 빠져 들어가고 있는 것일까? 가쓰꼬는 분명 음녀가 아니라고 속으로 외치고 있었다. 그러나 내가 빠져 나갈 수 없는 것은 분명했다.

"가쓰꼬, 당신은 나를 싫어해야 해요. 한국 사람이 얼마나 일본 사람을 싫어하는지 압니까?"

그러면서 나는 그녀가 싫어할 만한 이야기만 계속했다.

명치 41년(1908년)부터 일본은 한국에 동양척식회사를 설립하여 우리나라 땅을 헐값으로 사들이고, 특히 매년 말썽만 부리는 일본의 떠돌이 사무라이浪人, ろうにん 삼만 명씩을 한국으로 이민시켰는데, 그때 조선 총독까지 일본의 떠돌이 사무라이가 이민으로 들어오는 것

을 단속하려고 했다. 이때 일본의 역사가 아오야기 스나다로는 총독에게 이에 대해 진정서를 냈는데, 진정서는 우리나라 사람들에게 얼마나 굴욕적인 글이었는지 알 수 없다.

"왜 일본의 가난한 백성이 조선에 들어와 돈을 버는 것을 반대하는가? 일본에서 한 마지기를 팔아 조선에서 열 마지기를 사면 일본 사람에게 좋고, 또 땅을 다 판 조선 사람들은 안착할 곳이 없어 북간도로 떠나 나라가 시끄러워진다고 하지만, 실상 그들은 거기까지 가지 못하고 고향 근처에 머물러 많은 황무지를 개간하여 새로운 농토를 장만해 준다. 이보다 더 좋은 일이 어디 있는가? 그런데 왜 쓸데없는 걱정을 하여 이민 정책을 실천하지 못하게 하는가?"

가쓰꼬는 일본의 막부 말기부터 명치유신에 걸쳐 직업을 잃은 떠돌이 사무라이들이 얼마나 칼부림을 하며 나라를 어지럽혔는지를 잘 알고 있었다. 그런데 그들이 한국에 가서까지 그런 짓을 한 것은 모르고 있었다.

"그래도 당신은 나를 싫어하지 않지요?"

그녀는 교태를 부리며 아양을 떨었다. 나는 그녀가 싫지 않았고, 그녀를 떠날 수가 없었다. 내가 결국 운전 면허 시험에 합격하고 면허증을 갖게 되자, 나는 그녀를 옆에 태우고 그녀의 차를 몰고 다녔다. 한국에서도 해보지 못했던 운전이었다. 날아갈 것 같은 우쭐한 기분이 들었다. 한국 학생들은 다 나를 싫어했다. 그뿐 아니라 일본 학생들도 가쓰꼬를 싫어했다. 그것이 우리를 고립시키고 더욱 가깝게 했다.

"한국 학생들이 절 싫어하지요?"

우리는 어느 날 밤 맥주 홀에 앉아 있었다.

"당신을 싫어하지 않고 날 싫어하지요."

"일본 애들도 날 싫어해요."

"어떡할까? 이제부터 우리 만나지 말까?"

"남의 이목을 그렇게 의식하세요? 우리가 뭐 나쁜 짓 하나요?"

"난 떨어져 있으면 보고 싶고, 같이 있는 것이 기뻐요. 그런데 누군가가 너는 지금 나쁜 짓을 하고 있다고 계속 말하고 있는 것 같아 기분이 나쁩니다. 일본을 용서하면 안 된다고 말하고 있는 것 같아요."

이때 일본 학생들 한 패가 들어오더니 우릴 보고 일부러 옆 테이블에 와 앉았다. 장내는 무척 소란했기 때문에 물론 우리 말이 들릴 정도는 아니었다. 그녀가 알은체를 했으나, 그들은 일부러 모른 체하고 자기들끼리 지껄였다.

"어떻게 할까, 나갈까?"

"싫어요."

퍽 어색했다. 그녀는 이 국면을 어떻게 넘길까 생각하며 땅콩 껍질을 만지작거리고 있는 것 같았다. 그러더니 결심했다는 듯이 나를 보고 말했다.

"나 가까이 갈 테니 좀 안아 주세요."

그녀는 내 옆의 의자에 앉으며 내 가슴에 안겼다. 나는 그녀를 오른 팔로 껴안으며 왼손으로 술잔을 들었다.

"일본 사람들은 한국 사람들에 대해 이상한 색안경을 쓰고 있어요. 약간 경멸하고 사기꾼이나 노름꾼이 많은 나라 사람들이라고 생각하거든요."

그녀는 계속해서 지껄여댔다.

"왜 서로 사귀어 보지도 않고 싫어하는지 모르겠어요. 만나기만 하면 한 편은 잡아먹거나 잡아먹히지 않으면 안 된다는 선입견 때문에 우린 더 멀어지고 있다고 생각해요."

옆 테이블에 앉았던 일본 학생 하나가 벌떡 일어서자 모두 덩달아 일어서더니 홀 밖으로 나갔다. 그러나 그녀는 그대로 있었다.

"당신은 크리스천이지요?"

"왜 그렇게 생각하지요?"

"크리스천은 고상한 사랑만 하지 않아요?"

"왜 내가 이리가 되기를 원해?"

그녀는 높이, 빨리 뛰는 나의 심장의 고동을 느꼈을 것이다.

"그러지도 못하면서……."

그녀는 눈을 흘기면서 내 가슴에서 빠져 나가 앉으며 말했다.

"참 사랑은 정복하고 싶은 욕망이 아니고 정복당하고 싶은 욕망이래요."

나는 가쓰꼬가 좋았다. 결코 그녀를 정복하여 상처를 주고 후회하지는 않으리라. 이때 그녀가 정색을 하고 말했다.

"참, 제 차 안 사시겠어요?"

그러면서 설명했다. 그녀는 내년에 귀국하는데 그때 팔면 제 값을 받을 수 없을 것 같아 미리 내놓으려는 것이라고 말했다.

"그래 지금 내놓을까 하는데 정든 물건이 되어서 너무 아까워요. 당신이 산다면 싸게 드릴게요."

"싸게라면 공으로?"

"삼백육십 불 정도. 원래 육백 불에 산 거거든요. 일 년도 못 굴렸어요."

"그렇게는 돈이 없는데."

"그러니까 지금 팔 월 아녜요? 구 월부터 내년 이 월까지 매달 육십 불씩만······."

"뭐야, 벌써 다 계산해 둔 거야?"

"어머, 그럼 싫어요? 우리 추억도 있고 해서 꼭 당신에게 드리고 싶은데 얼마 정도 저축할 수 있을까 생각해서 값을 정한 거예요. 굴리고 나서도 그 값에 도로 팔 수 있을 거예요. 삼백육십 불 저축해서 한국에 가지고 가세요."

GNP가 100불도 안 되는데 그렇게 저축할 수 있다면 큰 돈이 될 것이다. 어떤 학생은 거의 돈을 쓰지 않고 2년 동안 1,000불을 저축해서 귀국한 사람도 있었다. 나에겐 어림없는 소리라고 생각하면서도 나는 사기로 했다. 무이자 육 개월 할부였다.

내가 차 등록을 하고 차를 사게 되자, 김가는 아주 나에게 명령을 했다.

"넌 말이야, 일주일에 세 번씩 우릴 교회에 데려다 줘야 해."

"왜?"

"우린 일주일에 세 번씩 밤에 한국인 삼 세에게 우리말을 가르쳐 주고 있거든. 이 갸륵한 일에 차가 없다면 말이 돼?"

"글쎄, 내가 왜 태워 줘야 하는데?"

"그 차가 고 계집애 것이니까 부려먹자는 것이지."

"내가 샀다지 않아."

"이 맹추가 사긴, 그냥 가져야지. 글쎄 얼마나 약탈을 당했는데 까짓 거 떼먹어도 죄 될 게 없어."

"하지만 과거를 그렇게 이어 맞추는 것은 이성적인 것도 합리적인 것도 아니야."

"이성 좋아하네. 잘해 봐."

그러더니 김가는 길게 한숨을 쉬었다.

"왜 무슨 일 있어?"

"아니야, 삼 세 학생들 말이야. 이렇게 모국을 잊고 살아도 되는 거야. 우리는 귀한 시간 빼서 가르치러 가는 것인데 우리말을 배울 필요가 없다는 거야."

"왜?"

"곧 잊어버릴 테고, 또 배워서 어디에 쓰느냐는 거야."

"그럼 벽을 상대로 가르치나?"

"꼬마 애들이 할머니들의 등살에 배우러 나오는 거지. 그냥 동요를 가르치는 거야. '따르릉 따르릉', '송아지 송아지', '학교 종이 땡땡 땡'…… 뭐 이런 거."

김가는 그런 동요를 가르치고 있으면 한국인 삼 세의 어린이들이 모국에 대해 어떤 이미지를 갖고 있는지 알 수 있다고 했다.

"이런 것 같아. 초원에는 소들이 한가롭게 풀을 뜯고 있고, 개울가에 학교가 있는데 종을 땡땡 치면 공부를 시작하고, 또 좁은 길로 자전거가 따르릉 따르릉 하고 지나가면 학생들은 놀라 길을 비켜서

고……."

"얼마나 목가적이니."

"하지만 그러니까 한국 집에는 전기가 들어오느냐, TV가 있느냐 하고 묻는 게 아닐까? 이놈들 할아버지들은 대부분 1900년 초에 이곳 농장의 노동자로 팔려 와서 조국에 대한 정확한 정보를 자녀들에게 전해 주지 못한 거야. 그래서 조국에 대한 자부심이 없어. 그들은 여기서 떳떳한 미국 시민으로 대접도 받지 못하면서 말이야."

십이 월부터 나는 일본 KZ 방송국에서 매주 토요일 한 시부터 삼십 분 간 한국의 풍속, 가요, 전설 등을 소개하는 프로를 맡게 되었다. 물론 이것은 가쓰꼬가 소개해 준 것이고, 나는 일어가 서툴기 때문에 삼십 분 원고를 써서 가쓰꼬에게 일어로 번역해 달라고 한 뒤 그것을 읽는 일을 하고 있었다. 그러자 김가의 험구는 더 심해졌다.

"너는 좀 주체의식을 가지고 살아 봐라. 이젠 왜놈 밑에서 하이, 하이 해 가면서 주구 노릇까지 하니?"

"왜 그래? 우리나라 가요와 전설들을 잘 엮어 들려줘서 소박하고 티없는 한국의 전통적인 삶을 소개하는 것은 좋은 일이 아니야? 적어도 나는 훌륭한 민간 외교를 하고 있다고 생각해. 그리고 이런 활동이 EWC의 정신에도 맞는 것 아니야?"

"정말 그렇게 고상한 목적을 위해 나가는 거야? 가쓰꼬 만날 생각이 아니고?"

"둘 다일지도 모르지. 하지만 나는 일본을 원수처럼 생각하는 편견은 버려야 한다고 생각해. 과거의 악감정에 사로잡혀 얼마나 도움이 될지 모르는 미래의 협력관계를 망쳐 버릴 수는 없잖아? 모르긴 해도 몇 년 지나면 서로 돕지 않고는 살 수 없다고 생각해."

"아무튼 순진하긴……. 지금도 고년에게 꼬박꼬박 월부금 내고 있니? 고게 마지막 할부금 다 받으면 너를 차 버릴 거야. 아무튼 너는 이용당하고 있다는 것을 알아야 해."

딴은 가쓰꼬가 나를 이용하고 있다고 보려면 볼 수도 있었다. 그녀는 수월스레 차를 팔았다. 그러면서 지금도 필요하면 언제든지 나를 불러 어디고 가고 싶은 곳을 갔다. 휘발유 값을 나에게 부담하게 하는 여우 같은 것이라고 악담을 하려면 할 수도 있었다. 그러나 반대로 그녀는 나를 도와주고 있다고 생각하면 그럴 만한 이유가 많았다. 운전을 가르쳐 주었고, 싼 차를 사게 했고, 또 방송국을 소개하여 약간의 용돈도 벌게 해 주었고, 무엇보다도 나를 더없이 아껴 주었다.

나는 몇 번이나 망설였던 말을 김가에게 했다. 아무리 악담을 해도 나를 잘 이해해 줄 사람은 김가뿐이었다.

"그건 그렇고, 너 나 좀 도와주라."

"뭔데?"

김가가 정색을 하고 되물었다.

"너도 내 사정 알잖아. 내가 무슨 돈이 있어 월부금 내고 이 차 몰고 다니겠어. 이번까지는 잘 해 왔는데 1, 2월 두 달분은 해낼 수가 없다. 네가 120불만 빌려 주지 않겠니?"

"그럴 줄 알았다. 내가 몇 번 말했니. 떼먹어. 왜 고것이 달라고 졸라?"

"그런 일은 없어. 하지만 국제적 체면이 있는데 약속을 어길 수 있니? 내년에 저축하는 대로 꼭 갚을게."

"고게 일본 놈들의 상술이야. 화장품, 가전제품, 양산, 인형 등 얼마나 깜찍하게 만들어서 유혹하니? 아무리 불매 운동을 해도 뒤에 가서는 그 달콤한 유혹을 못 이기고 사고 만단 말이야. 일제 맛을 보면 빠져 나오기가 힘들어. 마치 네가 가쓰꼬의 치마폭을 벗어나지 못하는 것처럼 말이다."

"그래, 그렇다 하자. 그래도 돈은 빌려 줄 거지?"

십이 월 그믐이 되었다. 모두들 밖으로 나가는데 나는 저녁도 먹지 않고 침대에 누워 있었다. 이때 전화 벨이 울렸다. 가쓰꼬의 전화였다. 미국에서의 마지막 연말인데 함께 보내고 싶다는 이야기였다. 사실 나는 그녀의 전화를 기대하고 일찍부터 침대에 누워 기다리고 있었던 것이다. 샤워를 하고 옷을 주섬주섬 입고 있는데 룸메이트 모어하우스가 들어왔다.

"너 이 파이어 크래커(폭죽) 좀 줄까?"

그는 폭죽 한 상자를 던졌다.

"어디다 쓰는데?"

"여기서는 말이야, 오늘 밤 이걸 터뜨리는 거야. 중국에서 온 습관인데 그렇게 해야 잡귀가 물러나고 새해에는 복을 많이 받는대."

"잘됐군. 내 마음속에도 잡귀들이 우글거리거든."

"무슨 잡귀? 너 오늘 밤 가쓰꼬와 나갈 생각 아니었어?"

나는 잡귀 이야기를 한 것이 쑥스러워졌다. 미국 애도 내가 가쓰꼬와 데이트를 하고 있는 것을 알고 있었다. 이때 밖에서 김가가 노크

하는 소리가 들렸다. 그 녀석의 노크는 급하고 거칠어서 곧 알 수가 있었다. 김가는 문을 열고 들어와 코를 벌름거리며 무슨 향수 냄새냐고 나를 한 번 쳐다보고는 방을 한 바퀴 돌아보더니 모어하우스에게 손을 들어 인사했다. 그리고 나를 향해 큰소리를 쳤다.

"야, 너 오늘 밤 일감 생겼다."

"뭔데?"

"우릴 태우고 저녁에 김치 할머니 집에 가자."

김치 할머니는 릴리하 한인교회를 지켜 온 부잣집 마님인데 늘 주일마다 학생들이 오면 김치를 한 병씩 안겨서 돌려보냈기 때문에 그런 이름이 붙어 있었다.

"나 오늘 약속 있는데……."

"무슨 약속? 다 취소해. 오늘 그 할머니 집에서 한국 학생들 다 초대했다."

"그래도 먼저 약속한 곳이 있는걸."

"누구야? 전화로 취소해 줄게."

"이 자식은 안하무인이야."

"그럼 망년회로 한국 학생끼리 모여 김치 먹고 윷놀이 하고 노는 이것보다 더 중요한 게 뭐 있니?"

"하지만 이번만큼은 다른 사람에게 부탁해 봐."

"너 많이 변한 것 같아. 한국 학생이 모이는 데는 늘 빠지니 말이야. 알았어, 또 가쓰꼬하구 나가는 거지?"

나는 아무 말도 하지 않았다. 여러 사람이 모이는 곳에 가지 못하면 늘 죄의식과 소외감이 따랐다.

"늘 꿩 새끼처럼 그렇게 도망쳐 다니지 말고 단번에 결말을 내고 그 소굴에서 빠져 나와라. 네가 일본 계집을 정복하고 돌아오면 그래도 명분이 있잖아. 우리가 손뼉쳐 줄게."

그는 걸어 나갔다. 나는 좀 울적한 기분으로 집을 나왔다. 가쓰꼬를 만나서 저녁은 〈박 하우스〉에서 한국 음식으로 했다. 그녀는 일본 학생들이 망년회로 모이는데 자기는 연말을 나와 함께 보내고 싶어 나왔다고 명랑하게 종알거렸다.

"어디든 실컷 쏘다녀요."

나도 동감이었다. 처음엔 볼링을 하러 갔다. 한두 시간 했는데 그래도 아홉 시가 미처 안 되었다. 그녀는 스트립 쇼 하는 데를 가자고 했다. 그러면서 자기도 처음이라고 했다. 우리는 밴드의 음악에 맞추어 춤을 추며 온갖 상징적인 몸짓으로 옷을 벗어 가며 눕고, 앉고, 몸을 비비 꼬는 것을 아무 말 없이 보고 있었다. 입술이 타면 캔 맥주를 마셨다. 살결이 황동색인 폴리네시아의 젊은 사내가 등, 배, 팔, 다리를 손뼉으로 재빠르게 두들겨 가는 모기 잡이 춤과 칼춤을 추었다. 꽉 찬 담배 연기 속에서 머리가 멍청해지는 것 같았다.

밖으로 나오자 나는 심호흡을 했고, 우리는 아무 말 없이 서로 쳐다보지도 않고 앞만 보고 걸었다. 여기저기서 콩 튀듯 폭죽 터뜨리는 소리가 요란했다. 차고에서 길까지 차를 몰고 나오자 우리는 처음으로 서로 쳐다보며 웃었다. 나는 그녀에게 폭죽 상자를 주었다.

"어머, 있었군요. 몇 개 던져요?"

나는 준비해 온 라이터를 켜서 심지에 불을 붙이고, 그녀는 그것이 타들어 가기 전에 창문 밖으로 던졌다. 이렇게 몇 번을 한 뒤 나는 줄

줄이 사탕처럼 열개裂開가 주렁주렁 매달린 폭죽을 그녀에게 건넸다. 그것을 던진 뒤 그녀는 귀를 막고 내 가슴으로 파고들었다. 콩 튀듯 폭죽 터지는 소리가 요란하게 나자 지나가던 한 쌍이 우리를 보고 웃었다. 그러고는 하와이 말로 새해 인사를 했다.

"하올리 마까히끼오."

우리는 다시 명랑해져서 일리카이 호텔의 스카이 라운지로 갔다. 유리로 된 승강기로 23층을 오를 때 와이키키 해변 가의 야자수 너머 감청색 바다에서 춤추는 색 전등의 반사가 환상적이었다. 가쓰꼬는 다시는 이런 황홀한 밤은 갖지 못할 것이라고 말하며 라운지에서도 계속 춤을 추자고 말했다.

"피곤하지 않아요?"

"오늘은 피곤해지고 싶어요. 가만 있으면 오히려 불안해요."

나는 가쓰꼬도 나처럼 자기의 감정을 통제할 수 없는 모양이라고 생각했다. 그녀는 쉬지 않고 이야기했다.

"일본 애들이 당신을 어떻게 보는지 아세요? 색마라고 생각해요. 아주 기술이 좋을 거래요. 그래서 제가 이렇게 헤어나지 못한대요. 그들은 우리가 결백하고 순결하다고 말해도 믿어 주질 않아요. 우리는 미워할 이유가 없고 서로 친구로 의지하고 지낼 수 있다고 말해도 아무도 믿지 않아요. 처음에 저는 그들에게 우리의 순수함을 설득시킬 수 있을 줄 알았어요. 그러나 지금은 기권했어요. 우리가 아무리 발버둥쳐도 당신은 색마요, 나는 암내를 풍기는 당나귀예요."

그녀는 스텝을 밟을 때 술 취한 사람처럼 내 목을 안고 온 체중을 나에게 실어 왔다.

"저는 당신을 사랑하게 되었어요. 저와 결혼해 주세요. 저를 아내로 맞으면 무슨 일이 생기나요?"

그녀는 춤을 추다 말고 제자리에 서서 몸을 떨었다.

그래, 같이 살자. 나도 너를 원하고 있다. 그러나 이것이 순간적인 감정인 것을 알고 나는 곧 당황했다. 나에게 일본 여인을 데리고 돌아갈 용기가 정말 있는가? 그동안 나는 그녀와 결혼하겠다는 생각은 전혀 해 본 일이 없었다. 매일 붙어 다니면서, 또 그녀를 원하면서 왜 결혼을 생각해 보지 않았을까? 정말 내가 원했던 것은 김가가 말했던 것처럼 한 순간의 쾌락이 아니었을까? 한 순간의 쾌락을 위해 이 귀엽고 나약한 여인을 어떻게 정복해? 사랑은 정복을 당하는 것이라고 그녀는 말했는데, 정말 나는 그녀가 나를 정복하고, 그래서 그녀가 행복해지는 것을 보고 나도 행복해지고 싶다.

"왜 대답이 없으세요?"

나는 한 발 뒤로 그녀를 끌었다가 다시 밀며 춤을 계속 추었다.

"찬바람을 쏘이러 밖으로 나갈까요?"

"어머, 제가 열이 오른 줄 아세요?"

"아니요. 제가 상기되어 어떤 판단을 할 수 없습니다."

그녀는 기분이 좋은지 가슴에 머리를 기대고 콧노래를 불렀다.

"무슨 곡인지 아세요?"

"모르겠는데요."

"'당신의 눈에 연기' smoke in your eye라는 노래예요."

"무슨 뜻이지요?"

"앞이 잘 안 보인다는 말이지요."

그러면서 가쓰꼬는 킥킥 웃었다. 나는 그녀를 꼭 껴안았다. 정말 앞이 안 보였다.

밖으로 나오자 우리는 불꽃 놀이를 구경하러 옛 화산으로 이루어진 다이아몬드헤드로 갔다. 그 곳은 기관총과 대포를 쏘는 곳 같았다. 곳곳의 후미진 곳에는 젊은 남녀가 차를 처박아 놓고 껴안고 있는 것이 보였다. 크게 터지는 폭죽은 사람을 흥분시켰다. 우리도 차를 길가 깊숙한 곳에 밀어 넣고 불꽃 구경을 했다. 하늘 높이 불꽃이 올라가서는 별들이 폭포를 이루며 쏟아지듯이 흘러내리는 불꽃 놀이는 화산의 분화구에서 용암이 흘러내리는, 그런 광경 같았다. 그런 장면이 누적될수록 감정은 어떤 고지를 향해 격앙되어 갔다.
"잠수함 경기submarine race가 무슨 뜻인지 아세요?"
"모르겠는데……."
"아이, 많이 봤잖아요, 오면서."
"어디서?"
"후미진 차 속에서 서로 뒹굴고 있는 거."
우리는 한참 동안 말없이 서로 바라보고 있었다. 그러나 눈을 감고 누가 먼저라 할 것 없이 덥석 껴안았다. 그녀의 코가 입 속으로 들어왔다. 나는 당황했으나 이내 그녀의 보드라운 입술을 찾을 수 있었다. 그리고 정말 잠수함 경기처럼 엎치락뒤치락 오래 참았던 감정을 폭발시켰다. 한참 후 몽유병자처럼 허우적거리던 우리가 제정신이 돌아오자, 가쓰꼬는 옷매무새를 고치고 의자에 앉아서 눈을 내리깔고 있었다. 어떻게 옮겼는지 우리는 차 뒷자리에 와 있었다. 그리고 나는 그녀의 무릎에 머리를 기대고 얼마 동안 누워 있었다. 갑자기 폭죽 소리가 없어지고 주위가 조용해진 것을 깨달았다.

"웬일이지? 갑자기."

그녀는 야광 시계를 봤다.

"아마 열두 시를 기다리나 봐요. 한꺼번에 폭죽을 쏘아 올리려고."

정말이었다. 열두 시가 되자 천지가 진동하듯 폭죽이 터지는 소리가 나며 검은 하늘을 수놓았다. 일 년 동안 참아 온 감정이 다음 한 해까지 기다릴 수 없다고 폭발해 버리는 요란한 소리 같았다. 그러면서 불꽃들은 서서히 사라져 갔다. 나는 여운을 즐기듯 그녀의 목을 끌어 다시 한 번 입을 맞추었다. 이제 더 숨기고 참을 일이 없었다. 화산은 터졌기 때문이다.

"오늘 밤엔 제가 운전할게요. 오랜만에 운전해 보고 싶어요."

그러면서 그녀는 앞자리의 운전석으로 옮겼다. 나는 그녀의 옆 자리로 옮겨 앉으며 한 순간 전에 아무 일도 없었던 것처럼 태연하려 했다. 그러나 머릿속에는 여러 가지 생각이 난무했다.

'결국 이렇게 될걸 나는 무엇을 자제해 왔는가? 왜 나는 김가의 말을 듣지 않았는가? 나는 그녀를 정복한 것이 아니라 정복당해 버린 것이 아닐까? 아니, 사실 나는 그렇게 되길 원하고 있었던 것이 아니었을까?

"재미있는 이야기 좀 하세요. 왜 설 한국에 데려갈 것이 걱정되세요?"

"아니."

나는 급히 부정했다.

"그럼 데려가시겠어요?"

나는 허점을 찔린 것처럼 당황했다.

"전 당신이 하자는 대로 할게요. 무슨 부담감 같은 걸 느낄 필요는 없어요. 전 어떤 행동에 꼬리표를 달아 놓는 걸 싫어하거든요. 후회는 없어요. 저는 순간의 감정에 충실하고 싶었을 뿐이에요."

그녀는 시내를 향해 액셀을 밟기 시작했다. 아니, 나는 흥분도 가시기 전인데 어떻게 이렇게 침착할 수 있는가? 우리의 관계를 다 정리하고 난 사람 같았다.

"나, 정말 그동안 하고 싶은 이야기가 있었는데……."

"뭔데요?"

그녀는 돌아보지도 않고 말했다.

"사실 난 처음부터 가쓰꼬와 결혼하고 싶은 생각이 없었어요. 그런데 복스럽고 예쁘고 명랑해서 욕심을 냈던 거지."

"그런데요?"

그녀는 별로 화가 난 것 같지 않았다.

"그래 정복할 기회를 노려 왔는데 오늘 갑자기 그런 기회가 온 거야. 너무 예상 외라 당황했지만."

그녀가 갑자기 웃기 시작했다.

"왜 그래, 왜 웃지?"

"나는 당신의 호기가 마음에 들어요. 당신은 길들여진 양 같아요. 결코 이리가 될 수 없다구요. 그래서 내가 안심하고 기대는 거 아니에요?"

"내가 이리가 될 수 없다구? 아니야, 난 진즉부터 목적만 달성하면 당신을 차 버리려고 생각하고 있었어요."

"그런데 그렇게 안 되었어요?"

"이제 됐잖아요. 내일부터는 당신과 끝장이요."

"그래 보세요, 내가 믿나."

"그뿐 아니라 내일부터 난 한국 학생들에게 이렇게 가쓰꼬를 정복했소 하고 광고를 할 셈이요."

그녀의 표정이 갑자기 바뀌더니 차가 급진하기 시작했다.

"왜 이래? 미쳤어?"

"그래요, 미쳤어요. 나는 당신이 정말 그런 사람인 줄 몰랐어요. 나를 그래도 사랑하는 줄 알았지요. 사랑이란 상대방의 감정을 헤아리는 것 아니에요? 결혼할 수 없다는 것, 이해해요. 하지만 제 감정을 걸레로 만들어 놓고 이렇게 내팽개칠 수 있어요?"

나는 마음에도 없는 심한 말을 했다고 생각했다. 그러나 구차하게 말을 바꾸고 싶진 않았다.

팽팽한 긴장감이 감돌고, 그녀는 너무 화가 나 있었기 때문에 아무 말도 할 수 없었다. 그녀는 계속 속도를 줄이지 않고 여자 기숙사 앞까지 오자 급정거를 한 뒤 운전석에서 내렸다. 상당히 긴 시간 동안의 침묵이었다.

"미안해요. 내일 아침 다시 전화할게요."

나는 애원하다시피 말했으나, 그녀는 아무 말 없이 송송걸음으로 가 버렸다. 남자 기숙사는 그믐이 되어선지 여기저기 방에 아직도 불이 켜져 있었다. 나는 손수건으로 입술을 닦고 내 방으로 들어갔다. 김가가 파티에서 돌아왔는지 내 침대 위에 앉아 내 룸메이트 모어히우스와

이야기를 하고 있다가 나를 돌아보며 한국말로 큰소리를 쳤다.

"정복했어?"

"뭘?"

나는 정복이라는 말이 역겨웠다.

"일본 고년 정복했느냔 말이야."

"정복하지 않고 당했다. 어쩔래?"

나는 침대에 몸을 던져 누우며 내뱉었다.

"뭐? 병신, 당했어? 잘한다, 잘해."

그러다가 갑자기 말했다.

"야, 오히려 잘됐다. 네깐 놈에게 어떻게 적극적인 행동을 바라겠냐. 결국 당할 수밖에 없는데 어떻든 일단 목적은 달성한 게 아니야."

그는 진지하게 나에게 말했다.

"진즉부터 말하려고 했는데 이제 거기서 손 씻고 나와라. 너는 한국 학생이야. 그 쪽발이의 품에서 빠져 나와야 해. 그렇게 유혹을 못 이기더니 잘 되었다."

"난 유혹 같은 것은 아예 받아 본 적이 없어. 일본 사람과 섞여 지낸다고 과거의 치욕을 잊은 적도 없고."

"유혹은 굶주린 사자처럼 무서운 거야. 유혹이라는 사자는 철조망 밖에서 쳐다봐야지 우리 안으로 들어가면 사자의 미끼가 돼. 그래서 너는 먹힌 거야. 이제 네가 할 수 있는 일은 고것과 손을 끊고 남은 할부금을 떼먹는 일이야. 왜 돈을 주냐?"

나는 그녀와의 황홀한 순간 뒤에 바로 냉랭하게 돌변한 두 사람의 관계를 어떻게 회복해야 할지 막막해서 눈을 감고 있었다. 김가는 내가 들어오기 전 모어하우스와 하던 이야기를 계속했다.

　1905년 '을사협약'을 조인하는데 일본 헌병이 이중 삼중으로 조정을 포위하고 조선군 사령관 하세가와와 헌병 사령관 입석 하에 주간 각의를 계속하되 밤 열두 시 종이 울려도 결말이 나지 않았다. 그러자 일본의 특파전권대사 이등박문은 그 찬부(贊否)를 묻기 위해 각각의 대신을 별실에 구금하고 개별적으로 심문하니 각원 여덟 명 중 이완용 등 다섯 명이 강압과 번쩍이는 총검 하에서 찬성했다. 이렇게 해서 이 정신 못 차린 매국노들 때문에 우리나라는 외교권을 박탈당하고, 이듬해 통감부를 두고 일본이 우리나라를 빼앗게 되었다.

　나는 깊은 잠에 빠졌다. 그리고 다음날 아침 일어났으나 약속한 대로 그녀에게 전화를 하지는 않았다. 순하고 상냥하던 가쓰꼬가 그렇게 쌀쌀하게 변해 버린 모습이 눈에 선했고 다시는 나와 대화하지 않을 것 같은 생각이 들어서였다. 그러나 좋았던 관계를 마지막에 망쳐 버린 것 같아 께름칙했다. 어떻게든지 이 관계는 회복하고 끝나야 할 것 같았다. 며칠 동안 그녀도 연락을 해 오지 않았다. 일본 방송국 때문에 전화를 했으나 계속 자리에 없다는 대답뿐이었다. 그래서 한국 가요와 동요들만 몇 차례 내보내다가 사표를 냈다. 김가는 내가 가쓰꼬를 만나지 않을 것을 알자 기분이 좋은 모양이었다.

　"히니님께서 니를 사링하시는 모양이나. 더 신행되면 위험하기 때문에 여기서 막아 주신 거야. 이제 옛 생활은 다 정리하고 회개하고 기도할 일만 남았다."

　"무엇을 회개하지?"

"자기 죄도 모르는 사람은 구원받을 가망이 없는 사람이라고 목사님이 말씀하셨잖아? 너는 육체의 정욕에 사로잡혀 음행을 한 자야."

"언제는 정복하라고 교사해 놓고 그게 무슨 소리야?"

그러나 나는 괴로웠다. 성경에 의하면 내가 빗나간 생활을 했으니 탕자처럼 돌아와 하나님과의 관계를 회복해야 한다. 그러나 나는 가쓰꼬와 함께 했던 날들을 육체의 정욕에 사로잡힌 삶이라고 말하고 싶지 않았다. 회개하면 내 과거는 다 씻어지는 것일까? 내 죄가 있다면 하나님은 다 잊어버리시고, 나도 잊고, 가쓰꼬도 나와의 관계를 깨끗이 잊을 수가 있을까? 그리고 아무 일도 없었던 것처럼 새 사람으로 살 수 있을까?

가쓰꼬는 고의로 나를 만나는 것을 피하고 있는 것 같았다. 그녀는 내가 자신을 이용하고 차 버렸다는 말에 크게 상처를 받은 것임에 틀림없었다. 나는 그녀를 만나야 한다. 그 말도 해명하고 마지막 두 달 분의 할부금도 주어야 한다. 이렇게 헤어지면 서로 너무 큰 상처를 안고 헤어지는 것이다.

나는 일 월 한 달 내내 그녀의 메일 박스 근처를 서성거렸다. 김가는 내가 그녀를 만나면 다시 불이 붙고 중독 환자처럼 옛 생활로 돌아선다고 말했다. 할부금 핑계로도 그녀를 만나지 말라고 했다.

일 월 말 주말에 나는 그녀를 제퍼슨 홀에서 만났다. 나는 반가워서 그녀에게 달려갔다.

"가쓰꼬?"

그녀도 놀란 듯이 나를 돌아보았다. 초췌한 모습이었지만 옛날의 신선하고 명랑한 모습이 그대로 남아 있었다.

"만나고 싶었습니다."

그녀는 수줍은 듯 눈을 내리깔았다.

"다 끝났잖아요? 저 다음달에 일본으로 돌아가요."

"옛날처럼 좀 웃어 주면 안 돼?"

그러면서 호주머니에서 꾸겨진 봉투를 내밀었다.

"뭐예요?"

"마지막 차 값. 너무 오래 넣고 다녀서 이렇게 꾸겨졌어."

그녀는 나를 쳐다보았다. 눈물이 고인 것 같았다. 그녀는 가볍게 웃어 보였다.

"당신은 좋은 사람이에요. 다 잊으세요. 저도 잊을게요."

그러면서 입술에 두 손가락을 댔다가 내 입술 위에 대 주었다. 그리고 급하게 돌아서 가 버렸다.

나는 내 입술을 만졌다. 손가락의 감촉이 아니고 그녀의 보드라운 혀의 감촉이 느껴졌다. 이것이 잊지 못할 일제 맛이라는 것일까?

(1970년 월간문학 15호)

루시의 방한기

　루시가 조국인 한국을 방문한 것은 하늘이 높고 푸른 가을이었다. 10월 24일이 유엔 데이고 22일이 일요일이므로 그 때쯤 와 준다면 연휴를 이용하여 2, 3일 함께 관광 여행을 즐길 수 있으리라고 했더니, 마침 전세 비행기가 있었다며 16일에 서울에 도착했다는 연락이 왔다. 동행들과 서울 구경을 하고 나를 만나러 온 것은 21일이었다.
　버스는 다섯 시에 어김없이 정류소에 도착했는데, 차광遮光 필름을 한 차창 안에서 그녀가 나를 보고 마구 손을 흔들며 안절부절못하는 모습이 보였다. 정말 얼마만인가? 벌써 그녀와 헤어진 것이 5년째다. 다시 미국에 갈 수 있으리라고 생각했던 것이 경제적 여건으로 수포로 돌아가자 하와이에서 지냈던 일 년 반이 꿈속같이만 생각되었다.
　그녀는 차에서 내리자 나를 껴안고 볼에 입을 맞추며 자못 감격한 표정을 지었다.
　"정말 꿈만 같아요."

"그건 내가 할 말인데 자기도 그렇게 느꼈었나?"

나는 얼떨결에 그녀를 껴안고 끌어당겨 어깨를 두들겨 주고, '여기는 하와이도 아닌데.' 라고 생각하며 좀 어색한 표정으로 주위를 둘러봤다.

"전혀 달라진 게 없는데요."

나는 그녀를 훑어보며 말했다. 그 활달한 행동하며 대담하게 화려한 옷이며 정말 변한 것이 없었다.

"나는 더 늙었어, 미스터 오는 더 젊어지고."

그녀의 한국말은 늘 그 모양이었다.

우리는 짐을 찾아 우선 대합실로 들어갔다.

"짐은 이것뿐이오?"

"일부는 반도호텔에 맡겨 두었어요. 또 그리로 갈 거니까."

그녀는 영어로 말했다. 영어가 우리말보다 훨씬 편리했던 것이다. 한국 사람처럼 생겨서 미국 사람처럼 영어를 유창하게 하는 것이 이상한지 주위 사람들이 쳐다보았다.

"좀 의견을 물어도 돼요? 숙소를 불편하더라도 우리 집으로 할까, 아니면 호텔로 할까?"

"난 상관없어요. 그러나 이것은 진심인데 방해는 하고 싶지 않아요."

"문제 없어요. 그럼 집으로 가지요."

우리는 짐을 가지고 밖으로 나와 택시를 잡았다.

운전 기사는 휘파람을 불며 짐을 싣더니 방향을 묻지도 않고 달리기 시작했다.

"장동미인 양공주 촌이지요?"

"아니요, 우리 집이요."

나는 기사가 길이 험한 우리 집 문 앞까지 가자고 하면 휘파람이 들어가고 화가 날 것이라고 생각했다. 그러면서 그녀는 모처럼 고국이라고 꿈을 안고 왔는데 운전 기사의 불친절한 모습을 보면 어찌나 하고 조마조마했다. 집 앞까지 가 주어야겠다고 말하며 수고한 사례는 하겠다고 귀띔했다.

"정말 괜찮아?"

"그건 내가 묻고 싶은 말이요. 집에 가면 수세식 화장실도 없고 샤워 시설도 없거든요."

"재미있을 거예요. 어머니에게 그런 재래식 한국 집 이야기 많이 들었어."

루시를 호텔에 놓아 두면 신경이 쓰일 일이었다. 낯선 곳에 혼자 떼어 놓을 수도 없고, 그렇다고 그녀에게 갈 때마다 아내를 동반할 수도 없는 일이었다. 그래서인지 아내는 루시를 집으로 데려오라고 강권했었다. 도대체 하와이에서 어떻게 사귀고 지냈으면 한국에까지 찾아오게 되었느냐고 짜증도 부리면서…….

그녀는 호놀룰루의 릴리하 거리에 있는 한인 기독교회의 교인이었다. 이 교회는 1918년 이승만 대통령에 의하여 세워진 교회다. 한때 이 대통령 집정 시는 미국을 드나드는 정부 고관들이 이 교회를 들러 갔기 때문에 퍽 북적대는 교회였는데 이 대통령의 몰락과 함께 시들해지고, 시내에 또 하나 있는 감리교회가 그런대로 교회답게 운영되고 있는 실정이었다. 그런데 나는 하와이 대학에 와서 처음으로 전화번호부를 뒤적여서 연락한 곳이 이 교회가 되어, 같이 성가대를 한 것이 그녀와의 인연이라면 인연이었다. 자주 만난다고 가까워지는 것은 아니다. 가까워진 것은 그녀의 성격 때문이었다. 그녀는 워낙 성격이 활발하고 낙천적이어서 하와이 대학에 장학금을 받고 공부하러 온 모든 EWC동·서 문화연구소 학생들의 누나이자 심부름꾼이었다. 그녀는 대학에 와서 공부하는 한국 학생들을 대견스럽고 자랑스럽게 생각하고 있었다. 사실 그녀는 처음으로 새롭게 눈을 뜬 한국에 대해 늘 자랑스러워서 흥분하고 있었다. 선명회 합창단이 와서 부채 춤 공연을 했을 때는 자기 밑에서 근무하고 있는 음식점의 점원들을 모두 데리고 와서 구경을 시킨 일도 있었다. 이런 공연은 숨어 있는 한국인이 밖으로 드러나는 계기가 되었다. 한국을 한 번이라도 다녀왔거나 한복 선물을 받은 미국인들은 이런 공연에 한복을 입고 나와 침이 마르게 부채 춤 칭찬을 했다. 그럴 때는 으레 한두 사람의 동양인이 자기도 사실은 한국인이라고 처음으로 자신을 드러내 보이기 시작하는 것이었다. 오랫동안 한국인은 노름꾼들이라는 누명이 퍼져, 그들은 계속 조상을 숨겨 와야 했던 것이다. 그러나 루시는 이제 자신이 한국인인 것이 자랑스러웠다. 그녀는 자기 밑에서 일하는 음식점 조무래기들에게 공연히 점심을 사 주고 싶으면 세계에서 가장 멋있는 나라가 어딘 줄 아느냐고 물어서 "한국이요." 하고 대답하면 점심을 산다고도 했다. 그 루시가 평생 처음으로 조국인 한국을 방문한 것이다.

집에서는 새 손님을 맞이 북적댔다. 아내와 아이들은 좀 놀란 표정이었다. 아내는 대학에 다니는 딸이 있는 과부라고 이해하고 있었는데 너무 젊은 것에 놀란 모양이고, 어린애들은 전에 방문한 일이 있는 데이비드 청년처럼 노란 머리에 눈이 우묵 들어간, 잘 웃고 잘 지껄이는 전형적인 미국인인 줄 알았다가 까만 머리의 한국 사람인 것에 놀란 모양이었다. 그런데다 우리말은 잘 못하고 영어를 주로 쓰는 미국인이자 한국인인 그녀를 받아들이기엔 좀 혼란스러운 모양이었다. 그렇지만 그것도 잠깐 동안이었다. 모두들 곧 익숙해졌다.

"하와이에서 아빠께 잘해 주셨다는 말 들었습니다. 감사해요."

아내의 말을 통역하자 그녀는 곧 우리말로 받았다.

"아이고, 미스터 오 똑똑해. 내가 도움 많이 받았어."

그래서 모두 웃었다.

"아직도 예쁘고 젊으신데 왜 재혼 안 하세요?"

"나 인자 다 늙었어. 할머니 다 됐어."

나는 그녀의 큰딸이 오 년 전에 대학에 다닐 때 한국의 국악과 부채 춤을 교습소에서 배우고 있었다고 설명했다.

"좋아하는 사람도 많을 것 같은데······."

그녀는 아무 말도 하지 않고 웃었다. 갑자기 그의 큰딸 월마가 궁금해져서 나는 그녀가 지금 무엇을 하느냐고 물었더니 한인들을 대변하는 변호사가 되겠다고 법률 공부를 하고 있다고 말했다.

"마침 잘 오셨어요. 남북회담도 열리고, 또 아빠가 쉬고 있는 때가 되어서······."

"나는 운이 좋은 사람, 당신도 알지요?" 하고 그녀는 나를 보며 씽긋 웃었다. 별로 거리끼는 것이 없었다.

"처음으로 조국을 보는 느낌이 어떠세요?"

"아름다워요. 미국에 가면 막 자랑할 거예요."

"특별히 무얼 다르게 느끼셨어요?"

아내는 우리말을 섞어 쓰는 영어가 재미있는지 자꾸 물었다.

"간판이 재미있었어요. 뉴, 코, 리, 아, 호, 텔. 이렇게 힘들여 읽고 나니 영어를 그렇게 어렵게 써 놓지 않았겠어요. 그런 것이 많았어요. 오, 리, 온, 비, 스, 켓, 골, 덴, 텍, 스……발음이 좀 이상했지만, 냄새와 빛깔이 다른 미국을 딴 나라에서 보는 것 같아요."

하기는 그렇다. 그녀는 우리가 미처 생각하지 못했던 것을 지적하는 것 같았다. 식사를 끝내고 왁자지껄 한바탕 떠들고 나자, 나는 그녀를 재울 것이 걱정이 되었다. 막상 집으로 데려오기는 했지만, 그녀는 미국에서 태어나 그 문화에 젖어 산 사람이었다. 침대가 없고, 샤워 시설이 없고, 또 수세식 화장실이 아니고 재래식이었다. 나는 그녀에게 설명하기 시작했다. 오늘은 침대가 아니고 온돌방에서 자야 하며 샤워를 할 수 없다. 그러나 내일은 유명한 온천장에 데려다 줄 테니 좀 참아라. 그리고 화장실인데, 실내에는 화장실이 없으므로 문을 열고 밖으로 나가야 한다. 만일을 위해 손전등을 줄 테니 사용하도록 하라. 그러자 그녀는 너무 세심하게 걱정한다고 나를 마구 때리며 웃었다. 그런 걱정 하지 말라는 것이었다.

각각 잠자리에 들고 문단속을 하고 들어오자, 아내는 정색을 하고 물었다.

"당신 그 여자와 어떤 사이였어요?"

"왜 그래? 갑지기."

"친절한 정도가 보통이 아니에요. 난 당신 말을 어디까지 믿어야 할지 모르겠어요."

나는 그런 말을 들으리라고 생각했다. 그녀는 스스럼없이 나를 때리고 눈웃음을 잘 쳤다.

"성격이 활발하고 명랑하기 때문에 그런 거야. 전혀 흑심이 없는 여자야."

"그래도 나는 한국까지 찾아오는 당신의 여자 친구 싫어요."

"당신도 그 여자의 과거를 알게 되면 누군가 한국에서 그녀를 따뜻하게 대해 줄 사람이 있어야 한다는 것을 알게 될 거야."

나는 그녀의 아버지가 1905년에 하와이에 있는 설탕 농장의 노동자로 팔려 간 이야기, 당시 백 불씩의 정착금을 미끼로 주었는데 무식한 노동자들은 지상천국으로 살러 가는 줄 알고 긴 날짜의 항해 기간 동안 노름을 해서 거의 돈을 잃어버린 노동자가 태반이었다는 이야기, 농장에서 노름과 패싸움 등으로 노사 문제가 어려워지자 결혼을 시켜 정착시켜야겠다는 농장 주인의 생각으로 고국에 사진을 보내 처녀들을 모집해 왔는데 그 중에 한 처녀가 그녀의 어머니였다는 이야기, 아버지 같은 남편과 함께 살면서 오 남매를 기른 그녀의 어머니에게서 배운 최초의 한국말은 밥알 하나라도 버리려 하면 손을 저으며 말리면서 쓰던 '아까워' 라는 말이었다는 이야기, 그들이 학교에 다닐 때 천대 받고 놀림 받던 이야기 등을 아는 대로 해 주었다.

"하와이에 그런 사람이 한둘이겠어요? 다 그랬겠지요. 그런 여자들을 당신은 다 그렇게 좋아해요?"

"며칠 있으면 그 여자는 갈 거예요. 한국이 모국인데 이 곳에 와서 찾아갈 사람이 없다면 얼마나 쓸쓸하겠어요? 아마 겪어 보면 그녀가 얼마나 좋은 여자인지 알게 될거요. 이제 나보다는 당신과 더 가까운 친구가 될걸."

"나는 영어도 모르고, 그런 친구 원치도 않아요."

"나와 그녀가 보통 사이가 아니었다면 어떻게 그녀가 이 곳을 찾아 올 수가 있겠소. 그냥 좀 친절하게 대해 주어요."

하룻밤이 지났다. 나는 일어나자마자 현관 문부터 열었다. 도둑이 잘 들어서 안쪽 문고리에 자물쇠를 잠갔었지만, 이번에는 루시 때문에 그냥 걸어 두기만 했던 것이다. 루시가 살짝 방문을 열고 인사하더니 정신없이 밖으로 나갔다. 조금 있다가 얼굴을 붉히며 집 안으로 들어서더니 화장실에 가고 싶었는데 깨울 수도 없고 나가지도 못하고 안달을 했다고 말했다.

"때로 우리는 요강이라는 것을 쓰는데……."

그러자 그녀는 대뜸 대답했다.

"아! 바로 이거지요? 나도 알지요. 어머니한테 많이 들었거든요."

그녀는 마루에 놓인 요강을 가리키며 말했다.

이게 그것이라고 몇 번 생각하고 만져 보기도 했지만 잘못하면 어쩌나 싶어 쓰지 못하고 참았다는 것이다. 어떤 사람이 한국 집에 가서 요강인 줄 알고 된장 그릇에 오줌을 누어서 큰 실수를 했다는 이야기를 해서 허리를 쥐고 웃었다. 동족이라 할지라도 70여 년을 딴 나라의 문화에 젖어 살다 보면 그렇게 달라질 수 있는 법이다. 나는 그녀가 조국도 없는 무식한 노동사의 딸로 살아왔다는 생각을 떨쳐 버릴 수가 없었다. 그래서 그녀에게 무언가 조국에 대한 자부심을 심어 주고 싶다는 생각을 했다. 그러나 그녀는 미국 시민인데 그렇게 할 필요가 있을까? 아니, 오히려 그녀가 우리를 아직도 미개한 나라에서 살고 있는 사람이라고 생각하는 것이 아닐까? 이런 생각이 내 머리를 뒤죽박죽이 되게 했다.

이 날은 그녀에게 한국의 교회를 소개해 주었다. 호놀룰루의 〈한인기독교회〉와는 전혀 다른 분위기를 보여주기 위해서였다. 미국의 릴리하 한인교회에서는 교인들이 대부분 할머니들이었다. 나이 많은 남편들은 벌써 사별하고 이제는 할머니들이 통조림 공장의 주문으로 마른 생선을 손으로 찢어 납품하고 있었다. 그렇게 해서 번 돈이 이 교회의 대부분의 운영 자금이 되었다. 할머니들은 영어를 알아들을 수 없었으므로 1부 예배로 십여 명이 한인 목사에게서 설교를 듣고 있었다. 이민 1세들과 해방 후 이민 온 분들, 그리고 하와이 대학의 학생들은 함께 영어로 2부 예배를 드렸으며, 이민 2세들은 교회에 거의 관심이 없었다. 그들은 이 교회가 〈한인기독교회〉라고 한인이란 접두어를 붙이고 있는 동안에는 이 지역사회에 필요한 교회가 될 수 없다는 주장이었다. 그들은 한국인이 아니고 모두 미국 시민인데 굳이 한인이라는 말을 붙여서 미국 사회에서 고립되고 미국인의 접근을 막을 이유가 없다는 것이었다. 그것은 또 기독교 정신에도 어긋난다는 주장이었다. 그러나 할머니들은 자기들이 죽은 뒤에 그렇게 하라며 반대했다. 교회는 성장을 멈추고 있었다. 그렇다고 양로원 방문, 군인 위문 등 교회가 하는 연례 행사를 안 하는 것도 아니었다. 그녀는 한국 교회에 와서 교인 수가 많은 것에 먼저 놀랐다. 그리고 성가대의 인원이 많은 것에도 놀랐다.

"한국이 일등이야."

그녀는 엄지손가락을 위로 올렸다. 아무튼 모든 것이 대견스러운 모양이었다. 루시는 분명 한국을 좋아하고 있다. 그리고 나는 그런 그녀를 기쁘게 해 주면 된다. 나는 아내가 루시와 온천장에 들리고, 다시 미장원을 들르는 동안 군인 휴양소의 벤치에 앉아 청명한 가을 날씨를 즐기고 있었다. 목사님의 설교가 떠올랐다. 그것은 에스겔의 환상에 대한 것이었다. 골짜기 지면에 말라 버린 뼈가 움직이더니 이 뼈 저 뼈들이 들어맞고 힘줄이 생기고 살이 올라 사람이 되어서 하나님이 생기를 불어넣으시니 생명을 갖게 되었다는 것이다. 하와이에 가면 말라 버린 역사의 토막들이 굴러다니고 있다. 정말로 하와이 이민사를 움직인 하나의 거대한 실체가 있었을까? 그래서 지금도 교회를 통해 성령이 이 과거가 되어 버린 역사의 파편들에게 생기를 불어넣어 서로 연락하여 생명체가 되게 할 수는 있을까? 루시는 비매품으로 된 필시 몇 권 안 되는 『재미 한인 50년사』라는 책을 집에 보관해 두고 있었다. 그러나 그것은 먼지가 앉고 우리말로 되어서 돌아보지도 않던 책이었다. 내가 그것을 읽고 그녀에게 들려주었다. 그녀는 한국 사람이 한국 책을 읽지 못한다는 사실을 부끄러워했다.

한국의 인삼 장수가 멕시코의 메리다 지방을 지나면서 중국 사람에게서 한인 소식을 듣고 하와이 노동자의 구원을 호소하는 편지를 쓴 것도 있었다. 한국 노동자가 멕시코의 어저귀 농장에 노예로 팔려 와서 하루에 25센트씩을 받고 일하고 있다는 것이었다. 낮이면 불같이 뜨거운 가시밭 농장에서 채찍을 맞고 일하는데, 농장 주인이 일터에 나올 때는 십장들이 사방에서 채찍을 들고 소리치는 모습은 소몰이 하는 목장과도 같았다고 쓰고 있었다. 밤에는 토굴에서 자고, 혹

독사에 물리거나 병으로 몸이 쓸모 없게 되면 무인지경無人之境에 내다버려졌는데, 이렇게 죽은 사람이 수도 없다고 했다. 또 한국인 통역은 사사건건 일러바쳤고, 혹 이를 못 참고 도망치는 사람도 있었지만 말 모르고 길 모르기 때문에 중도에 잡혀 혹독한 형벌을 받기가 일쑤라고 말했다. 이것은 다 대륙 식산회사를 경영하던 일인日人 다이쇼 강이찌가 한국인을 앞세우고 이민이라는 이름으로 농민들을 속여 멕시코 농장에 우리 노동자를 팔았기 때문에 생긴 일이라고 했다. 그래서 그들을 풀어 주려면 몸값을 주고 구해내야 한다는 호소문이었다. 이런 일 때문에 하와이 노동자들이 낸 특연特捐은 한두 번이 아니었다. 미국의 외교관 스티븐즈를 살해한 장인환의 변호 비용 특연도 그 중의 하나였다. 을사보호조약이 체결되던 당시 한국에서 미국 외교 고문으로 있던 스티븐즈가 귀국하는 도중 샌프란시스코에서 일본의 보호 정책을 찬양하는 기사를 미국 각 언론에 게재하자 오클란드 역에서 장인환이 그를 암살한 사건은 한국 노동자들의 울분을 대변한 일이었다. 그런데 불행히도 한국인 중에서는 그를 변호하는 인재를 찾지 못했던 것이다. 그러나 미국의 변호사 카클린의 변호는 그들의 마음을 후련하게 해 주었다. 그의 변론 내용은 특연을 한 각 지부에 알려졌었다.

> ……만일에 우리를 장인환의 처지에 두면 우리는 미칠 것이다. 우리의 부형과 친척이 일인의 손에 죽으며, 우리의 강산이 일본 군대의 말 먹이는 목장이 되며, 세전世傳하여 내려오던 건물들을 일본 통감이 차지하고 음모의 소굴을 만들면, 우리 중에서 미치지 않을 사람이 누구인가? 장인환도 사람의 마음을 가진 줄 알아야 공정한 판결을 할 수 있을 것이다.

한국의 재원을 일인이 채굴하고, 양전옥토良田沃土를 일인이 경작하며, 한국 사람은 굶어 죽게 되는데 분한 마음이 없으면 한국 사람이 아니요, 혈기 있는 사람으로 그러한 일을 당하고 분하지 않을 수 없을 것이며, 그러한 일을 협조하는 사람을 보고 심상히 여길 수 없을 것을 생각하여야 공정한 판결이 있을 것이다.
배심원 여러분! 이 재판에 대하여 생각을 많이 하시오. 만일에 우리가 장인환을 죽이면 그 사람은 공의를 주장한 애국자인 까닭에 죽는 것이니, 그것이 어찌 옳은 일인가? 애국자의 생명을 구하는 것이 참으로 의로운 일이 아니겠는가를 생각하여야 할 것이다.

이것이 의사 표명을 잘 할 수 없던 그들에게 얼마나 시원한 청량제가 되었을까? 그들은 7,000불의 특연이 아깝지 않았을 것이다. 이 변론을 당시 유망했던 대한의 청년 이승만이 맡지 못했던 것은 유감스러운 일이다. 내가 본 『재미 한인 50년사』에는 이승만은 살인한 사람은 변호할 수 없다고 거절했다고 기록하고 있었다.

이 역사의 파편들이 루시와 무슨 상관이 있는가? 이 과거의 조각들이 모여 힘줄과 살이 되고 생기를 갖고 일어서기라도 한다는 말인가? 그래서 이 되살아난 생명들이 루시에게 뭐라고 한마디 하기라도 한다는 말인가? 그러면서도 나는 이런 역사와 단절된 루시를 생각할 수 없는 내가 답답했다.

온친의 목욕덩에 들르고 미징원에 깄다 온 아내와 루시는 많이 친근해져서 돌아왔다. 그날 밤 아내는 나에게 말했다. 이국 땅에서 서른에 홀로 되어 지금까지 지낸 루시가 안됐다고 말했다.

"남편은 훌륭한 전기 기술자였대요. 삼 남매를 갖기까지는 아주 유순한 남편이었는데 하루 사이에 갑자기 난폭해졌대요."
"그런 이야기도 알아들을 수 있었어?"
"당신이 없으니까 말 잘하던데요, 뭐."
"나에게는 남편이 유명한 도박꾼이었다고 하던데."
"아무튼 한국인이라고 뒤에서 손가락질하고 진급도 안 되고 하자 밖으로 튀어나가 그렇게 된 거래요. 안됐어요. 왜 노름 같은 걸 하지요?"
"국민성은 아니겠지. 그러나 이차 대전 때 일본 사람들이 아이다호주로 강제 수용될 때, 한국인은 헐값으로 판 일본 가옥이나 땅을 사서 한때 재산을 축적할 기회가 있었는데 결국 노름으로 다 망했다는 이야기도 있긴 해요."
"직장도 팽개치고 노름해서 돈을 다 털어 버리면 집에 와서 마구 울면서 용서해 달라고 빈대요. 그리고 돈을 갚아 주면 일주일이 멀다고 또 도박판에 뛰어들고 여자들도 꿰차고 다녔대요."

나는 루시가 그 때부터 삼 남매의 교육비를 벌기 위해 주야간 두 직장을 뛰면서 살아온 또순이라고 말했다. 그런데도 그렇게 명랑할 수가 없었다.

다음날은 대구를 거쳐 경주로 갔기 때문에 우리가 예약한 불국사 호텔에 도착한 것은 밤이었다. 웨이터의 안내를 받고 방에 들어간 루시는 큰소리로 나를 불렀다.
"방이 바뀐 것 같애."
"왜요?"

나는 의아해서 물었다.

"이거 봐. 더블베드 아니에요?"

나는 웃었다.

"한국에는 더블 아니면 트윈뿐이랍니다."

"혼자 자기는 너무 넓어."

그녀는 덥석 앉아 침대를 쓰다듬으며 나를 보고 웃었다.

"왜 갑자기 외로워졌어요?"

"아니야, 무슨 소리야. 내가 얼마나 씩씩한지 몰라?"

그녀는 호들갑을 떨면서 말했다. 나는 그녀가 가끔 애조를 띠고 하와이 특유의 멜로디로 노래하는 모습을 본 적이 있었다.

    검고 찬 바다의 해변 저 멀리
    내 사랑은 가고 꿈은 바랬네.
    그러나 울지 않네. 후회하지 않네.
    그는 나를 기억할까? 벌써 잊었을까?
    아, 나는
    계절풍에 실어 수많은 꽃을 보내리,
    나의 사랑하는 마음도 함께.
    그처럼 나는 그를 사랑하네.
    나는 아네,
    그가 다시 내 품에 안길 것을.
    그 때까지 내 마음 표류하네,
    해변 저 멀리.

"해변 저 멀리"라는 하와이 노래였는데 훌라 춤처럼 버드나무 가지가 바람에 날리는 듯한 하와이 특유의 이 노래의 선율은 환상 속으로 끌어들이는 애처로움이 있었다. 가끔 나는 활달한 그녀의 성격 뒤에 숨겨진 애처로운 그늘을 보고 화려한 미국에서 한국의 어두운 그림자를 보는 듯했다. 그녀는 감칠맛 나는 동양적인 매력으로 충분히 남자를 매혹하고 있었지만 재혼하지 않았다. '이 사람이다.' 하는 한국 남자는 찾지 못했고, 미국 남자들은 남편을 망가뜨린 원수처럼 싫은 모양이었다. 그녀는 사무실에서도 더울 때 에어컨 온도를 내려놓는 여직원은 담력이 있는 한국인인 자기뿐이라고 했다. 그리고 상관이 온도를 올리면 막 대든다고 했다.

"너는 남자니까 더 벗으면 되지만, 우리 여자는 더 벗을 게 없지 않아. 유, 언더스탠드?"

그러면 꿈쩍못한다고 했다. 쫓겨나면 어쩌려고 그러느냐고 물으면 또 다른 곳으로 옮기면 된다고 말했다.

"당신은 내가 얼마나 타이프를 잘 치는지 모르지?"

그러면서 그녀는 나에게 뽐내 보였었다.

"한국인들은 담력guts으로 살아야 해. 나는 한국인이다. 알았어? 이렇게 보여주어야 한다구."

이럴 때는 한국 여성 같은 유순함이 없었지만, 그녀는 혼자 사는데 필요한 겉용기를 터득한 것 같았다. 그녀는 외로움을 달래는 슈거대디sugar daddy: 기둥서방도 갖지 않았다. 자기 남편이 돈 있을 때 쫓아다니던 여인들을 증오했기 때문이리라. 그러나 가끔 그녀 곁을 스치는 애수는 어쩔 수 없는 일이었다. 나는 그녀를 홀로 놓아 두고 우리 부부가 다정히 옆방에 든다는 것은 좀 잔인하다는 생각이 들었다.

"괜찮겠어요, 혼자서?"

"그럼, 당신이 나와 자 줄 거야?"

내가 멍청히 서 있으니까 내 등을 떠밀었다.

"빨리 가 봐. 미시즈 오 기다리겠어. 아이구 가엾어라poor thing."

그녀는 내가 난처한 입장에 서면 '가엾어라' 라는 표현을 잘 썼다. 나는 등이 떠밀려 내 방으로 돌아왔다.

아내는 과부 방에서 뭘 하고 지금 오느냐고 투덜댔다.

"혼자 두고 오려니까 안됐어. 내일은 큰 온돌을 하나 빌려서 셋이서 같이 자면 어떨까?"

"뭐라구요? 그렇게 같이 자구 싶으면 아예 거기 가서 자고 오세요."

다음날은 피곤할까 봐 서로 늦게까지 자기로 약속해 놓고 모두 빨리 일어났다. 우리는 식당으로 들어갔다. 식당은 한적했고, 손님은 두세 그룹밖에 보이지 않았다. 우리 옆에는 두 신사가 앉아 있었는데 유창한 일어를 구사하고 있었다. 유창한 일어를 쓰는 그 중의 한 사람은 한국인이었다. 나는 아니꼬운 눈으로 그를 쳐다보고 있었다.

"우리 자리를 옮겨요."

아내도 일인에 대해서는 별로 호감을 갖지 않고 있었다. 을미사변 때 일본 군인들이 군화를 신고 경복궁 내실로 들어가 명성황후의 머리채를 낚아채고 뒤뜰로 끌고 가 나뭇더미와 함께 석유를 뿌려 죽인 사실은 아내노 살 알고 있는 이야기였다. 그뿐 아니라 이차 대전 말기에는 겨울에 눈사람 둘을 만들어 세우고 하나는 루즈벨트, 또 하나는 처칠이라고 명명하고 학생들에게 죽창으로 찌르게 하던 시대에 초등학교 졸업반에 있던 세대였다.

옮긴 자리에서 주문했던 토스트와 계란이 나왔다.

"나 날계란을 싫어하는데 왜 이렇게 묻지도 않고 해 왔어?"

루시가 얼굴을 찌푸렸다.

"스크램블로 하실래요?"

웨이터를 불러 이 계란은 스크램블로 해서 가져오라고 말했다. 이번에는 웨이터가 아니꼬운 듯이 우리를 쳐다봤다. 그는 루시를 유심히 들여다보며 물었다.

"한국 분 아니세요?"

"예, 한국 분입니다."

내가 대답하자 그는 의아하다는 듯이 고개를 갸우뚱하며 사라졌다. 그녀는 아침을 먹고 나오면서 왜 토스트를 다 먹고 커피를 마시느냐고 또 물었다.

"커피는 토스트와 함께 마시는 것이 아니에요?"

루시는 맞지 않는 옷을 억지로 입고 계속 적응하려고 신경을 쓰는 어린애 같았다. 그러면서도 그녀는 모든 것을 신기하고 재미있는 눈으로 바라보았다. 경주의 고적과 그에 얽힌 전설을 들을 때마다 이렇게 역사가 오래되고 아름다운 전설의 나라에서 영리한 민족의 후예로 태어난 것이 자랑스럽다고 말했다. 더구나 박혁거세의 무덤은 미국 대륙이 발견되기 1,500년도 전의 일이라니 이것은 동화 속에 나오는 꿈나라 이야기 같다고 말했다.

점심을 경주 시내에서 먹고 우리는 버스로 불국사에 돌아왔다. 도로 공사 중이어서 껑충껑충 뛰는 버스였는데도 그녀는 그것을 더 좋아했다. 갑자기 껑충 뛰면 깜짝 놀라고 나선 마구 웃으며 좋아했다.

"미스터 오 아니면 이런 경험 평생 못해."

그러다간 또 괴성을 질렀다.

"봐요, 저기 빨래하고 있네요." 혹은 "어머, 돼지가 자전거를 탔어."라고 하며 그녀는 대단찮은 것도 그렇게 동물원을 구경하는 어린 애처럼 좋아했다. 개울가에서 빨래하는 아낙네, 자전거에 돼지를 싣고 가는 풍경……어머니에게 들었던 이야기가 현실로 다가오는 이 풍경들이 그렇게도 마음에 드는 모양이었다.

"어머니가 말하던 한국 그대로예요. 다음엔 꼭 어머니를 모시고 와야겠어요."

이렇게 우리는 하루를 흥분 가운데 지내고 밤에는 셋이서 하나의 온돌방을 쓰기로 했다. 각 방에서 서로 신경을 쓰고 자는 것보다는 마지막 밤인데 밤을 새면서라도 떠들고 지내는 것이 좋겠다고 아내도 동의했기 때문이다. 짐을 옮겨 놓고 불국사 경내로 갔다.

얼마 있지 않아 한편에서 왁자지껄 떠드는 소리가 들렸다. 쳐다보니 루시가 두 쌍의 부부들과 얼싸안고 떠들어대는 것이 보였다. 우연히 서울에서 헤어졌던 친구를 만난 것이다.

"에스더, 웬일이야? 홍콩은 안 갔어?"

"마이클을 설득해서 한국을 좀더 보기로 했어. 마침 우리에게 숙소를 제공해 줄 좋은 분을 만났거든. 사업상 알게 된 분이래."

그 옆에 키가 크고 호인같이 생긴 백인이 쌀쌍을 끼고 웃고 있었다.

"바로 이분들이 우리의 호스트야. 얼마나 멋진 신사인지 너는 모를 거야."

이렇게 또 한국 부부를 소개하면서 쉴새없이 떠들어댔다.

"얼마나 재미있었는지……. 우리는 밤마다 파티를 했어. 한국 부인들 참 잘 놀아. 노래도 잘 하고 춤도 잘 추고, 나는 그런 재미 미국에선 못 봤어."

루시도 우리를 소개하고 싶었지만 대화 사이를 비집고 들어가기가 힘든 모양이었다. 얼마 동안 수인사가 끝나고 나자 에스더라는 여인은 또 떠들어댔다. 그러다가 화제가 끊기는가 싶더니, 이제는 갑자기 에스더가 오른손을 이마에 짚고 씨무룩한 표정을 했다.

"왜 그래? 어디 아파?"

루시가 근심스럽게 물었다.

"이 앤, 센스가 없긴. 그래, 나 여기서 새로 산 반지 안 보여?"

그녀는 바른 손에 낀 수정 반지를 자랑스럽게 내보였다.

"얼마나 예쁘니? 그리고 얼마나 싸다구."

그러고는 소리를 낮추었다.

"실은 수정 알을 더 많이 샀어. 미국에 가서 해 끼우려고 말이야. 한국에서는 시공 기술이 나빠 곧 빠진데."

이런 대화 소리도 들려왔다.

"나 미국에서 싸구려 옷 좀 많이 사 가지고 올 걸 잘못했어. 여기 부인들 미국 옷을 얼마나 좋아하는데……. 나는 갈 때 거의 입은 옷 다 주고 가기로 했어."

루시는 화제를 돌렸다.

"여기서 우리와 저녁 먹고 가지 그래. 우리 숙소는 바로 가까운 불국사호텔이거든."

"안 돼. 이분들 스케줄 때문에 우린 곧 부산으로 떠나야 해."

루시도 뭔가 자랑하고 싶은 모양이었다.

"넌 모르지? 우리는 오늘 밤 셋이서 같이 자기로 했다."

"뭐 셋이서? 위이."

에스더는 눈이 휘둥그레졌다.

"난 거기서 '갑순이와 갑돌이' 노래도 배울 거야."

"참, 나 너희 호텔에 좀 들러야겠어. 용무가 있거든." 하고 에스더는 눈을 찡긋했다.

"뭔데?"

"쟌john: 화장실."

에스더는 거칠 게 없는 여인이었다.

이 수다스러운 한 무리가 떠나자, 우리는 저녁 식사를 일찍 마치고 쉬기로 했다. 루시가 매우 피곤해 보였기 때문이다. 그녀는 정신없이 일할 때는 모르지만 이렇게 나와 있으면 해질녘에는 공연히 좀 불안해지고 쓸쓸해진다고 말했다. 어렸을 때 어머니를 기다리던 느낌이 이상하게 되살아나는 것 같다고 했다. 그녀의 어머니는 양로원의 할아버지들을 돌봐주고 있었다. 언젠가 주일날 오후에 나더러 양로원 방문을 하지 않겠느냐고 해서 나는 숙제가 많다고 하며 처음엔 거절했었다. 그러나 그녀의 쓸쓸한 표정을 보자 곧 마음을 바꾸었다. 설탕 농장에서 일하던 그 산 증인들을 내 눈으로 보고 싶은 생각이 들기도 했기 때문이다.

버려진 별장처럼 생긴 곳에 양로원이 있었다. 야자수나무가 시원하게 높이 솟은 판잣집이었다. 그녀는 도넛이 들어 있는 상자를 들고, 나는 김치 통을 들고 갔는데 노크도 하지 않고 문을 열고 들어섰다. 앞치마를 두르고 반백이나 된 뚱뚱한 할머니가 루시를 보자 다가와서 껴안고 어깨를 두드리며 반겨 주었다. 그녀가 루시의 어머니였다. 한국과는 전혀 다른 풍경이었다. 양로원이라야 이름뿐이었고 대여섯 명 되는 할아버지들이 여기저기 앉아서 TV를 보고 있었다.

"안녕하세요, 여러분. 오늘은 여러분에게 특별한 손님을 모시고 왔습니다. 이분은 한국에서 하와이 대학에 공부하러 온 미스터 오입니다."

그러자 웅성웅성 할아버지들이 일어서며 손을 내밀었다.

"우리 씩씩한 대한 청년이 왔구만."

한국 청년이라는 말은 익숙했지만, '대한 청년'이란 어구는 새로운 느낌으로 나에게 다가왔다. 그러나 그뿐이었다. 그 할아버지들의 눈에는 총기도 없고, 이야기는 질서가 없었으며, 기억력도 없었다. 나는 그분들 자녀들의 이야기를 지루하게 듣고 있어야 했다. 부모를 잃어버린 지 오랜 자녀들 이야기였다. 그들의 손으로 장인환 변호 비용 특연을 하고, 멕시코 노동자 구출 특연을 했다고 상상하기는 매우 힘들었다. 그들은 대한 독립의 선두 주자들이 아니고 순종하고 따르던 후원자들이었다. 우리나라가 일제의 굴레에서 벗어나기 위해서는 국민을 계몽하는 교육을 해야 한다고 청년 이승만은 주장했다. 그래서 한인 기숙 학교를 세워야 한다고 했다. 그러나 신한민보 주필 박용만은 대조선 국민군단을 조직해야 한다고 했다. 일제는 무력으로만 물리칠 수 있다는 것이 그의 지론이었다. 그들은 다같이 하와이에 유일하게 있었던 국민회 산하의 지회(支會)에 직접 특연을 해 달라고 호소했다. 그러나 국민회는 이런 개별적인 특연 호소는 있을 수 없는 일이라고 말하며, 오히려 국민회의 결속을 위해 총회관 건립 기금 조성이 시급하니 개별적인 특연 호소에는 응하지 말고 회관 건립 기금을 내도록 시달했다. 지회마다 의견이 맞지 않았고, 드디어 총회에서는 싸움이 벌어졌다. 불씨가 된 것은 회계 감사에서 회관 건립 기금이 재무와 수전收錢 의원에 의하여 유용된 것이 밝혀진 일이었다. 패싸움이 극렬해져 드디어 미국 법정에 고소하기에 이르렀고, 당시의 총회장은 권총을 입에 물고 발사해 자살 소동까지 벌어지고 말았다. 이것이 해외 독립 운동의 한 단편이었다.

이 역사의 파편들이 현재와 무슨 상관이 있는 것일까? 이제는 양로원에 있는 증인들도 관심이 없다. 루시와 에스더는 그 난리통을 겪은 2세들이지만, 그 역사가 그들에게 무슨 상관이 있는가? 정말 역사를 움직이는 큰 힘이 있어서, 과거 일회적으로 있었던 사라진 역사의 아귀들을 잘 맞춰 보면 미래를 향해 뻗고 있는 역사를 움직이는 의지가 루시와 에스더의 삶에 새로운 뜻을 부여할 수 있는, 것일까? 왜 이런 과거가 나를 괴롭히는가? 왜 조각난 과거를 다시 맞춰 볼 필요가 있다고 생각하게 되었는가? 신은 이 조각난 역사들에 생명력을 불어넣어 과거에도 있었고, 현재에도 있으며, 미래에도 그렇게 있을 한 거대한 의지를 나타내는 환상을 보여 줄 수는 없는 것일까? 환상이란 내 집요한 욕구가 또 하나의 일그러진 의지를 보게 하는 위험한 그림일지도 모른다. 아니다, 환상은 그림이 아니라 기호이고 상징이며, 징표일 뿐이다. 내가 서울이라는 도로 표식을 봤다고 가 보지 않은 서울을 짐작할 수 있는가? 서울이 가까워졌다는 것을 알 뿐이다. 과거의 역사는 징표일 뿐이고, 다가올 미래는 신이 섭리 속에 봉해져 있다.

나는 루시와 아내가 먼저 방에 들어가서 샤워를 하는 동안 호텔의 커피숍에 앉아 의식이 흐르는 대로 이런 생각을 시작도 끝도 없이 하고 있었다.

그날 밤 우리는 한 방에서 오래도록 노래를 불렀다. 아내는 "진주조개"라는 하와이 노래를 배웠고, 루시는 "갑돌이와 갑순이"를 배웠다. 그녀는 "고까짓 것 했더래요." 이 구절이 재미있어 깔깔대며 웃었다.

"참 잘 생각했어."

그러면서 또 "고까짓 것 했더래요." 하고 까르르 웃었다.

지칠 만큼 노래를 부르고 나서 우리는 내 천川 자로 누웠다. 그러자 루시가 또 한마디 했다.

"미스터 오는 부자야."

"왜요?"

"여자가 둘이나 있으니까."

아내는 이제는 루시를 좀 이해하게 된 듯 그냥 웃었다.

새벽 일찍이 우리는 토함산으로 해돋이 광경을 보러 올라갔다. 아내는 평소 등산에 아주 서툴렀다. 그래서 처음부터 끝까지 거의 손을 잡고 끌고 가거나 등을 떠밀어 주어야 했다. 어쩌다 내가 루시의 손을 잡아 주려 해도 루시는 거절했다. 자기 걱정은 말라는 것이었다.

"혼자 가기도 힘든데 어린애들까지 데리고 가는 사람들도 있네요."

아내는 숨을 헐떡이며 말했다.

"미스터 오도 장사예요. 큰애기를 데리고 가니까."

루시는 내가 아내의 손을 끌고 가는 것을 보며 말했다. 그러면서 "고까짓 것 했더래요."를 되풀이해 부르며 까르르 웃었다. 산정에 올라가자 운 좋게도 막 빨간 해가 선을 보이며 바다 위로 올라오는 순간이었다.

"황홀해! 놀라워!"

루시는 감탄사를 연발하고 있었다.

"욕실에서 올라오는 신부처럼 황홀하지요?"

"더구나 이 신선한 공기!"

태평양 한가운데 떠 있는 오하우(하와이) 섬에서도 커다랗게 떠오르는 해를 볼 수 있었을 것임에 틀림없다. 그러나 이상하게도 내게는 그런 경험이 없었다. 섬 북쪽은 언제나 안개가 낀 것처럼 보슬비가 내리고 있었다. 남쪽인 와이키키 해변 쪽은 연중 거의 비가 오지 않았는데, 거기서는 어찌 된 영문인지 뜨는 해를 본 일이 없다. 왜 그랬을까? 아마 볼 수 있었다 할지라도, 언제나 눅눅하게 덥고 꽃 냄새가 짙은 그 지방에서는 이런 상쾌한 공기는 결코 상상할 수 없는 일이다.

신선한 공기, 상쾌한 기분, 거기다 싸늘하게 목덜미를 스치는 동해 바람에 루시는 몸을 웅숭크리고 떨며 아내의 허리를 꼭 껴안았다.

산정에 세워진 내점에서 우리는 따끈한 커피를 사 마시면서 떠오르는 해를 바라보고 있었다.

"루시도 아주 한국에 와서 사시지 그래요."

아내가 말했다.

"저두 미국에 있을 때는 은퇴하고 나면 한국에 와서 살면 어떨까 하고 생각했어요. 그러나 지금은 좀 불안해요."

"뭐가요?"

"미국에서는요, 내가 어쩔 수 없는 한국인이라는 생각 때문에 늙으면 한국에 나와 살고 싶다고 생각했거든요. 또 한국에 나가 묻히고 싶다는 할아버지들이 많아요."

"그런데요?"

"여기 와 보니 모두 좋은데, 나를 한국 사람이라고 생각해 주는 사람은 없는 것 같아요. 나는 미국 사람 같으면서 미국 사람이 아니고, 한국 사람 같으면서 한국 사람이 아니에요."

루시가 감상적이 된 것 같아 나는 그녀가 흔히 쓰던 말로 대꾸해 주었다.

"푸어 싱가없어라."

그러자 그녀는 활짝 웃으며 노래했다.

"고까짓 것 했더래요."

헤어질 시간이 다가왔다. 석굴암을 들러, 호텔에서 아침 식사를 마친 뒤에 우리는 경주로 나왔다. 그녀는 부산으로, 우리는 대전으로 가야 했다. 버스표를 사 들고 나오자 나는 언제나 하는 말로 혼자서 괜찮겠느냐고 물었다. 그녀는 손가방에서 한영사전을 꺼내 흔들어 보였다.

"작은 문제 하나, 그건 내가 한국말을 하면 한국 사람이 못 알아듣고, 한국 사람이 영어를 하면 내가 못 알아듣는다는 것이에요."

"그 밖에는?"

"아무것도 없어요. 훈련받은 대로 하면 돼요."

"뭔데?"

"친절한 사람을 경계할 것, 물건은 백화점에서 살 것, 음식은 사람이 많이 들어가는 집에서 먹을 것, 어려운 일이 생기면 교회 목사님을 찾아갈 것, 이거면 돼요."

"한국을 의식하지 말고 에스더처럼 살면 어때?"

"미스터 오, 걱정 말아."

"아이고 가엾어라."

그녀는 아내를 의식하지 않고 미국에서처럼 나를 꼭 껴안고 볼에 입을 맞추었다. 다시는 만날 수 없는 사람처럼, 그녀의 눈에 영롱한 눈물이 맺혀 있었다. 그러더니 이내 아내 쪽으로 몸을 돌렸다. 버스가 출발할 시간이 다 되었다.

"정말 고마워요. 미스터 오와 함께 미국 와요. 나 미국 시민이야. 그리고 나 잘살아."

아내는 루시의 목을 엇매껴 안고 등을 쓸어내리며 두들겼다.

"결혼해서 행복하게 사세요."

"알았어요."

그녀는 나를 다시 한 번 쳐다보고 나서 차에 올랐다. 나는 차에 오르는 그녀의 뒷모습을 물끄러미 쳐다보고 있었다. 잃어버린 그녀의 젊음을 누가 보상해 줄 수 있을까? 나라가 없어 일본 사람의 손에 노동자로, 아니 노예로 팔리고, 사진 결혼을 하고, 바른 독립 운동이 무엇인지 모르고 연보를 하며 서로 싸우고, 그 사이에서 난 2세들은 도박꾼들의 자녀라고 푸대접을 받고, 이제 자부심을 가지고 찾아온 나라에서 한국 사람이라는 인정을 못 받고 떠나는 그녀는 누구인가?

나는 속으로 외치고 있었다. 루시는 운명지워진 삶을 잘 살거야. 한국인의 담력을 가지고, 한국을 자랑스럽게 생각하며, 또 "고까짓 것 했드래요." 하고 노래하며 인정받지 못하는 미국인으로 살면 된다.

이때 버스가 떠나기 시작했다. 그녀는 손에 입을 맞추어 우리를 향해 마구 흔들고 있었다. 나도 황급히 그녀를 따라 같이 했다. 차가 보이지 않게 되기까지……

(1973년 현대문학 218호)

신神 없는 신神 앞에

1

전등을 확 켜자 잠결에도 눈이 부셨는지 왼편으로 돌아누우며 이 양은 바른발로 이불을 휘감아 안았다. 핑크빛 파자마 사이로 희멀건 허벅지가 탐스럽게 드러났다. 얄밉게도 흰 살결에 우뚝한 콧날, 우묵한 눈자위가 흐트러진 머리카락 사이로 퍽이나 요염하게 비쳤다. 탐욕스럽게 그녀를 쳐다보는 손님들은 그녀를 이 양이라고 부르는 대신 마 양이라고 불렀다. 그녀는 꼭 서양 마네킹이나 인형처럼 생겼기 때문이다. 그러나 그녀가 미국 GI와 한국 여인 사이에 태어난 가련한 고아라는 것을 눈치챈 사람은 없었다. 아마 공부를 시키고 기능만 길렀더라면 그녀는 다방에만 묻혀 있지는 않았을 것이다.

정혜란은 그녀의 궁둥이를 철썩 살겼다. 그리고 부스스 눈을 부비고 일어나는 그녀에게 말했다.

"이 양아, 오늘은 네가 밥 좀 해. 식모가 집에 가고 없지 않니."

그러고는 또 계속했다.

"그리고 말이야, 나 오늘 피곤해서 새벽 기도가 끝나면 곧장 다방으로 갈 테니 밥 좀 가져다 줄래? 알았지?"

그녀는 일어서 나가려다 말고 천장을 쳐다보며 머리를 뒤로 넘기는 이 양을 내려다보았다. 충만한 유방이 파자마의 앞단추를 벌어지게 하고 있었다.

"파자마 바람으로 덤벙거리지 말고 단정히 옷 입고 밥해."

혜란은 길거리로 나왔다. 먼 곳에서 불어온 찬바람이 자고 나서도 아직 씻겨지지 않은 어제 하루의 미진한 생각들을 말끔히 앗아 먼 곳으로 달아났다. 그녀는 언제나 느끼는 너무나 공허해진 심정으로 걷고 있었다. 모세는 양 무리를 치다가 가시떨기 불꽃 사이에서 하나님을 만났으며, 예수는 새벽 미명에 골고다에서 기도했다는 성구를 생각하며 이 공허한 마음의 상태야말로 하나님을 만나기에 알맞은 맑고 깨끗한 상태일 거라고 다짐했다. 그러나 생선 장수 아저씨, 청소부 아저씨, 신문팔이 소년들과 스치는 동안 그녀는 공허한 마음에 새로운 생각들을 담기 시작했다. 교회에 대해 날로 도전적인 남편, 그림을 그리겠다고 백호 캔버스를 펴놓고 삼 개월 간 그 앞에 앉아 있기만 하고 아무것도 그리지 못하는 남편의 고뇌, 매월 빚만 늘어 가는 다방 영업, 어린애라도 갖고 가정에 안주해 버리고 싶은 견딜 수 없는 갈등, 왜 이 해결책 없는 상황에서 발버둥치며 살아야 하나 하는 근원적인 문제……….

교회가 가까워지자 찬송 소리가 들려왔다. 그녀는 발걸음을 재촉하여 교회로 들어가서 찬송 소리에 합류했다. 처음에는 격렬한 이 찬송이 엉뚱하고 이질적인 것으로 느껴졌었다. 그러나 몇 장이고 몇 절이고 준비 찬송을 부르고 있는 동안 모든 인간적인 괴로움은 사라지고 빨리 하나님의 말씀을 듣고 싶은, 간절히 사모하는 마음이 움트는 것이었다. 이날 설교 시간에는 키가 작은 박 장로가 신앙 간증을 했다. 그는 교회에 미쳤다고 할 만치 신앙이 좋은 사람이었다. 장로 장립 당시 교회에 헌납할 돈이 없었다. 그래서 이 일을 위해 울부짖으며 백일 기도를 시작했는데 어떤 분이 꼭 백 일째에 무명으로, 그것도 꼭 기도했던 액수만큼의 수표를 보내 주는 일이 생겼다. 그는 장립식 때 말했었다.

"저는 모든 것이 부족한 사람이올시다. 부족하다 못해 이 키까지 부족합니다. 그러나 하나님께서는 이 부족한 자를 들어 쓰시기 위해 제 백일 기도에 응답해 주셨습니다. 저는 그분이 누구인지 알고자 하지 않습니다. 다만 하나님께서 그분을 사자로 쓰셔서 기도에 응답해 주셨으니 이제는 몸으로 이 교회를 위해 봉사하겠습니다."

박 장로가 장립식 때 이 이야기를 한 뒤로 새벽 기도를 하는 신도 수는 갑자기 늘고 교인도 붙기 시작했다. 참으로 이상한 일이었다. 눈에 보이게 교인이 늘고 헌금이 늘자, 신자들은 집안에 재산이 붙는 것을 보는 것과 같은 기쁨으로 더욱 열심을 내는 것이었다.

"저는 부흥회에 참석했다가 다음과 같은 이야기를 들었습니다. 어떤 사람이 자기가 교회 재정의 1/20을 십일조로 내겠다고 서원하고 내기 시작했는데, 그 회사가 점차 살되기 시작해서 일 년도 되기 전에 십 배가 넘는 수익을 가져왔다고 합니다. 하나님께서는 하나님 사업에 바치는 돈은 몇 배로 해서 언제든지 갚아 주십니다. 여러분! 세상이 써어질 것을 위해 재물을 쌓지 말고 하늘나라를 위해 쌓읍시다.

우리는 맨손으로 왔다가 맨손으로 갑니다. 그리고 먹고 입는 것을 위해 걱정하지 말라고 하나님께서는 말씀하셨습니다. 지금 우리 교회는 하나님의 은혜로 교인이 넘쳐 예배를 드릴 수 없게까지 되었습니다. 이 얼마나 반갑고 기쁜 일입니까? 이제 교회를 확장하고 하나님 나라를 지상에 건설하는 데 우리를 손발로 써 주시라고 우리는 기도할 수밖에 없습니다."

박 장로는 하나님 사업을 하고자 열심이 넘쳐 있는 이 교회에 물질로도 축복해 주고, 하는 바 사업이 다 번창해서 하늘나라에 많은 재물을 쌓고 천국에서 큰 상을 받을 수 있게 해 달라는 기도로 그의 간증을 마쳤다. 이윽고 교인 전체의 통성 기도가 시작되었다. 처음에 조심스럽게 조용조용히 시작된 기도는 점차 열도熱度를 더하기 시작하여 마침내는 마룻장을 치는 통곡이 시작되었다. 온 교회가 좌우로 흔들리고, 온 세상의 괴로움과 슬픔, 한스러움과 목마름이 한 곳에 모여 큰 파도를 이루고 바위에 부딪쳐 산산이 부서져 나가는 동요가 시작되었다. 예수님은 필경 그의 살과 피를 먹이고 마시게 한 뒤 이 세상에 남겨 둔 이 제자들의 고뇌를 아실 것이다. 그리고 예수님 만나기를 갈구하던 삭개오에게 "오늘 구원이 이 집에 이르렀다."고 말씀하던 그 음성을 들려주실 것이다.

혜란은 이때 꿈인지 생시인지 알 수 없는 상태에서 환상을 보고 있었다. 마드리드의 투우장에서나 볼 수 있는 것 같은 시꺼먼 맹우猛牛가 고개를 숙이고 침을 흘리며 맹렬히 달려오는 것이었다. 그러더니 이내 남편의 옆구리를 쳐 받고 멀리 쓰러뜨렸다. 놀란 그녀는 남편 곁으로 달려갔다. 그런데 이건 또 웬 조화인가, 남편의 몸이 멀겋게 유리처럼 변하며 앙상한 뼈가 보이는 것이 아닌가?

그녀는 소스라치게 놀라 제정신으로 돌아왔다.

"주여어!" 하는 간드러진 여인의 음성이 귀를 찢는 것 같았다. 그러나 끝내라는 신호인 벨 소리와 함께 기도 소리는 점점 잦아들어 갔다.

그녀는 정신을 가다듬고 곰곰이 생각했다. 이것은 남편이 교통사고를 당한다는 계시가 아닌가? 그녀는 그가 오토바이를 타고 다니기 시작한 이후로 늘 교통사고가 나지 않을까 하고 조마조마하게 생각해 왔던 것이다. 그리고 뼈만 앙상하게 드러났다는 것은 죽는다는 말이 아닐까?

그녀는 가슴이 속에서부터 떨려 오기 시작했다. 마치 그가 교통사고로 죽게 되었다는 소식을 들은 것 같았다. 그녀는 새벽 기도를 어떻게 마쳤는지 알 수 없는 창황蒼惶 속에 다방 쪽이 아닌 집으로 향했다. 생각해 보면, 어젯밤 그의 행동은 평소와 같지 않았다. 화실에 처박히면 으레 두 시나 세 시쯤 들어와 잠자리에 들기 때문에 그녀는 언제 그가 들어왔는지도 모르고 잘 때가 많았다. 그러나 어젯밤은 예외였다. 그녀가 퇴근하기 전부터 누워 있었다. 그리고 정말 예외로 그녀에게 치근덕거렸던 것이다.

그녀는 왜 어젯밤 자기가 그렇게 매섭게 쏘아붙이고 돌아누워 버렸는지 이해할 수가 없었다. 정말 그녀는 원하고 있었다. 또 그 때가 어린애를 얻기 위한 적기라고 그녀는 막연히 느끼고 있었다. 아니, 그녀는 분명히 확신하고 있었다. 언제나 매월 그맘때가 되면 그녀는 이유 없이 어린애가 예뻐지고 등에 업고 오는 장사꾼의 어린애만 보아도 업고 어디론지 도망가 버리고 싶은 충동까지도 느끼곤 했던 것이다. 결혼 뒤 삼 년째까지는 피임을 하느라고 무진 애를 썼다. 그러나 그 뒤 어린애를 가지려 해도 가질 수 없는 것을 알게 되자 당황하지 않을 수 없었다. 어린애를 갖기 위한 노력은 고역이었다. 그녀는 자기 자신에게 아무 결함이 없는 것을 병원에서 확인했다. 오 년째 되던 해에 그녀는 조심스럽게 말했다.
"같이 종합 진찰을 받아 보면 어떻겠어요?"
그런데 그는 버럭 화를 냈다.
"나는 이상이 없는 것을 확인했단 말이야. 그런데 왜 병신이 남을 의심하는 거야?"
그 때부터 그들의 부부생활에는 금이 가기 시작했다. 그녀는 간호사로 있으면서 모은 돈으로 다방을 개업하고, 그는 그림에만 몰두하게 되었던 것이다.
어젯밤 그녀는 그의 욕구를 거절한 뒤 한순간 너무 심했다는 생각을 했다. 새벽부터 하루 종일 너무 피곤했다. 한편, 화가 치밀어 올라 "병신, 병신." 하고 마구 소리를 지르고 싶은 심정이었다. 그녀는 인공 수태를 해봤으면 하고 생각했었다. 그러나 그와 그런 걸 상의할 분위기가 되어 있지 않았다. 그는 그대로, 그녀는 그녀대로 파멸로 달려가고 있는 기분이었다. 어젯밤에도 그녀는 인공 수정을 생각하고 있었다. 이 생각은 그녀를 흥분에 떨게 했다. 딴 남자의 정충을 받아들인다는 것 자체가 그녀를 그렇게 흥분시키는 것이었다. 누구의 것이 되었든 최후의 한 방울까지 빨아들일 것 같은 기분이었다. 그러나 바보 같은 애를 낳으면 어쩌나 하고 또다시 몸이 오싹해졌다. 기왕이면 아는 사람 것을 지목해서 받고 싶다고 생각했다. 그러나 누구 것인지 알게 되면 그녀는 그를 사모하게 될 것이라고 생각했다. 육체적인 교섭을 갖게 된 것이나 무엇이 다르랴. 그렇다면 병원이란 번거로운 수속을 거칠 필요가 뭐 있겠는가? 이러다가 그녀는 피곤하여 잠들어 버렸던 것이다.

혜란은 새벽 기도 때의 환상 때문에 걱정이 되어 허겁지겁 집에 들렀다. 집 입구의 작은 문이 방긋이 열려 있어 이 양이 쓰레기를 버리면서 잊은 것일 거라고 생각하며 문을 닫고 안으로 들어갔다. 마루문을 열고 곧장 침실 문을 열었을 때였다. 그녀는 그 안에서 일어나고 있는 진풍경에 아연해졌다. 남편과 이 양은 최절정이어서 한순간 사람이 들어온 것도 못 알아볼 정도였다. 남편은 교통사고가 난 것이 아니었다. 혜란은 제정신을 잃고 어설프게 일어서는 이 양의 머리채를 끌고 그녀 방에 처넣으면서 욕설을 퍼부었다.

"이 화냥년, 개 같은 년."

그리고 가슴이고 어깨고 허리고 되는 대로 꼬집었다.

"빨리 짐 싸 가지고 못 나가?"

"그래요, 나가겠어요. 다 망해 가는 다방인데 뭐. 그러잖아도 오늘은 나갈 셈이었어요."

당하고 있던 이 양이 대들었다.

"몇이 어쩌고 어째? 이년아, 보기노 싫어. 빨리빨리 나가지 못하겠어? 무식한 걸 불쌍해서 데리고 있었더니 못하는 말이 없어, 요망한 것이."

혜란은 옷장을 열고 되는 대로 그녀의 옷을 머리 위에 팽개쳤다.

"그래, 무식해서 그랬어요. 무식하면 그것도 못하나요?"

"아니, 이 벼락 맞을 년 좀 봐. 남의 남편을 간통하고선."

그러고는 할 말을 찾지 못해 발을 동동 구르며 머리통을 쥐어박았다. 그러나 이 양은 그녀대로 동댕이친 옷을 걷어 가방에 넣으며 대드는 것이었다.

"언니도 사람이면서 너무해요. 개도 할 때는 못 본 체한다는데 도대체 뭐예요, 그게."

"아유, 요걸 그냥."

혜란은 발을 동동 구르며 남편 방과 그녀 방을 왔다갔다하며 어쩔 줄 몰라했다. 하긴 이렇게 죄의식도 없는 무식한 이 양만을 탓할 것도 아니었다. 그녀는 남편 방으로 뛰어갔다. 그는 벌써 출근할 준비를 하고 마루로 나오고 있었다.

"뻔뻔스럽게 이래 놓고 출근이요?"

그녀는 소매를 꽉 붙들었다.

"놔, 왜 이래 사람이 일시에 추잡해지지?"

그는 소매를 획 뿌리쳤다. 도대체 누가 할 말인지 알 수 없는 노릇이었다. 그녀가 정신이 나간 채 서 있는데 오토바이를 타고 나가는 소리가 요란하게 들렸다.

2

우울한 날이었다. 우울한 날씨였다. 하늘은 눈도 내리지 않고 찌푸리고만 있었다. 혜란은 병원을 향해 걷고 있었다.

일 년 전 다방을 시작할 때만 해도 그녀는 즐거웠다. 물오른 나무처럼 싱싱한 젊은이들이 종달새처럼 지껄대는 것을 보는 것도 즐거웠고, 열심히 사는 사람들이 사업 이야기를 나누는 것도 신기했으며, 직장에서 지친 사람들에게 조용한 음악을 들려주는 것도 기쁨이었다. 교회는 그녀가 찾은 작은 보람을 더욱 뜻 있게 뒷받침해 주고, 다시 다음 한 주일을 용기와 소망을 가지고 살 수 있게 해 주었다. 그러나 그것도 육칠 개월의 일이었다. 다방은 결코 명랑한 젊은이와 열심히 살려는 사업가와 고단한 직업인들의 안식처는 아니었다. 젊은이들은 다방을 수라장으로 만들고, 사업가와 직업인은 다방을 멸망 직전의 소돔과 고모라로 만들어 버리는 것이었다. 피땀 흘려 번 돈의 태반은 빌딩 주인이 가져가고, 나머지는 세금과 인건비로 빨려 가고, 자기는 정신없이 허깨비와 같은 생활을 하는 것이었다. 솜처럼 지쳐 빠진 몸으로는 부부생활마저도 의무감에서 행하는 달갑지 않은 봉사에 불과했다. 그녀가 스스로 기꺼이 바치는 것은 교회의 헌금뿐이었다. 무엇을 위해, 무엇 때문에 사는 것일까?

어느 월요일 아침이었다. 그녀가 멍하게 다방의 홀을 지키고 있을 때였다. 열두어 살 되는 껌팔이 소녀가 다방에 들어섰다가 손님이 없는 것을 보고 약간 주저하더니 그녀 곁으로 왔다.

"아주머니, 잠깐 제가 이야기할 수 있어요?"

그러더니 작은 책자 하나를 꺼냈다.

"아주머니는 시영리에 대해서 들어보신 적이 있나요?"

그녀는 의아해서 들은 적이 없다고 말했다.

"하나님은 아주머니를 사랑하시고 아주머니의 생애를 위해 미리 놀라운 계획을 짜 놓으셨습니다."

이러면서 그 소녀는 손에 들고 있는 '사영리'라는 책자를 읽어 주는 것이었다.

그녀는 곧 호기심이 생겼다.

"요한복음 십 장 십 절에선, '내가 온 것은 양으로 생명을 얻게 하고 더 풍성히 얻게 하려는 것'이라고 말씀하셨거든요."

"그래 어떤 계획을 가지고 계신다던?"

그녀는 또박또박 책장을 넘기며 말하는 소녀가 귀여워 물었다.

"사람은 죄를 지어 하나님으로부터 떠나 있기 때문에 하나님의 사랑을 경험할 수 없고 자기 생애를 위한 하나님의 계획을 알 수 없습니다."

"그래서?"

"하나님은 거룩하시고 사람은 죄에 빠져 이 둘 사이에 큰 간격이 생겼답니다. 그래서 사람은 끊임없이 철학이나 윤리나 선행 등 자력으로 하나님께 도달하며 충성스런 생활을 해보려고 하지만 안 됩니다."

"네 말이 맞다. 그래서 어떻게 하면 되지?"

그녀가 뜻밖에 신기한 것을 경험하는 순간이었다.

"그런데 아주머니, 놀라지 마세요. 거룩한 하나님께 이르는 길이 꼭 하나 있습니다."

그리고 소녀는 책장을 넘기며 계속했다.

"예수 그리스도입니다. 그를 통하여 하나님의 사랑을 경험하고 아주머니의 생애를 위한 하나님의 계획을 알 수 있습니다. 요한복음 십사 장 육 절에는 '예수께서 가라사대 내가 곧 길이요 진리요 생명이니 나로 말미암지 않고는 아버지께로 올 자가 없다.'고 쓰여 있어요."

그녀는 성경을 수없이 듣고 읽었지만, 그것이 이처럼 명확한 뜻을 가진 것인 줄은 미처 모르고 있었다.

"아주머니가 예수 그리스도를 나의 주님, 나의 하나님으로 인격적인 영접을 해야 합니다. 그러면 우리 하나님이 우리 한 사람 한 사람의 생애를 위하여 마련하신, 하나님의 아주머니를 위한 계획과 아주머니를 위한 사랑을 경험하게 됩니다."

"예수님을 인격적으로 영접한다는 말이 무엇인지 너는 아니?"

그녀는 너무 신기해서 어려운 질문인 줄 알면서 다시 물었다. 그러나 소녀는 당황하지 않고 그 책자에 있는 두 개의 둥근 원을 보여주었다. 둘 다 마음의 상태를 나타내고 있는 것이었는데, 왼편 것은 나 중심의 것으로 혼란한 상태였으며, 바른편 것은 하나님 중심의 것으로 질서정연한 상태였다.

"아주머니의 마음의 상태는 어느 편입니까?"

"나야 물론 왼편이지."

"바른편처럼 되고 싶지 않으세요?"

"글쎄, 그게 그리 쉬워야지."

"아주머니, 주님을 영접하면 됩니다. 절 따라 기도해 주실래요?"

그녀는 기도하기 시작했다.

"주 예수님, 나는 주님이 필요합니다. 지금 나는 내 마음 문을 열고 예수님을 나의 주님, 나의 하나님으로 영접합니다. 내 죄를 모두 용서해 주심을 감사합니다. 내 인생의 중심에 계셔서 나를 주관하옵소서. 나를 주께서 원하시는 사람으로 만들어 주옵소서. 예수님 이름으로 기도합니다. 아멘."

그녀는 십여 년 동안 교회에 다녔어도 한 번도 들어보지 못한 심오한 설교를 한 껌팔이 소녀에게서 들은 것이었다.

그녀는 새벽 기도를 나가기 시작하고 참으로 예수를 인격적으로 영접한다는 것이 무엇인가를 찾기 시작했다. 그러나 그녀의 교회에 대한 열심과는 반대로, 남편의 교회에 대한 열심은 식어 가기 시작했다. 중·고등부 학생들을 가르치던 열심과 교회 장식을 위한 열심을 다 팽개치고 그는 화실에 틀어박혔다. 현대적인 감각으로 예수의 성화를 완성해 보겠다는 것이 그의 집념이었다. 그러나 대문짝만한 백호 캔버스를 앞에 놓고 그는 삼 개월 간 하나도 붓을 대지 못하고 있었다. 날이 갈수록 그의 화실에는 담배 꽁초와 성경과 신학 서적과 철학 서적 등이 너저분하게 널려져 갈 뿐이었다.

그녀는 오직 새벽 기도에서만 삶의 보람을 찾고 있었다. 하루 생활을 울며 통회 자복하고 나면 허탈해진 마음에 "소녀야, 오늘 구원이 너희 집에 이르렀다."고 하는 따뜻한 예수의 손길이 뻗쳐 오는 것을 느끼는 것이었다. 그녀는 껌팔이 소녀가 시도했던 '사영리'를 손님들에게 시도했다. 그러나 아무도 진지하게 들어주는 사람은 없었다. 옆에서 계속 그녀의 손과 엉덩이를 집적거리며 허튼 수작을 부릴 뿐이었다.

"허허, 이거 마담이 완전히 돌았구먼. 삶이란 원래 목적이 없는 거야. 목적 전에 생명이 세상에 던져진 거지. 예수쟁이들이 공연히 목적이 있다고 조잡하게 이론을 뜯어 맞추는 거라구."

그렇지 않으면 이렇게 하는 게 고작이었다.

"마담, 오늘 밤 나하고 엔조이할까? 그 맛을 알게 되면 이까짓 복잡한 생각들은 아침 이슬처럼 사라질걸."

세상 사람들은 왜 진지해지지 못할까? 진지해지면 괴롭다. 그런데 왜 굳이 괴로워지는 짓을 하겠는가? 그러나 누구에게나 어쩔 수 없이 그런 순간이 온다. 자기가 아니면 결단을 내릴 수 없는 문제가 다가설 때다. 그들은 이 순간을 어떻게 모면하는가? 운명에 맡기거나, 술이나 마약을 하고 잊거나, 하나님의 뜻이라고 체념한다. 체념할 수 없다면 자기의 능력을 의지하거나 하나님의 능력에 매달릴 수밖에 없을 것이다. 그러나 자기의 능력을 의지하여 성사되는 일이 몇이나 있었던가? 또한 신의 능력에 매달려 기적을 낳은 신도가 몇이나 있었던가? 결국 모두 진지하지 않은 것이다. 진지해지려는 노력을 다 포기하거나 오랜 습성으로 포기당해 버린 것이다.

"마담, 하나님을 만나려면 말이야, 술을 마셔야 해. 진탕 취해서 세상을 말끔히 잊어버리면 그 최상의 기분에서 한순간 하나님이 보인단 말이야. 어때 오늘 밤 만나러 가 볼까?"

그녀는 너무 많이 걸어서 엉뚱한 골목으로 들어서고 있었다. 병원은 그쪽이 아니었다. 그녀는 되돌아 걸었다. 처음 병원에서 걸려 온 전화를 받았을 때 그녀는 올 것이 왔다는 생각이 들었다. 조금도 가슴이 떨리지 않았다.

"어느 정돕니까?"

"왼쪽 팔이 절골되고 안면에 약간의 상처가 있을 뿐이고 교통사고로는 가벼운 편입니다. 안심하십시오."

그녀는 갈 것인가 말 것인가 하고 약간 망설였다. 어느 정도 반성하는 아픔이 있어야 한다는 생각이었다. 그러나 이내 찾아가야겠다고 결심했다. 자기들은 무엇인가 어긋나 있다고 생각했고, 이번 일을 계기로 새로운 길이 모색되어야 한다고 생각했기 때문이다.

병실에는 얼굴에 붕대를 감고 왼팔에 부목을 댄 남편 박 선생이 비스듬히 누워 담배를 피우고 있었다.

보자기에 싼 저녁 식사를 옆에 내려놓은 혜란은 말없이 의자에 앉았다. 갑자기 미운 생각이 치밀어 아무 말도 나오지 않았다.

"어때, 시원하지?"

그는 빈정대는 웃음을 머금고 말했다.

"벌 받은 거예요."

그녀는 그의 시선을 피하며 말했다.

"벌 받아? 하나님이 '예끼, 이놈' 하고 나에게 벌을 주셨단 말이지."

그는 계속했다.

"만일 하나님이 살아 계신다면 그렇게 한가하게 혜란이의 손발이 되어 벌 주고 상 주고 하시지는 않아. 하나님은 손발이 아니고 위에서 내려다보시는 분이야. 오늘 아침에 벌써 이런 일이 일어날 심리적인 요인이 움터 있었던 것을 알고 계셨고, 그 일이 일어났으니 이제 어떻게 하나 우리의 행위를 보고 계시는 것뿐이야."

그는 일 년 전부터 당신이란 말을 쓰지 않고 혜란이라고 부르고 있었다. 그건 심리적인 별거의 통고였다.

"그래, 어떻게 할 것인데요?"

그녀는 조금도 후회하는 빛이 없는 남편에게 다시금 수그러진 노여움이 복받쳤다.

"기도해 봐. 하나님이 살아 계시면 분명 대답해 주실 거야. 그 대답이 당신 뜻에 꼭 맞는 것이면 그 하나님은 당신 손발로 쓰기 위해 만들어 놓은 하나님이야."

"그럼 하나님께서 '일흔 번씩 일곱 번이라도 용서해라.' 그러실 것 같아요?"

"기회를 주었잖아. 어젯밤부터 나에게 욕구 불만이 되게 하고, 새벽 기도 갈 때는 집에 오지 않고 직접 다방으로 가겠다고 하고, 또 이 양이 어떤 애라는 건 당신이 더 잘 알고 있잖아?"

"듣기도 싫어요. 새벽 기도는 어제 오늘 다닌 게 아니잖아요?"
그녀는 버럭 소리를 질렀다.

"화낼 건 없어. 혜란이는 이 때를 기다렸지? 내가 그렇게 될 때를."
그녀는 부들부들 떨며 일어섰다.

"당신 미쳤어요? 이제는 자기 죄를 남에게 뒤집어씌우려는군요."

"둘 중 하나는 미쳤지. 아니, 둘이 다 미쳤는지도 몰라. 그러나 이 말은 해 둬야 해. 혜란이는 줄곧 음모를 꾸며 온 거야. 그래서 그 음모를 실현하기 위해서는 뭔가 구실이 있어야 했어."

"교묘한 방법으로 자기의 불의를 합리화하는군요. 그래, 내가 불의한 음모를 꾸민 증거를 대봐요. 대보라니까요."

"증거는 댈 수 없지. 그러나 인간에게는 보지 못한 것을 느낄 수 있는 초자연적 능력이 있단 말이야. 마치 하나님의 무한 차원에 있는 어떤 것을 인간의 유한 차원에 투영投影하는, 이성으로는 해석할 수 없는 그림자 같은 것 말이야."

"그걸로 날 때려잡겠다는 거예요? 난 그런 당신을 보러 온 것이 아녜요."

그녀는 문을 열고 나가려 했다.

"혜란이 잠깐만. 이제 우리 문제에 종지부를 찍을 순간이 왔어. 만일 내일 새벽 다시 새벽 기도에 나가거든 혜란이가 믿는 하나님께 우리 문제를 물어 봐. 지금이라도 다방을 집어치우면 앞으로 살아갈 돈은 남을 거야. 그 돈이라도 남겨서 다시 병신인 내 품 안으로 오든지, 아니면 혼자 살든지, 혹은 평소에 그리던 임 곁으로 가든지 그렇게 해."

"말 조심해요. 평소에 그리던 임이 어디 있어요?"

그는 능글능글 웃고 있었다.

"많지 않아? 임 박사, 김 교수, 송 대리, 또 요즘 몇 사람쯤 더 생겼을지 모르지."

혜란은 문을 꽝 닫고 밖으로 나갔다.

3

다방의 하꼬비가 날라다 준 아침을 마치고 박 선생은 천장을 바라보며 침대에 비스듬히 누워 있었다. 하얀 병실의 천장이 백호 화판처럼 보이는 것이었다. 그가 삼 개월 간 잡아내지 못한 것은 제자를 두고 떠나야 할 예수의 표정이었다. 사명을 완수한 순간의 만족? 하나님 아버지께 올릴 영광? 끝까지 인간을 사랑한 자비? 속세적인 메시아 사상에 젖어 있는 이스라엘 백성 사이에서 세 번이나 자기를 부인할 제자를 두고 가는 안타까움? 영원永遠이 시간 속에서 겪어야 했던 고뇌?

그는 수십 번 성경에서 읽었던 예수의 일주일 간의 고난을 다시 되새겼다. 로마의 개선 장군과는 대조적으로 나귀 새끼를 타고 자기를 잡아 죽이고자 이론이 분분한 예루살렘으로 향하는 서른세 살의 예수의 표정은 어떠했을까? 가는 길에 겉옷을 펴고 나뭇잎을 깔며 호산나를 외치던 무리들을 바라보던 표정은 어떠했을까? 외식과 제도와 건물과 율법의 노예가 되어 죽은 신을 섬기는 성전에서 장사꾼을 내어쫓는 예수의 표정은 어떠했을까? 또한 당돌하고 혁명적인 이 분노를 보고 있던 무리들의 표정은 어떠했을까? 홀로 성전에서 사두개인, 서기관, 바리새인과 맞서며 그들을 과부의 가산을 삼키며 외식外飾으로 길게 기도하는 자라고 꾸짖고 과부의 두 렙돈 헌금을 칭찬한 예수의 표정은 어떠했을까? 베다니 문둥이 시몬의 집에서 비싼 향유를 발에 붓고 마리아가 머리털로 그 발을 씻을 때 예수는 어떤 표정이었을까? 물 한 동이를 가지고 가는 사람 집에 예비한 다락방에서 자기의 최후를 직감하고 살과 피를 나누어 주며 발을 씻기고 최후의 당부를 한 예수의 표정은 어떠했을까? 제자들은 빵과 포도주를 정말 피와 살이라고 믿었을까? 발 씻기는 뜻을 이해했을까? 겟세마네 동산에서 "아버지여, 만일 아버지의 뜻이어든 이 잔을 내게서 옮기옵소서." 하고 핏방울 같은 땀방울을 떨어뜨리던 예수의 고뇌하는 표정은 어떤 것이었을까? 아들인 하나님이 아버지인 하나님에게 그 뜻을 묻는, 영원이 시간 속에 사는, 아니 이 세상에 살면서 이 세상에 속해 있지 않은 이 부조리를 제자들은 깨어 알고 있었던가? 열두 시부터 세 시까시 해가 빛을 잃고 온 땅이 어두울 때 "아버지여, 내 영혼을 아버지 손에 부탁하나이다." 하고 큰소리로 외치며 숨지던 바로 그 순간의 표정이 어떠했을까? 이 십자가 밑에서 예수의 옷을 누가 가질까 제비 뽑던 로마 병정은 그만두고서라도 가슴을 치며 따라오던 여인들은 그들이 무엇을 위해 울고 있는지 알고 있었을까?

고난 주간 동안의 그의 표정이 잡힐 듯 잡힐 듯하면서도 잡히지 않는 것이었다. 살아 있는 인간 가운데 십자가에 달린 예수의 고뇌를 담은 자가 있다면 누구일까? 뒤늦게나마 성령을 받은 뒤 자기에게 주어진 십자가를 깨달은 열두 제자일 게다. 그들말고는 또 누구일까? 십자가를 지겠다고 공언하는 목사들일 것이다. 박 선생은 설교하는 목사의 표정과 설교를 수없이 분석하며 그 고뇌를 읽으려 했던 기억을 더듬었다. 그러나 무엇을 읽었던가? 개선 장군과 같은 당당함을, 제도와 계명으로 담을 쌓은 권위를, 헛된 외식을 일삼는 자기 도취를, 값진 제물을 보고도 가난한 이웃을 생각 못하는 무감각을, 예수의 피와 살을 먹이고 남은 축복하면서 자기는 참으로 축복받을 줄 모르는 오만함을, 평신도가 이 세상 일선에서 겪는 고뇌를 나누지 못하고 천국으로 피하는 안이함을, 입 맞추며 예수를 배신한 유다의 친절을…… 찾는 것밖에 무엇이 더 있었던가?

그는 목사들의 모든 표정을 잊으려 했다.

"이 세상에 기독교인은 단 한 사람밖에 없었고, 그는 이미 십자가에 못 박혀 죽었다."

모든 기독교인에게 예수를 위하여 가슴을 치고 울지 말며, 자신을 위해 울라고 말해야 한다. 참 고뇌의 모습을 보기 위해서는 환상을 봐야 한다. 환상을…….

노크 소리가 나서 박 선생은 제정신으로 돌아왔다. 문을 열고 들어선 사람들은 목사와 전도사, 그리고 몇몇 여집사들이었다. 문병의 상례적인 말들이 오간 뒤에 목사는 교통사고에서 생명을 구해 준 하나님의 은혜에 감사한 후 병이 낫게 해 달라는 간구와 혜란이가 하고 있는 다방 사업도 잘 되게 해 달라는 기도를 했다. 그러고는 갖가지 세상에서 일어난 교통사고에 대한 이야기들을 한 뒤 그들은 자리에서 일어났다.

"목사님, 방금 전 기도해 주신 문제에 대해 목사님과 단둘이서 이야기를 좀 하고 싶은데 틈을 내주시겠습니까?"

목사는 순순히 응하고 다른 사람들을 내보낸 뒤 자리에 앉았다.

"목사님, 이제 곧 병 낫게 해 달라는 것과 사업이 잘 되게 해 달라는 기도를 해 주셨는데 하나님께서 들어주실까요?"

박 선생은 대뜸 이렇게 물었다.

"그럼요."

"목사님은 확신하시나요?"

"그게 무슨 뜻이오? 그래, 박 선생은 목사의 기도를 의심합니까? 의심하는 자의 병은 예수님도 고치지 못하셨습니다."

"목사님, 제 병은 단순한 골절이고 목사님의 기도가 아니더라도 곧 나을 것입니다. 그리고 다방 사업은 현재의 운영 방식을 계속 고집하는 한 기도를 하셔도 가망이 없습니다."

"박 선생, 이거 완전히 사탄의 시험에 드셨구먼. 아무리 나을 수 있는 병일지라도 하나님이 내일 박 선생의 생명을 가져가실 수도 있습니다. 또 인간의 지혜로는 도저히 안 되는 사업일지라도 하나님이 함께하시면 번창할 수가 있어요."

"목사님, 제 말의 뜻을 잘 이해하지 못하신 것 같습니다. 제 병은 곧 회복될 것이지만, 아무튼 목사님 기도 때문이었다고 해 둡시다.

그러나 혜란의 다방은 문제가 심각합니다. 혜란은 목사님이 그렇게 기도하셨기 때문에 사업이 잘될 것으로 믿고 '믿습니다.' 하고 계속 밀고 나갈 것입니다. 그냥 두면 스스로 매달려 기도하고 하나님의 음성을 들었을 텐데, 목사님이 그 사이를 가로막고 살아 계신 하나님의 음성을 못 듣게 하고 계신다는 말입니다."

"아니, 목사가 병자 낫게 해 달라는 기도와 교인 사업 잘되게 해 달라고 기도하는 것이 무엇이 잘못되었습니까?"

"기도란 아무렇게나 그렇게 흘리고 다니는 것이 아니잖아요? 심각한 고민을 들어주고, 함께 아픔을 나누며, 새 힘을 얻도록 위로해 주시면 됩니다. 스스로 하나님의 음성을 듣도록 은혜의 통로를 열어 주셔야지 그 중간에서 은혜를 다 받아 호주머니에 넣고 값싸게 그걸 나누어 주시면 안 된다는 말이지요."

"박 선생, 선생은 지금 제사장을 모욕하는 거요? 누가 아무렇게나 기도하고 은혜를 나누어 준다고 그럽디까?"

목사는 화가 머리끝까지 치밀어 안절부절못했다.

"그 제사장 말인데요, 내가 제사장입네 하고 교회를 잘 꾸며 놓고 십일조 내라, 새벽 기도 해라, 철야 기도 해라 하니까 하나님께서 교회 안에서 못 살고 떠나 버리신 것입니다. 그래, 지금 신도는 신 없는 신 앞에서 예배하고 있다는 말입니다."

"가시 교인, 채점관 교인이 많다고 들었지만 당신 같은 교인은 처음이요. 난 바쁜 몸이요."

"죄송합니다. 실은 제가 이번 일을 계기로 교회생활을 계속할 것인지 그만둘 것인지를 결정하기 위해 이렇게 생각나는 대로 교회에 대해 여쭈어 보는 것입니다."

"교회에 나오고 안 나오는 것은 박 선생의 문제고 내 문제가 아니요. 하나님이 계신다고 하건 안 계신다고 하건 당신의 자유요."

목사는 벌떡 일어섰다.

"목사님, 예수님은 잃은 양 한 마리를 찾기 위해 얼마나 애쓰셨는지 아시지 않습니까. 조금만 더 앉아서 제 결정에 도움을 주시지요."

그는 방 안을 왔다갔다하다간 다시 의자에 앉았다.

"목사님이 노하시기 때문에 기도 문제는 다시 묻지 않겠습니다."

박 선생은 바싹 마른 입으로 또 묻기 시작했다.

"이 세상과 하나님의 나라는 하나로 합해질 수 있는 것입니까, 아니면 이질적인 것으로 영원히 하나가 될 수 없는 것입니까?"

"천국은 이 세상에 속한 것이 아니요."

"그럼 천국 사업을 하시는 목사님은 하나님 나라에 속합니까, 이 세상에 속합니까?"

"하나님 나라에 속하지요."

"그럼 목사님은 이 세상에 살면서 이 세상에 속하지 않은 이율배반적인 어떤 고뇌를 느끼지 않으십니까?"

"고뇌란 세속적인 것을 십자가에 못 박고 예수님을 참 구주로 영접하지 못한 데서 오는 것이오."

"그럼 참 기독교인은 고뇌가 있을 수 없다는 말씀인데, 참으로 이것은 당돌한 말씀이겠지만 목사님이 섬기고 있는 분은 하나님이 아닌 것 같습니다."

"뭐라구요? 박 선생 미쳤소? 아니, 미쳐도 단단히 미쳤는데……"

신 없는 신 앞에 **113**

목사는 다시 얼굴이 새빨개지며 벌떡 일어섰다.

"듣기 좋은 말만 하는 분이 어떻게 참 하나님이 되겠습니까? 이삭을 바치라고 하셨을 때 아브라함은 고뇌가 없었을까요? 살기등등한 공산 치하에서 너는 신앙을 지켜야 한다는 하나님의 음성을 들었을 때 신도들은 고뇌가 없었을까요? 이 고뇌야말로 세상을 천국으로 바꾸는 누룩인데 고뇌가 없다니 죽은 누룩에 생명이 있을 수 있습니까?"

"성경 어디에 고뇌가 누룩이라고 쓰여져 있습데까? 원, 세상을 살다 보니 별 교인을 다 보는구먼."

"목사님, 잠깐만 앉아서 제가 어떻게 길 잃은 양이 되었나를 들어주시지요. 목자가 인도하는 길을 걷다 보니 이렇게 절벽에 왔습니다."

"내가 박 선생을 절벽으로 끌고 왔단 말이오?"

그는 또 방 안을 왔다갔다했다.

"목사님은 하나님이 계신다는 것을 어떻게 느끼십니까?"

"나는 도처에서 느끼오. 해가 뜰 때, 질 때, 수목이 자랄 때, 꽃이 필 때, 아니 이 방에서도 느끼오. 사탄을 시켜 내 신앙을 시험하시는 하나님을 느낀단 말이오."

"소박하게 말해서 신기한 일을 보거나 인간의 능력으로는 불가능한 어떤 일이 발생할 때 말이지요? 이런 신비주의를 신봉하고 있으면 하나님은 점차 설 자리를 잃게 됩니다. 과학의 힘은 신비의 베일을 하나씩 하나씩 벗겨 가고 있기 때문입니다."

"아니, 그게 될 법한 말이오? 무소부재하신 하나님의 설 자리가 좁아지다니……."

"사실 하나님이 영원부터 영원까지 계신다면 이런 신비주의와는 아무 상관없는 차원에 계셔야 합니다. 신비주의 속에 갇혀 있는 하나님은 과학의 발달과 함께 자취를 감추게 됩니다."

"그럼 박 선생이 말하는 하나님은 어디 계십니까?"

"그게 문젭니다. 제 하나님은 믿음 속에 계십니다. 천지를 창조하시고, 운행하시고, 죄 많은 인간과 화해하고 싶으신 사랑의 하나님이 계신다고 믿는 믿음의 세계에 계십니다. 따라서 믿음이 없거나 깨지면 하나님은 아무 영향도 행사하실 수 없는 것입니다. 그분은 믿음 속에서만 살아 계십니다. 어떻게 생각하십니까?"

"나 원 참, 이렇게 기가 막힌 이야기는 또 처음이구먼. 하나님은 그렇게 뜬구름 같은 공상 속에 살아 계신 것이 아니고 사람들이 믿거나 안 믿거나 살아 계신단 말이요."

"복음은 믿는 자에게 구원의 능력이 된다는 말은 무슨 뜻입니까? 안 믿는 자에게는 하나님은 없다는 말이 아닙니까?"

"그 하나님은 박 선생이나 믿으시오. 새로 유사 종교를 만들어서 교주가 되든지."

목사는 버럭 화를 내며 문을 열고 나가 버렸다.

박 선생도 껄껄 웃으며 천장을 쳐다보았다. 그런데 이상하게도 그곳에 한 환상이 나타나기 시작했다.

4

정혜란은 눈을 감고 홀 안의 의자에 앉아 있었다. 손님이라곤 한 사람도 눈에 띄지 않았다. 목욕을 하고 느지막이 나타난 박 양은 하품만 하고 앉아 있더니 어디론가 사라지고, 히꼬비는 짐심을 가지고 병원으로 갔다. 주방장은 주방 안 의자에 앉아 졸고 있었다. 그러나 정물화와 같은 이 다방 안도 노오란 하나의 세계였다. 난로는 기름을 태우고, 파이렉스 병 안에서 끓는 커피는 향기를 날리며, 스피커는 장엄한 음악으로 외계의 소음을 가로막고 있었다. 그 속에 또 하나의 세계가 있었다. 눈을 감고 있는 혜란의 가슴 속이었다. 그녀는 헨델의 "메시아"를 듣고 있는 동안 걷잡을 수 없이 흥분되어 가는 자신을 막을 도리가 없었다. "할렐루야" 코러스가 시작되었기 때문이다. 청중들이 일어서는 모습이 선명하게 보이기 시작했다. 그녀는 우리말 가사를 붙여 속으로 따라 부르기 시작했다.

할렐루야 할렐루야 할렐루야

지휘자의 지휘봉이 딱 멎었다. 그녀는 숨을 몰아쉬었다.

이 세상 나라들……

한없이 마음이 평화스러워지는 듯한 기분이었다.

주 그리스도 다스리는 나라들 되고

포르테의 소프라노음이 터져 나오자 그녀의 흥분은 절정에 달했다. 얼마나 황홀한 밤이었던가? 그녀는 십 년 가까이 된 과거를 회상하고 있었다. 비록 아마추어들이긴 했으나 교회의 성가대원 백삼십여 명이 연합하여 가진 자선 음악회는 일생 동안 그녀가 잊지 못하는 황홀한 순간이었다. 그날 밤 그녀는 닥터 임과 한 호텔 방에서 지냈다. 처녀가 결혼하기 전 한 남자를 알게 된다는 것은 성경에서 죄라는 것을 잘 알고 있었다. 그러나 평소에 흠모하던 그와 함께 지낸다는 것에 대해 그녀는 조금도 죄의식을 느끼지 못하고 있었다. 그가 애무로써 끝내고 자제하려는 괴로움을 그녀는 용납하지 않았다. 그녀는 더 깊고 깊은 관계를 원했던 것이다. 그리고 그날 밤 천국을 소유했다. "할렐루야"를 부르던 때의 그 황홀감과 닥터 임을 소유하는 이 황홀감은 참으로 동이 서에서 먼 것같이 먼 것이었지만 하나였다. 그녀는 그 순간 그런 모순을 조금도 의식하지 못한 채 천국을 소유했던 것이다. 다음날은 새로운 날이었다. 그와 공유했던 하나의 비밀이 세상을 뒤바꾸어 놓았던 것이다. 삶에 목적이 주어지고, 혼돈한 세계에 질서가 보이며, 나타나지 아니한 미래에 소망이 태동하기 시작했다. 그의 행복이 그녀의 행복이었으며, 그의 아픔이 그녀의 아픔이었다. 그의 곁을 지나칠 때면 아무리 참으려 해도 눈웃음이 절로 나오고 몸이 비비 꼬이는 것을 막을 길이 없었다. 내의를 세탁해 주고 싶고 하다못해 양말이라도 세탁해 주고 싶어 몸이 탔다. 그러나 그의 태도는 정반대였다. 다른 간호사가 눈치챌까 봐 조마조마했다. 그러더니 육 개월 후에 그는 미국으로 떠나 버렸다. 그것이 그와의 마지막이었다. 그녀는 몇 해 뒤에 체념하고 지금의 박 선생과 중매 결혼을 했으며, 닥터 임은 도미한 지 오 년 만에 박사 학위를 받고 새 부인과 함께 귀국했다. 그리고 메시아 전집 앨범과 함께 훌륭한 전축 하나를 혜란에게 선사했다.

"정 간호사는 제가 병원에 있을 때 동생처럼 귀여워했던 분입니다.

결혼할 때는 와 보지도 못해서……."

이렇게 남편에게 자기 소개를 하던 임 박사를 보았을 때, 그녀는 당황하면서 그가 참으로 뻔뻔스럽다고 생각했다. 그러나 이내 죄인처럼 어쩔 줄 몰라 하는 임 박사를 보았을 때 옛날 천진스럽고 수줍어하던 닥터 임의 모습이 떠올라 오히려 측은해지는 기분이었다. 생각해 보면, 황홀했던 하룻밤이 죄가 되었다면 그 죄는 자기에게 있는 것이었다. 이대로 병원으로 가고 싶지 않다고 드라이브를 제안한 것도 자기였고, 밤새워 같이 이야기하고 싶다고 유혹한 것도 자기였기 때문이다.

임 박사는 옛날 교회로 다시 돌아오고, 얼마 전에는 장로가 되었다. 여기까지 생각한 그녀는 고개를 살래살래 흔들며 두 손으로 얼굴을 싸 안았다. 복잡한 과거를 다 잊고 싶다고 생각했다. 아니, 세상에서 일어나는 모든 일을 다 털어 버리고 싶다고 생각했다. 닥터 임이 떠나간 뒤부터 세상은 다시 혼돈이었다. 미래의 소망은 허깨비 같은 것이 되고, 인생은 목적 없이 이 세상에 던져진 귀찮은 살덩이였다. 그러나 그녀는 삼 개월 전 새벽 기도를 나갔을 때 다시 마음이 뜨거워지는 희열의 순간을 맛보았던 것이다. 외치고 울부짖으며 통성 기도를 한 후 공허해진 한순간에 "사랑하는 내 딸아, 너에게 구원이 이르렀다."고 하는 사랑에 넘치는 예수의 목소리를 들었던 것이다. 가슴이 뜨거워지고, 불끈 눈물이 치솟으며, 차마 고백하지 못했던 과거의 모든 죄를 단숨에 통틀어 고하는 방언이 튀어나오고, 다음 순간 용서의 은총이 온몸에 느른히 퍼지는 행복감이 왔던 것이다.

그녀는 발작적으로 일어서며 말했다.

"주방장, 뭘 해. 찬송가를 틀어, 찬송가를."

언제 들어왔는지 임 박사가 바로 앞에 서 있었다.

"혜란이, 왜 이러시지?"

그는 측은해진 눈으로 그녀를 내려다보며 말했다. 그녀는 한순간 나락으로 떨어지는 듯한 느낌으로 의자에 주저앉았다.

"뭔가 잘못된 게 아니오?"

그는 걱정스럽게 말했다.

"전 잘못된 게 없어요."

그녀는 팔짱을 끼고 외면한 채 말했다.

"그러나 다방에서 찬송가란 정상이 아니오. 다방은 경건과는 거리가 먼 곳이오. 스트레스를 풀러 온 사람들에게 찬송가가 어울리기나 합니까?"

"저는, 세상 사람들의 변덕스러운 취미를 따라다니지 않기로 했어요. 교회 음악으로 하나님의 사랑을 느끼게 하고 싶다는 소망 때문이에요. 얼마 동안 저는 손님을 잃을 거예요. 그러나 반드시 이 곳은 교회 음악을 들을 수 있는 곳으로 소문이 나고 이 곳을 찾아들 사람이 많아질 거예요."

"혜란이, 이 곳은 천국에서의 장사가 아니고 이 세상에서의 장사요. 고객이 왜 다방을 찾는지에 대한 심리를 연구해야 하고 동업자와 치열한 경쟁을 해야 한단 말이오."

"그럼 다방이 어떡하면 더욱 퇴폐적인 분위기를 만들어 줄 수 있는가에 대해 연구하란 말인가요? 전 못하겠어요. 또 그렇게 해서 돈을 벌어도 전 괴로울 거예요. 저는 온 세상을 복음화히러는 예수님의 지상명령을 따를 결심이에요. 굶어 죽어도 전 그게 보람이고 소망이에요."

"다방이 꼭 퇴폐적이어야 한다는 이유도 없지 않아요? 그러지 않아도 잘 되는 다방이 얼마든지 있지 않소?"

"정도 문제예요. 하나님도 세상 사람도 다 만족할 수 없는 그런 미지근한 상태에 저는 더 이상 머물러 있을 수 없어요."

"혜란이, 이런 말은 참으로 불쾌하게 들리겠지만 당분간만 이렇게 생활하면 어떻겠소. 신앙생활은 교회 안으로만 한정하고 밖에서는 철저하게 세상 사람으로 살면 말이오. 그럼 모든 괴로움은 없어지고 장사는 잘 될 것이고, 교회생활은 그대로 또 즐거울 것인데……."

그녀는 멍하게 임 박사, 아니 임 장로를 쳐다보고 있었다.

"임 장로님은 지금까지 그렇게 살아오셨나요? 하나님도 기쁘시게 하고 세상도 기쁘게 해 주는 그런 삶 말입니다."

"솔직히 말해서 그렇습니다. 성형외과라는 내 직업 자체가 죄스러운 것이니까요. 하나님의 피조물을 마음대로 뜯어고치다니 말이 됩니까? 나는 환락과 경건의 쌍두마차를 타고 인생을 살아오고 있습니다. 어느 한쪽이 강해져도 내 인생은 절름발이가 되는 것이오."

"참으로 편리한 인생이군요. 그래서 기독교인은 위선의 탈을 벗지 못하는 거예요."

"혜란은 철저한 기독교인 상이 어떤 것인지 아십니까?"

"그것은 목수의 아들을 통해 나타난 예수 그리스도지요."

"그리고 그런 기독교인은 지금까지 한 분밖에 없었지요. 결국 예수 그리스도는 제자들에게 육의 사람과 영의 사람 사이의 갈등과 고뇌를 남겨 두고 간 것입니다."

"임 장로님은 무엇 때문에 교회에 나가십니까? 환락과 경건 사이의 지뢰밭을 곡예를 하며 지나가기 위해서입니까?"

"말에 가시가 있네요. 사실 인간은 번뇌하기가 싫거든요. 그래서 언제나 말 한 필을 쏘아 버리고 싶은 거죠. 그러나 경건의 말을 쏘아 버릴 수가 없기 때문에 번뇌를 이겨낼 만한 용기를 달라고 기도하기 위해서 교회에 나갑니다."

"무엇 때문에요?"

"경건한 말을 죽이지 않기 위해서."

"왜 살려 두나요?"

"기적은 언제나 그쪽을 통해서 나타나거든요."

"해괴한 궤변이군요."

"궤변이 아닙니다. 나는 이제 신학의 초점이 종말론이나 기독론이나 교회론에 있지 않고 인간론에 있다고 생각해요. 인간을 통해서만 신의 세계는 현현되는 것이니까요. 동과 서는 정반대로 멀지만, 그것이 만나는 이상점이 있습니다."

"저는 교회가 온갖 우상들을 하나님의 이름으로 섬기는 악의 소굴이라는 생각을 할 때 치가 떨려요."

그녀는 몸부림을 치며 말했다.

"임 장로님은 그래서 죄의식이 없군요."

"혜란이, 할 말이 있습니다. 하시만 그래서 나는 평생 고뇌에서 벗어날 수가 없는 게 아니오? 그게 나로 하여금 혜란이를 어떻게든 돕고 싶다는 생각을 갖게 하구 말이오. 또 누구를 위해서든 선한 일을 하고 싶다는 마음을 갖게도 하고……."

"그래서 박 장로 장립 시는 수표를 무명으로 보내셨나요? 그건 장난이에요. 성스러운 교회를 모독하는 장난이란 말이에요."

그녀는 버럭 소리를 질렀다.

"혜란이, 끝없는 토론은 그만둡시다. 그것보다도 혜란이는 지금 허약해졌어요. 이 다방을 내가 인수받겠습니다. 당분간만, 정말 당분간만 쉬지 않겠습니까? 건강이 회복되면 다시 돌려드리지요."

그녀는 벌떡 일어섰다.

"제발 제 생활에 그만 간섭해 주세요. 제가 하고 있는 일은 선생님의 모습을 말살하는 일이에요. 그리고 새 사람이 되어 하나님의 계명을 지키다 죽는 일이에요. 돈을 벌고 못 버는 게 무슨 상관입니까? 나가 주세요. 제발 나가 주세요."

그녀는 발작을 하듯이 소리를 지르더니 얼굴을 싸 안고 주저앉아 버렸다.

5

임 장로는 저녁 식사를 마치자 우울한 기분이 되어 밤 거리로 나왔다. 술이라도 한 잔 들이켜고 싶은 기분이었다. 그는 언제나 혜란을 만나고 나면 가슴이 답답해지고 맥주라도 마시고 싶은 갈증을 느끼는 것이었다. 장로가 음주를 한다는 것은 교회에서 덕스러운 일이 아니었다. 그러나 그는 개의치 않았다. 그러면서도 완전히 마음이 편한 것은 아니었다. 그렇기 때문에 그런 자리에 어울릴 때마다 자기 나름대로 자신의 행위를 합리화하는 성구를 아예 머릿속에 담아 두는 것이었다. 예를 들면 "입에 들어가는 것이 사람을 더럽게 하는 것이 아니다."라는 마태복음 15장 11절의 구절 같은 것이었다. 그는 사실 종교를 하나의 색안경이라고 생각하고 있었다. 기독교라는 색안경을 낀 사람과 불교라는 색안경을 낀 사람은 똑같은 세상을 다르게 보고 있을 것임에 틀림없었다. 그는 기독교라는 색안경이 반드시 다른 색안경보다 우월하다는 생각은 갖고 잊지 않았다. 1926년 가을 캐나다의 선교사 서고도 씨가 유급 교역자 강습회를 갖고 "공자와 석가, 예수를 비교하라."고 요구하자 수강하고 있던 한 목사는 "모기 새끼와 학 두루미를 어떻게 감히 비교하며 범과 생쥐를 어떻게 감히 비교한단 말인가? 양은 신선한 샘물과 꼴만 먹고자 한다. 그대들이 주는 뜨물은 도야지나 먹을 것이 아닌가?" 하고 일갈一喝 후 주먹을 들어 강대상을 쳐 두 조각을 내고 이를 부드득 갈면서 선교사를 향하니 모두 박수 갈채를 보냈다는 선교 비화를 읽었을 때 색안경도 짙은 색안경을 꼈다고 그는 코웃음을 쳤던 것이다.

임 장로는 자기 자신이 왜 기독교인이 되었는가 하는 질문에 대해서도 자기 나름의 답을 준비하고 있었다. 사실 자신이 기독교인이 된 것은 기독병원에 근무하게 되었기 때문이고, 교회도 나가 보고 권유에 못 이겨 찬양대원도 되어 보고 하던 것이 모르는 사이에 기독교인으로 굳어진 것이었다. 그러나 그는 이런 모호한 답변을 하고 싶지 않았다. 세일즈맨이 이 색안경 한번 써 보라고 권고했기 때문에 쓴 색안경을 평생 벗지 못하는 병신 같은 존재가 되고 싶지 않았기 때문이다. 그렇다고 안경집에 가서 어떤 색안경을 살까 하고 망설이다가 기독교라는 색안경을 고르게 되었다고 말하고 싶지도 않았다. 그렇게 되면 자신의 가치 기준이 모든 종교보다 우월한 척도기 되고, 그런 상황에서 기독교를 신봉하는 신자가 된다는 것은 이율배반이기 때문이었다. 도대체 그는 어떻게 기독교인이 되었다는 말인가? 그는 이렇게 대답하고 싶었다. 고아가 어떤 사람을 아버지로 삼을까 하고 망설이다가 친아버지가 나타나는 순간 숙명적으로 그를 맞아들인 것처럼, 이 색안경은 그에게 숙명적인 것이었다고 말하고 싶었다. 다른 색안경으로는 갈아 끼울 수도 없고 또 벗어 버릴 수도 없는 숙명적인 색안경이었다. 그러나 이것은 모호한 꿈을 꾸고 나중에 합리적인 해몽을 붙이는 것과 비슷한 논법이었다. 어떻든 그는 기독교인의 시발점을 자기의 노력이나 판단이 아니고 신이 가져다 준 은총에 두는 것이었다. 그리고 지금까지의 과정은 말끔히 잊어버리고 그 시발점으로부터 세상을 새로 보기 시작했다. 따라서 그에 의하면, 이 안경을 쓰면 음주, 흡연을 해서는 안 되며, 무슨 책을 읽어서는 안 되며, 악한 세상을 바라봐서는 안 되며……하는 따위의 세일즈맨의 선전은 엉터리였다. 또 그들의 상술에 속아 그 안경을 쓰면 세상 사람이 상상도 못하는 신기한 것을 보게 된다는 망상에 사로잡혀 이 세상을 직시하는 대신 하늘을 쳐다보고 누워서 그 신비한 환상이 나타나도록 지키라는 규칙과 형식만 따르고 있는 신도도 엉터리이고 사이비 기독교인이라고 생각했다.

    머리에는 이토록 질서정연한 논리가 들어 있었지만, 이 논리를 세차게 뒤흔들어 놓는 강박관념은 자기 자신은 어쩔 수 없는 위선자라는 생각이었다. 재산과 생명을 초개같이 던지는 신자들 앞에선 이런 논리는 아침 이슬처럼 무력하고 오히려 타산적이었기 때문이다. 솔직히 그는 자신이 그런 맹신자가 되어 재산과 명예를 다 잃을까 봐

늘 겁을 먹고 견제해 오는 처지였다. 신에게 종속적인 나를 언제나 주장하면서, 그는 내가 없이 어떻게 신을 생각할 수 있었단 말인가 하고 자기 자신의 위치를 되찾는 것이었다. 가끔 그는 신 없는 세계를 더 향락했다. 형식적으로 모든 사람 앞에는 신이 존재하지만 사실 몇 가지 의식만 행하면 그 앞에서 자유로워지는 그런 신을 섬기고 있었다. 그러다가 한순간 '이것이 아닌데.' 하는 생각이 들면 곧 오뚝이처럼 자기의 위치를 되찾고 갈등 속에서 번민하는 것이었다. 그는 환락과 경건 사이에서 곡예를 했다.

그는 술집 문을 열고 성큼 들어섰다. 하얀 제복에 보타이를 맨 녀석이 기세 좋게 어서오라는 말을 하며 서양 사람의 흉내를 내고 허리를 굽실거렸다. 실내는 어두컴컴하고 왁자지껄했다.
"어머, 임 박사님, 웬일이세요?"
한 여인이 성큼 앞으로 나서며 팔을 끼고 아양을 떨었다.
"이 양 아니야? 이거 어떻게 된 거야?"
임 장로는 눈이 휘둥그레져 바라보았다. 혜란의 아담다방에 있던 이 양이었다.
"저 오늘 밤부터 여기서 일하게 됐어요."
그녀는 물씬한 유방을 비벼대며 그를 마구 밀고 가서 의자에 앉혔다.
"아이 재밌어. 며칠 후 며칠 후 요단강 긴너가 만나리."
그녀는 마구 손뼉을 쳐댔다.
"아니, 너 돌았니?"
웨이터가 물수건을 가져와서 정중히 서 있었다.

"여기 맥주 좀……."
"그리고 푸짐한 안주두요."
그녀가 덧붙였다.
"너 술집에서 그런 노래 부르면 벌 받는다."
"누구헌테요? 예수님헌테 말이에요? 그럼 이렇게 딱 껴안고 입맞춰 드리죠."
그러면서 그녀는 임 장로를 껴안고 입을 갖다 대었다.
"왜 이래?"
그는 멀찍이 그녀를 밀어냈다.
"자, 술이나 들자."
"흥, 사람 팔자 시간 문제예요. 혼자 잘난 체하지 마세요. 돈만 있으면 제일인가요? 공부만 많이 했음 제일인가요? 저 같은 사람은 천당에도 갈 수 없나요?"
"이 양, 그럴 리가 있나. 너무 장난기가 심하다는 것뿐이지."
그녀는 술잔을 거뜬히 비우고 안주를 뜯기 시작했다.
"며칠 굶었어?"
"그래요, 좀 먹여 줄래요?"
"아무렴 너 하나 못 먹이겠니?"
"이것 가지고는 어림도 없어요. 오늘 밤 신나게 좀 먹여 줘야 해요."
임 장로는 웃었다.
"아무리 허기지기로 되는 대로 주워 먹으면 몸 버려."
"쓰레기 같은 몸인데 버리고 말고 할 게 있나요?"
그녀는 안주를 뜯으며 씽긋 웃었다.

"이 양, 자포자기하지 말고 새롭게 살고 싶은 생각 없나?"
"시시해요."
그녀는 다시 술을 꿀꺽 들이마셨다.
빈 병이 점차 붇기 시작했다.
"이러다 취하겠는데……."
"취하고 싶어 마시는 걸요 뭐."
그는 멍하게 주기가 오른 이 양을 건너다보았다. 그가 맥주 집을 드나드는 것은 취하고 싶어서였다. 취하면 한 번쯤 색안경을 벗을 수 있으리라는 생각에서였다. 그러나 그는 분수를 지키고 한 번도 취하지를 않았다. 그것이 오히려 그를 견딜 수 없게 했다. 친구들도 그래서 그를 소심하다고 말했고, 한 번도 성인이 되어 보지 못한 어린애라고 희롱했었다. 그는 취한 사람이 부러웠다. 종교가 되었든 돈벌이가 되었든 여자 문제가 되었든 광적으로 한 번쯤 취해 보고 싶다고 생각했다. 혜란이와 결혼하지 못한 것도 그렇게 취할 수 없는 말짱한 정신의 타산 때문이었다고 생각되는 것이었다.
"선생님, 나 오늘 실컷 먹여 준다고 했지요?"
그녀는 좀 취한 음성으로 그의 허리를 껴안고 가슴을 비벼댔다.
임 장로는 술잔을 단숨에 비웠다.
"이 양, 어린애 갖고 싶어?"
"그래요. 꽃씨 좀 심어 줄래요?"
"몇이나?"
"열은 낳을래요."
"열은 너무 많고 넷만 낳는다고 생각해 봐."

"왜요?"

"아니, 그래서 말이야, 삼십 년 뒤 그놈들이 다시 넷씩을 낳고……."

"왜 그렇게 자꾸 낳기만 해요."

"그렇게 되면 삼십 년에 인구가 배씩 불어난단 말이야."

"인구가 무슨 상관이에요?"

"내 말 좀 들어. 지금 우리나라의 인구 밀도는 일 평방 킬로미터에 이백구십 명이거든."

"아이 골치 아파."

"그럼 술을 마시면서 이야기하자고."

그는 계속했다.

"쉽게 말해서 한 사람이 땅 여덟 마지기씩 차지하고 살고 있단 말이야."

"그게 무슨 상관이에요."

"이 맹추야, 백이십 년만 되면 한 사람이 한 마지기의 땅을 갖게 되고 그 때는 사람이 사람을 먹고 살게 된단 말이야."

"아니, 그땐 우린 죽고 없을 텐데요?"

"이거 봐, 미래를 바라보는 사람은 그 때까지 안 죽는 거야."

"그건 말도 안 되네요."

"내 계산으론 말이야, 삼백삼십 년만 지나면 한 사람이 꼭 자기가 묻힐 한 평 땅밖에 못 갖게 돼."

"박사님, 지금 무슨 꿈을 꾸고 계세요?"

임 장로는 갑자기 껄껄 웃어댔다.

"야, 나도 취했어. 취했다니까."

그러면서 다시 술을 따랐다.

"자, 건배하자. 아주 기분이 좋은데……."

그는 술을 들이켜고 일어났다.

길거리에 나서니 좀 어지러운 것 같았다. 마지막 한 잔이 취하게 한 모양이었다. 그는 이 양에게 가볍게 손을 흔들었다. 그러나 그녀는 사라지지 않고 걸어 나왔다.

"임 박사님, 저 오늘 드라이브시켜 주세요."

그러면서 그녀는 택시를 잡고 뛰어들었다.

6

정혜란은 밤늦게까지 텅 빈 다방을 지키며 생각에 잠겨 있었다. 남편의 교통사고와 자기는 어떤 인과관계가 있는 것처럼 생각되었다. 그리고 이것이 자기 인생에 변화를 가져올 큰 계기가 될 것 같은 예감이 들기도 하는 것이었다. 도대체 다방은 어떻게 될 것인가? 다방은 천국에서의 장사가 아니라는 임 박사의 말은 옳은 것이었다. 자기도 그렇게 생각하고 있었고, 또 현재처럼 되기를 원하지도 않았던 것이다. 그런데 자기의 생각과는 무관하게 이와 같이 되어 버린 것이다. 그녀는 이것이 하나님의 뜻이라고 자신에게 타이르고 있었다. 자기 마음 가운데 살고 있는 것은 자신이 아니고 하나님이라고 그녀는 확신하고 있었다. 그녀의 몸은 청지기요 도구인데 다방이 망하면 어떠랴, 또 길거리의 거지가 되면 어떠랴?

그러나 자꾸만 마음이 흔들리는 것은 정말 하나님이 자기를 위한 놀라운 계획으로 다방 경영을 작정하고 계셨던가 하는 것이었다. 다방 개업과 함께 가정의 파탄이 싹트기 시작했기 때문이다. 아니, 그보다 먼저 파탄의 실마리가 없었던 것은 아니었다. 그녀는 어린애를 가질 수 없다는 것 때문에 절망 상태였고, 다방 영업으로 보람을 찾고 싶다고 생각한 것은 소명의식이 생기기 훨씬 이전의 일이었다. 그녀는 다방에 나와서도 어린애를 갖고 싶다는 욕망을 버리지 못하고 있었다. 그녀는 인공 수정을 심각하게 생각하고 있었기 때문이다. 한번은 온천에 목욕하러 갔다가 불현듯 임 박사와 처녀 시절에 함께 지냈던 호텔 생각이 나서 그 방을 빌려 투숙하고 목욕한 일이 있었다. 당시는 그 고을에서 일류 호텔이었는데 관광 호텔이 들어서자 모습도 초라해지고 보잘것없는 곳이 되어 있었다. 그러나 그 온천물이 진짜라고 목욕하러 들어오는 사람도 적지 않았다. 그녀는 목욕을 하다가 한순간 임 박사의 씨를 받았으면 좋겠다는 생각을 하고는 소스라치게 놀랐다. 그것은 분명 죄악이었다. 그런 뒤로 그녀는 남편에게 피곤한 몸을 이끌고도 상냥하게 대하려고 애를 썼다. 그러나 간격은 더욱 넓어지고 있었다. 그는 언제나 퉁명스럽게 쏘아붙이고 화실에 갇혀 있기가 일쑤였다. 그녀가 새벽 기도를 나가기 시작하자, 그는 머리끝까지 화를 냈다.

"혜란이의 하나님은 죽어 버렸어. 무엇 때문에 뻔질나게 쫓아다니냔 말이야."

"뭐라구요?"

"죽었어, 죽었다니까. 대부분의 목사들이 모시는 하나님도 다 죽은 하나님이야. 살아 계신 하나님을 모셔야 해."

그녀는 그가 정신이 돈 게 아닌가 하고 멍하게 쳐다보았다.

"믿음이 뭔지를 알고 믿어야 참 신을 섬기지 마룻장만 때리면 기적이 나타나나?"

그녀는 그제야 피가 거꾸로 도는 것을 의식했다. 그녀가 생명까지라도 바쳐 헌신하고자 하는 삶의 소망인 하나님이 죽었다고 공언하는 것은 있을 수 없는 일이었다.

"그래, 알량한 당신의 믿음은 어떤 것인지 말해 봐요."

"믿음이란 바라는 것의 실상이야."

"누가 그걸 모르나요? 히브리서의 믿음 장."

"그래, 성경을 모른대나? 믿음이란 소망하는 바의 실상을 보며 그 실상에 확신을 갖는 거야. 그런데 혜란은 무슨 실상을 보지?"

그녀는 약간 당황했었다.

"나는 하나님을 봐요. 그래, 잘못되었어요?"

"하나님 좋아하네. 하나님은 우리가 바라는 것을 보게 하고 믿게 하는 분이 하나님이야. 그런데 하나님의 실상이 보인다고? 어떻게 생겼는데? 그건 우상이야. 그래서 죽은 신이야. 그런 죽은 신을 믿고 있단 말이야, 이 병신아."

"뭐라구요? 병신이 병신이라고 말할 수 있어요? 그래, 교회도 안 나가는 당신의 하나님은 화실 속에서 잘 살아 계시나요?"

"이기 뵈, 교회에는 살아 계신 하나님이 안 계신다니까. 교회, 교회 하지만 교회 잘 나가고 주일 잘 지키고 십일조 잘 하고, 그러고 나서 나는 완벽한 기독교인입네 하는 사람처럼 골 빈 사람은 없단 말이야. 교회에는 껍데기만 있고 알맹이는 없어."

혜란은 억울하고 울화통이 터지기만 했다. 교회도 잘 안 나가는 주제에 무슨 기독교인 운운하는가? 가뜩이나 하나님이 죽었다고 떠들고 믿음이 어쩌고 하니 기가 찰 노릇이었다. 이런 불경한 자들은 모조리 비로 쓸어서 활활 타는 유황불에다 던져 버렸으면 하는 분노가 순간순간 치밀어 오르는 것이었다.

임 박사는 그렇지 않았다. 그는 교회에 헌신하는 신자를 보면 고개가 숙여진다고 말했었다. 교회는 그들에 의해 유지되며, 그들을 빼버리면 교회는 영통력靈通力을 잃고, 이적과 신비가 사라지며, 삭막한 사회 단체의 모임처럼 되어 버린다고 말했었다. 그런데 남편은 영 빗나가 버린 사람이었다. 도대체 신학자도 목회자도 아닌 그가 뭘 어떻게 하겠다는 말인가? 이십 세기에 살아 있는 예수의 모습을 그려 보겠다니 웃기는 일이었다. 그 모습은 지금까지의 십자가상의 모습과 어떻게 다를 것인가? 결국 교통사고는 근본적으로 하나님에 대한 모독의 대가라고 봐야 옳을 것이라고 생각했다.

출발이야 어쨌든 다방 영업은 본전이 날아가기까지 밀고 갈 생각이었다. 다만, 문제가 되는 것은 남편과의 결혼생활이었다. 이 양과의 불륜의 관계를 조금도 뉘우치지 않는 남편을 어떻게 할 것인가를 생각했다. 성경은 범죄하고도 회개하면 일흔 번씩 일곱 번이라도 용서하라고 말하고 있다. 그러나 그는 회개하지 않았다. 또 성경은 범죄하면 단둘이 앉아 권고하고, 그래도 듣지 않으면 두세 증인과 함께 권고하고, 그래도 듣지 않으면 교회에 이야기하라고 말했다. 그녀는 내일이면 목사님께 함께 찾아가 권고해 보리라고 생각했다. 그래도 듣지 않으면 성경에 기록된 대로 이방인이나 세리처럼 취급하면 될 것이었다. 그녀는 한결 해결의 실마리가 잡혀 후련해졌다. 그러나 다시 마음이 어두워졌다. 이방인처럼 취급한다는 것은 개처럼 취급하라는 이야기였다. 그렇다면 이혼을 해야 한다는 말인가? 그러나 성경은 부부는 한 몸이니 결코 이혼하지 말라고 가르치고 있다. 더구나 그것도 남자 측에서의 이야기이고 여자 측에서의 이혼의 제기는 전혀 언급이 되어 있지 않았다. 그녀는 왜 성경이 좀더 자세한 것을 가르쳐 주지 않는 것인지 그것이 불만스러웠다. 허나 생각해 보면 이천 년 전의 이스라엘 풍속이 지금의 모든 것을 규정해 줄 수는 없는 일이었다. 그럼 어떻게 성경대로 살 것인가?

"이 맹추야, 성경이 일점일획도 틀릴 수 없다는 것은 한 복음서 저자의 견해야. 우리나라가 왜 망했는지 알아? 불교, 유교를 들여와서 알맹이는 다 팽개치고 껍데기만 가지고 이렇게 살아야 한다, 저렇게 살아야 한다 하고 싸우다 망했단 말이야. 남의 나라 풍속, 그것도 낡아빠진 이천 년 전의 풍속대로 살아야 천당 간다는 법이 어디 있어?"

눈을 부라리고 대드는 남편의 얼굴이 선했다. 그러나 그녀는 성경에 쓰여진 대로 지켜 행해야 후련하게 되어 버리는 것이었다. 모든 죄는 용서받을 수 있어도 성령을 모독하는 죄는 용서받을 수 없다는 성구 때문에 남편은 도저히 구제받을 수 없으며, 마귀와 같은 그의 소리를 귀담아 들을 수 없다고 생각하고 있었다. 그녀는 이혼을 해도 괜찮을 것인가에 대해 생각하고 있었다. 그러다가 그녀는 성경에서 적절한 성구를 생각해 냈다. 예수께서 돌아가시기 전 제자들을 위로하며 보혜사, 즉 성령을 보내서 무엇이나 가르쳐 주겠다고 한 약속 말이다. 그녀는 다시 마음의 안정을 되찾았다. 성령의 이끄심을 따라

행하리라는 결심이었다.

그녀는 벌떡 일어나 코트를 걸쳤다. 그리고 다방의 난로 단속을 주방장에게 당부하고 밖으로 나왔다. 바람이 목덜미를 스치는 것이 춥지 않고 시원하게 느껴졌다. 웬일인지 얽힌 실들이 수월하게 풀려 나가는 기분이었다. 이제는 임 박사와의 문제도 종지부를 찍으리라 생각했다. 어린애를 갖고 싶다는 것은 자기의 욕망이고 갖고 못 갖는 것은 하나님의 뜻이라고 생각했다. 불투명해서 늘 죄의식이 수반되는 임 박사와의 감정을 깨끗이 청산하리라고 생각했다. 그녀는 천천히 걷고 있었다. 촘촘히 얼어붙은 별들이 눈길을 타고 내려와 가슴 속으로 녹아들고 있었다. 남편의 목소리가 들려왔다.

"태양계가 생겨난 지 사십오억 년, 거기에 엽록소를 가진 박테리아가 생겨난 지 삼억 년, 그리하여 대기권에 자유 산소가 고이기 시작한 지 이억 오천 년, 그리고 대기권 성운이 오늘에 가까워진 것이 일억 년, 포유류가 생기고 원시인이 생긴 지 이백만 년, 그리하여 현재는 인간이 서식하기에 가장 알맞은 환경이 된 거야."

정말 세상은 아름답다고 그녀는 난생 처음으로 느꼈다. 달리는 차와 아베크 하는 남녀 쌍들이 자연의 질서와 조화를 이루고 그림처럼 예뻤다.

"앞으로 산소는 희박해지고 지하자원은 고갈되어 지구는 식어서 달처럼 되고 포유류의 전성기가 가면 인류는 지상에서 자취를 감추게 될 거야."

남편의 음성은 아무 악의 없이 낭랑하게 그녀의 귓가에 울려 왔다.

"과학의 발달이 인류 존속의 소망을 그래도 줄 것인가? 원자력의 개발은 대기의 오염을 가져와서 오히려 인류의 운명을 독촉하고 있어. 화학 약품의 사용과 대기의 오염은 자연의 조화를 깨뜨리고 지구를 보호하자는 외침이 날로 커져 가고 있단 말이야. 사회학자들은 탈공업, 탈 도시문명의 사회 건설을 부르짖고 인간의 비인간화로부터의 해방을 외치고 있단 말이야. 결국 급진적으로 발전해 가는 이 시대에 사는 인간은 바로 눈앞이 아니고 먼 미래의 이상 세계를 응시하고 오늘을 살지 않으면 인류의 종말은 멀지 않단 이야기야."

남편의 목소리는 복잡한 인간관계를 초월한 제삼자의 목소리로 들려오기 시작했다.

"교회와 기독교도가 잠에서 깰 때가 왔어. 과학자가, 사회학자가 끊임없이 종말의 경종을 울리고 있는데 엘리야와 이사야, 예레미야, 다니엘 같은 선지자는 다 어디 가고 화석같이 되어 버린 성경의 생명 없는 문자에만 매달려 세상의 종말이 온다고 불쌍한 인간을 위협하는 말만 하느냐 말이야."

그녀는 택시를 타고 온천장을 향해 달리고 있었다. 평소 같으면 격해졌을 남편의 음성이 덤덤히 들려오는 것이었다. 아니, 병상에 누워 있을 그가 오히려 측은히 생각되는 것이었다. 이 세상에는 신이 존재한다는 생각마저 가져 보지 않은 채 아무 근심 없이 일생을 마친 사람이 얼마나 많은가? 그런데 그는 죽었다고 생각하는 신을 두고 번민히는 것이 오히려 측은하게 생각되었다. 아니, 신은 살아 있는데 죽은 신을 섬기고 있는 신도들이 안타까워 번민하는 것이 아닐까? 일단 그와 임 박사와 이 양과 다방과…… 이 모든 것과 인간적인 인연을 끊고 홀로 신의 계시만을 바라는 위치에 자기를 놓았을 때 이상하게도 아무도 미워지질 않았다. 오히려 모두를 용서하고 순수하게 사랑할 수 있으리라는 생각마저 들었다. 모든 것이 사랑스러웠다.

그녀는 드라이브를 하다 말고 한때 죄의식 속에 몸을 담갔던 호텔에 들렀다.

"투숙하시려구요?"

프런트에서 종업원이 물었다. 그녀는 약간 망설였다.

"저 107호실 비었나요?"

"죄송합니다. 저의 호텔은 오늘 밤 다 찼습니다."

종업원은 매우 죄송한 표정이었다. 그녀는 열적게 때 묻은 기둥을 어루만졌다.

"저 그 방에 부부가 드셨나요?"

그러자 종업원은 좀 불안한 표정으로 눈을 마주치더니 곧 웃는 얼굴로 대답했다.

"네, 아주 다정한 부부였습니다."

한순간 십 년 전의 자기 모습과 임 박사의 모습이 얼핏 떠올랐다. 자기 얼굴은 불꽃처럼 벌겋게 타고 있었고 닥터 임은 인간으로서 교활할 만치 흠이 없는 모습이었다.

그녀는 밖으로 나와 다시 택시를 잡아 탔다. 남편을 한 번 더 만나 보고 집으로 들어갈까 생각하다 그냥 두었다. 다시 무슨 심경의 변화가 올지 알 수 없는 일이었다. 진지하게 하나님을 찾는 모습만은 인정해야 했다. 그러나 그가 찾는 참 하나님의 모습이 자기가 사모하는 하나님과 얼마만한 거리를 갖는 것인지가 두려울 뿐이었다.

초인종을 누르자 식모가 나왔다.

"저 아저씨가 돌아오셨어요."

"언제?"

"점심 때쯤이요."

"그럼 왜 알리지 않았니?"

"알리지 말랬어요."

그녀는 가슴이 뛰기 시작했다.

"지금 주무시니?"

"아니에요. 계속 화실에 계셨어요."

화실은 대낮처럼 밝았다. 그녀는 급하게 문을 열었다. 그러자 커다란 백호 캔버스에 다듬어지지 않은 나무 십자가가 크게 그려져 있었다. 그러나 그가 살아 있다고 주장하던 신의 모습은 그려져 있지 않았다. 그 앞에 남편은 기도하는 자세로 고꾸라져 잠들어 있었다. 결국 그는 살아 있는 신의 모습을 형상화할 수 없었던 것이다. 캔버스 주변에는 수없이 많은 예수의 모습이 그려져 있었다. 그 중에는 갓을 쓴 예수와 치마 저고리를 입고 머리를 푼 여인이 머리칼로 예수의 발을 씻고 있는 모습도 있었다. 흑인의 예수, 전형적인 중동인의 예수, 흔히 보던 백인의 예수……. 그러나 그 어느 것도 100호 캔버스에는 그려져 있지 않았다. 결국 살아 있는 예수의 모습은 인간의 붓으로는 그릴 수 없다는 말인가? 그리고 인간이 그린 모든 예수와 교회에 계신다는 하나님은 다 말도 못하고 생명을 줄 수도 없는 죽은 신이라는 말인가?

엎드려 있는 그의 옆에 펴진 「세계 기도일」이라는 책자에는 이런 내용에 밑줄이 박박 그어져 있었다.

―이 주간에도 기적만을 바라고 군중이 모여 당신의 계시를 보지 못
 한다 할지라도
―주여, 저희가 깨어 있게 하소서.
―오늘에도 생의 쾌락이 우리를 자주 휩쓸어 우리가 어디로 가고 있
 는지 모를 때라도
―주여, 저희가 깨어 있게 하소서.
―이 시간에도 우리가 행동해야 하고 또 이미 우리가 말하고 행한 것
 이 어찌할 수 없게 되었을지라도
―주여, 저희가 깨어 있게 하소서.
―이 순간에도 우리가 당신 앞에 나와 당신께 기도드리려 할 때
―오 주 하나님, 우리가 온전히 당신의 뜻에 자신을 맡길 수 있게 하
 소서.

혜란은 와락 눈물이 쏟아졌다. 신은 죽었다고 외치며 살아 있는 신을 그리려고 몸부림친 남편이 한없이 가엾게 생각되었다. 우리가 바라보고 있던 살아 있는 신은 십자가 앞에 보이지 않는 모습으로 항상 함께 있어 왔던 것이 아닐까?

이 세상의 모든 집착에서 완전히 손을 놓았을 때, 내가 진 십자가 앞에서 보이지는 않지만 "내가 너와 함께 하리라."고 하며 나를 붙들고 나를 굳세게 해 주는 신이 참으로 살아 있는 신이 아닐까?

그녀는 쓰러져 잠들어 있는 남편을 껴안았다.

(1973년 현대문학 223호)

이차적 가공 加工

 광장을 가로질러 마구 달리었다. 나는 누구에겐가 생명의 위협을 느끼며 쫓기고 있었다. 아니, 나를 쫓아오고 있는 것은 나를 잡아 삼키려는 악마였다. 얼마나 오랜 시간을 달렸는지 모르겠다. 이제는 가속도가 붙어 그냥 달리고 있다. 쫓아오던 마귀가 보이지 않는데도 그냥 달리고 있다. 지금은 우뚝 선다는 것은 어려운 일이다. 그뿐 아니라 나는 우뚝 설 수 있는지도 의문이다. 눈에는 아무것도 보이지 않는다. 황량하게 퇴폐해 버린 거리가 있을 뿐이다. 지붕들이 내려앉고, 철근 콘크리트의 벽은 비스듬히 기울어지다가 멎어 버린 채 우뚝 서 있다. 어제까지도 홍수처럼 밀려다니던 차와 전차와 사람들의 물결들은 다 어디로 가 버렸는가? 길은 한없이 뻗어 있을 뿐이고 낯익은 것이라고는 하나도 없다. 무엇인가 만나야 할 것이다. 그동안 얼마나 시간이 흐른 것일까?

 그 무서운 마귀는 무엇 때문에 나를 잡으려는 것일까? 언제부터 나를 쫓아오기 시작한 것일까? 생각해 보면 내가 어렸을 때부터다. 내가 교회에 나가기 시작할 때도 그랬고, 내가 결혼할 때도 나를 괴롭혔다. 그는 알게 모르게 그 때부터 나를 추적하고 있었던 것이다. 아내는 처녀 때 류마티스 관절염으로 심하게 아팠다. 자고 일어나면 손이 강직되어 손을 쥘 수가 없고 펼 수도 없었으며, 무릎이 붓고 열이 나 아파서 견딜 수가 없었다고 한다. 그러나 멍청하게 아스피린을 십여 알씩 먹어 통증을 이기곤 했다고 한다. 그녀는 잠을 못 자서 날로 파리해져 갔다. 결혼은 생각할 수도 없었다. 그런데 한번은 신유의 은사가 있는 부흥사가 가까운 교회에 왔다. 그녀는 이웃 집사들의 권고로 한밤중에 그 부흥사가 자는 집까지 갔지만 수면을 방해할까 봐 새벽까지 문 앞에서 기도하며 기다렸다. 그리고 부흥사가 나오자마자 그에게 매달려 호소했다. 부흥사는 그녀를 데리고 방으로 들어가 침대에 눕히고 안수했다. 그런데 그녀는 부흥사의 손이 가슴에 닿자 너무 뜨거워 질겁하며 바닥에 굴러 떨어졌다. 불 같은 것이 온몸을 휘젓고 돌아 대굴대굴 굴렀다. 집에 와서 역겨워 새까만 액체를 한 바가지나 토하고 24시간 잠만 잤는데 그 병이 나았다고 한다. 그녀는 건강하게 되어 나에게 시집을 왔다. 그 당시에 방언이 터졌다는데, 지금도 마음이 답답하면 교회에 가서 새벽까지 방언으로 기도하고 돌아온다. 그녀가 말없이 빠져 나가 새벽까지 돌아오지 않으면 나는 꿈속에서 악마에게 시달렸다. 정신없이 쫓기고 드디어 붙들려 목이 죄는 꿈을 꾸다가 일어나는 것이다.

    나는 달리면서 지금도 그런 꿈을 꾸고 있는 것이 아닐까 하고 생각한다. 꿈이라면 목이 졸리더라도 빨리 깨고 싶다. 그러나 깨어나질 않는다. 다리가 아프다. 하지만 태엽을 감아 놓은 시계처럼 시간을 좇아 달리도록 되어 버렸는지도 모른다. 태엽이 풀리기까지는 다리가 아프지 않을지도 모른다. 다리가 아프다는 느낌은 이렇게 많이 달렸으니 필경 아플 것임에 틀림없다는 한갓 관념에 불과할지도 모른다.

나는 길 위에 서 있는 전차를 발견하고 거의 숨이 막힐 듯했다. 그러나 그것은 험하게 꾸겨져서 쓸모없는 형해形骸가 되어 버린 것이었다. 이 전차 때문에 나는 실로 놀라운 것을 생각해 냈다. 어제는 (아니, 더 먼 옛날이었는지도 모른다) 첫딸 혜숙의 두 돌이 되는 생일이었다. 생일 케이크에 켠 촛불을 끄고 기도하는데, 하나님께서 관절염으로 아팠던 아내를 통해 그렇게 예쁜 딸을 낳게 해 주신 것이 어찌 그렇게 감사한지 하나님의 사랑에 감격하여 마구 눈물이 쏟아졌다. 내가 의자에 앉아 책을 보고 있을 때는 짓궂게 의자 밑에 들어와서 다리를 만지며 뭐라고 알 수도 없는 소리를 지르고, 내가 엎드려 있을 때는 허리를 아무렇게나 넘나들고 내 펜을 빼앗으며 좋아하던 혜숙이 너무너무 귀여워서 나는 하나님께 감사하지 않을 수 없었다. 나는 순간 아내가 어린애를 기르는 데 너무 수고하고 있다는 생각을 했다.

"우리 오늘은 영화라도 한 편 보러 갈까?"

"그렇게 하세요, 형부."

같이 살고 있던 처제가 맞장구를 쳤다. 그래서 우리는 아내와 영화 구경을 하러 전차를 타고 나왔던 것이다. 이러한 기억은 참 엉뚱하고도 놀라운 것이다. 전차가 그 과거를 기억해 내도록 한 것이다. 그러나 그것이 어제라는 시간저인 관념은 거짓일지도 모른다. 나는 지금

이차적 가공

꿈을 꾸고 있는 것임에 틀림없다. 그렇지 않고서야 어떻게 이런 일이 있을 수 있겠는가? 무의식의 세계는 시간적으로, 공간적으로 뒤죽박죽이 된 세계다. 그러니 생각해 보라. 내가 어제부터 쫓기기 시작했다고 어떻게 단정할 수 있는가? 나는 언제부터 어떻게 달리기 시작했는지 모르고 있는 것이다. 그러나 나는 이내 환성을 올리었다. 눈에 익은 고층 건물을 보았기 때문이다. 그것으로 이제 모든 것이 확실해진 것 같기도 했다. 어제 나는 아내와 영화를 보고 돌아오는 길에 이 건물의 스카이라운지에서 야경을 바라보며 차를 한 잔씩 마셨던 것이다. 그리고 막 일어서려 할 때 내가 딛고 있던 발판이, 아니 지구가 사정없이 흔들리며 무서운 속도로 아득히 저 멀리 달려가 버리는 것을 느끼며 쓰러졌던 것이다. 그때 아내는 어디로 가 버리고 나만 남은 것일까? 그 때부터 악마는 나를 삼키려고 쫓아온 것임에 틀림없다. 성령이 충만한 아내를 쫓았을 리가 없다. 그러다가 이제 나까지 놓친 것이다.

쏜살같이 고층 빌딩으로 곤두박질치며 들어서서 계단을 올라갔다. 나는 이제 쫓기는 것이 아니고 제정신으로 돌아온 것이다. 어제 그 다실로부터 과거의 기억을 되살려 아내를 찾아야 한다. 그러나 2층으로 올라온 나는 스카이라운지로 올라가는 엘리베이터를 찾을 수가 없었다. 아득히 멀리 사라지는 복도가 있을 뿐이었다. 어떻게 이처럼 넓은 2층이 있을 수 있는가? 스카이라운지로 올라가는 엘리베이터를 찾아 나는 또 달리기 시작했다. 거미줄처럼 얼기설기 복도만 뻗쳐 있는 2층을 달릴 수밖에 없었다. 아무리 달려도 위층으로 올라갈 계단도 없고 칸마다 막아진 방은 문도 없었다. 나는 이상한 기분이 되었다. 현미경으로 들여다본 식물의 세포 조직 속을 나는 작은 입자가 되어 유동하고 있는 기분이었다. 최근 트레이서로서의 방사선 동위원소의 용도는 생물학 및 의학 분야에서 급격히 증가했다는 말을 라디오에서 들은 일이 생각났다. 예를 들면, 비료에 이 방사성 동위원소를 섞어 쓰면 비료가 흡수되는 경로를 이 동위원소가 방출하는 방사선 때문에 하나하나 추적할 수 있다는 것이다. 나는 이런 단편적인 생각 때문에, 이를테면 내가 탄소 14와 같은 동위원소가 되어 이 아득히 먼 식물 세포인 복도를 달리고 있는 것이 아닐까 하는 생각이 들기도 했다. 아무튼 이것은 현실일 수는 없다. 한 건물이 어떻게 이렇게 클 수가 있는가? 나는 계속 일련의 환상을 보고 있는지도 모르겠다. 아내와 어린애를 만나고 싶다는 생각이 부서진 전차의 환상을 불러일으키고, 그것이 다시 이 고층 건물을 생각나게 하고…… 이렇게 해서 결국 나를 어디론가 데려갈 것이다. 나는 프로이트의 「꿈의 해석」이라는 책을 생각했다. 그는 우리의 무의식 속에는 과거의 경험에 얽힌 여러 송이#들이 환상의 형태로 뇌 속에 자리하고 있다고 했다. 그래서 예를 들어 전차를 보면 그 중 한 기억 환상이 떠오르고, 또 고층 건물을 보면 이에 얽힌 또 하나의 기억 환상을 본다는 것이다. 그것들은 시간적으로, 공간적으로 아무 연관이 없다. 앞뒤가 뒤엉킨 그림들일 뿐이다. 나는 아무 연관도 없는 그런 기억 속의 그림들을 보고 있는시도 보른다고 생각했다.

나는 종래 막다른 골목에 부딪혔다. 그러나 내 의사에 반해서 달리고 있던 속도는 가속되고, 나는 드디어 벽을 뚫고 밖으로 나왔다. 거기서 그만 눈이 휘둥그레졌다. 어쩌면 그렇게도 많은 동물들이 우글거리고 있을 수가 있는가? 그 곳은 다락방과 같은 곳이었다. 그런데 의자는 말할 것도 없고 창틀이나 스피커의 상자 위, 혹은 마룻바닥에까지 동물들이 우글거리고 있었다. 누린내 때문에 매스꺼웠다. 그러나 나는 무엇인가 발견했다는 기쁨 때문에 이 매스꺼운 냄새를 성목적 도착환자처럼 들이마셨다. 이내 현기증이 일더니 방 전체가 살아 움직이는 것처럼 흐느적거리며 흔들렸다.

장난스럽게 주둥이가 앞으로 내굽은 너구리가 하얀 배를 내밀고 뒤뚱거리며 몇 걸음 걸어 나오더니 손을 내밀었다. 그러고는 이제부터는 헤매는 생활을 그만두고 자기네 회원이 되어 달라고 점잖게 타이르듯이 말했다. 나는 기분이 나빠져서 너구리 씨의 손을 홱 뿌리쳤다.

"나는 네깐 녀석을 알고 있는 기억이 없으며 너희들의 회원이 되기 위해 온 것이 아니다. 나는 적어도 인간이며 사랑하는 내 아내와 딸을 찾으러 온 것뿐이다."

너구리 씨는 하늘을 쳐다보고 빨간 혀를 보이며 웃었다.

"아직도 자기를 인간으로 생각하고 있다니 참 안 되었습니다. 인간은 벌써 지상에서 다 사라졌습니다. 하긴 짐승의 탈을 쓰고 자기는 인간이라고 생각하는 미친 놈들도 있었지요."

저쪽 구석에 앉은 소 씨는 재미있다는 듯 발을 꼬고 앉아 침을 흘리며 아작아작 껌을 씹으면서 바라보고 있었다. 너구리 씨는 달래듯이 나를 끌고 가 의자에 앉히고 옆에 앉은 말 씨와 원숭이 씨를 소개하며 지금 이분들에게도 자기네 회원이 되어 달라고 설득하고 있는 중이라고 말했다. 그는 이 지상의 영원한 평화를 가져올 낙원 건설이 목적이라고 했다.

"인간도 성취하지 못한 평화를 당신들이 성취할 수 있단 말이요?"

"그렇소. 인간은 너무 교만해서 하나님을 대적했기 때문에 영원히 멸망했소. 그들은 평화를 가져오기 위해 포기해야 할 것이 너무 많았어요. 부귀, 영화, 권세, 환락…… 자기 중심적인 인간은 이 중 하나도 포기하려 하지 않았어요. 그러나 우리는 쉽습니다. 식욕과 성욕만 포기하면 됩니다."

그는 자기 회원들을 보라고 말했다. 늑대와 양과 방울뱀과 어린 개구리들이 함께 놀고 있었다.

"아니요, 나는 지금 꿈을 꾸고 있는 것이 분명하오."

너구리 씨는 말했다.

"당신은 지금 꿈을 꾸고 있는 것이 아니고 깨어 있는 것이요. 꿈이 이렇게 질서정연한 것을 본 일이 있소? 꿈은 황당무계하고 시공이 뒤섞인 혼란한 것이요. 이렇게 전후 아귀가 잘 맞는 것은 당신이 깨어서 이차적 가공을 하고 있기 때문이오."

"당신이 프로이트의 이차적 가공이라는 용어를 알고 있소?"

나는 너구리 씨의 지성 때문에 기절할 뻔했다.

나는 프로이트의 「꿈의 해석」을 읽어 본 일이 있다. 거기에 모오리가 체험했던 꿈 이야기가 나온다.

그는 혁명 당시의 공포정치 시대를 살고 있는 꿈을 꾸었다. 소름끼치는 학살 장면을 목격했는데 끝내는 그도 법정으로 끌려갔다. 그 곳에서는 잡혀 온 여러 불행한 영웅들에게 자기 해명을 강요하고 있었다. 그 자신도 자기 해명을 해야 했다. 그의 기억으로 충분히 설명될

이차적 가공 **145**

수 없는 온갖 종류의 심문 끝에 그도 결국 사형 선고를 받게 되었다. 무수한 군중이 따라오는 가운데 그는 사형장으로 끌려갔다. 단두대로 끌려갔는데 형리가 그를 널빤지에 묶어서 눕혔다. 그리고 칼이 목에 떨어졌다. 목이 몸뚱이에서 댕강 잘리자, 그는 깜짝 놀라 눈을 떴다. 그런데 바로 그때 침대 머리맡의 판자가 칼이 떨어졌던 바로 자기 목뼈에 떨어진 것을 알았다.

널빤지가 목에 떨어지는 순간에 그는 이렇게 많은 내용의 꿈을 꾼 것이다. 언제쯤 머리맡에 판자가 떨어질 줄을 미리 알고 그 시간을 맞춰 꿈을 꾸기 시작한 것일까? 아니면 판자가 떨어지는 순간에 이 모든 꿈을 꾼 것일까?

그는 기억의 덩어리들을 환상의 형태로 가지고 있었다. 그래서 판자가 떨어질 때 잡다한 기억의 덩어리들을 뒤엉킨 환상으로 한꺼번에 보았는데 깨어난 뒤 조리에 맞게 이들을 꿰맞추는 이차적 가공을 했다는 것이다.

이 너구리 씨는 인간보다 결코 못지않은 두뇌를 가지고 있는데, 나는 그가 사실은 동물 가죽을 쓴 인간이 아닐까 하고 생각했다. 그의 추리는 합리적이다. 나는 꿈에서 깬 상태가 분명하다고 생각했다.

"정말 사람이 어떻게 멸망하게 되었습니까? 하나님의 심판이 오기 전에는 결코 그럴 수가 없습니다."

나는 진지해져서 너구리 씨에게 물었다. 진실한 내 아내와 흠 없는 내 딸이 그렇게 죽을 수는 없다고 생각했다.

"인간들은 재림의 날까지 기다릴 수가 없었던 것이지요. 예수님이 재림을 하셔야 육체를 가지고 부활하는 것인데, 육체를 가지고 부활하지 않으면 천당과 지옥의 심판을 제대로 느낄 수 없다고 생각한 거지요. 육체로 부활하면 천당에서 부모도 만나 볼 수 있고, 목사님도 구역장도 장로와 권사도 만나 볼 수 있으며, 악한 자들은 지옥의 유황불 속에 떨어져 밑에 있는 못에 찢기고 구더기가 파먹고 하는 것을 볼 수 있을 텐데, 예수님의 재림 전에 죽으면 그런 것은 볼 수 없고 재림까지 기다려야 하지 않아요?"

"아니요, 하나님의 말씀에는 거짓이 없습니다. 만일 인간이 다 사라졌다면 7년 대환란과 휴거가 시작된 것이오. 지금 성도들은 구름 속으로 끌어올려져 7년 동안 어린 양의 혼인 잔치에 참여하고 있는 것이오."

주님께서 아내와 딸을 하늘 위로 데려가셨을지도 모른다는 생각을 하게 되었다. 성경에는 두 사람이 밭에 있을 때 한 사람은 데려감을 당하고 한 사람은 버려둠을 당할 것이라고 하지 않았는가? 종말의 때는 도둑같이 임한다고 했는데 예고 없이 와서 아내와 딸은 데려가고 나만 남겨진 것이다. 그런데 왜 종말의 징조가 없었는가? 거짓 그리스도와 거짓 선지자가 왔던가? 지진과 기근이 있고 전쟁이 있었는가? 해가 어두워지고 별들이 하늘에서 떨어졌는가? 나팔 소리가 들렸는가? 그런 모든 징조가 있었는데 나만 지금까지 징조로 받아들이지 못했다는 말인가? 휴거가 되었으면 지상에는 전무후무한 대환란이 시작되있어야 할 터인네 왜 이렇게 조용한가?

"성경에 휴거란 말이 어디 있습니까? 또 구름 속에 올라가 어린 양의 혼인 잔치를 한다는 말이 어디 쓰여져 있습니까? 과학자들은 그런 생각을 하지 않았습니다. 그들은 사람의 눈으로 볼 수 없는 최소의 입자, 렙톤, 쿼크 등을 찾아내고 이들이 가속될 때의 운동을 관찰하더니 결국 이 미시적 공간에서 일어나는 현상으로 우주에서 지구가 생성된 빅뱅 모델을 찾아낸 것이오. 그러다가 핵분열, 핵융합의 불장난을 잘못해서 인류가 다 멸망한 거요."

나는 인간이 다 멸망했다는 말을 믿지 않았다. 하나님의 자녀들은 다 휴거가 되고 짐승의 가죽을 쓴 인간들만 우글거리고 지상에 남아 있을 뿐이다. 그렇다면 어딘가에 아비규환을 하는 대환란이 있을 것임에 틀림없다고 생각했다.

"여기말고 당신들이 살고 있는 다른 곳도 있겠지요?"

"물론 있습니다. 신을 믿는 멍청한 집단들도 있지요."

너구리 씨는 나를 창도 없는 벽으로 사정없이 밀어 넣었다. 거기에는 한 고양이가 많은 쥐들을 앞혀 놓고 설교를 하고 있었다. 나는 눈이 휘둥그레졌다.

"이게 뭐하는 짓들입니까?"

"구원을 얻으라고 설교하는 것이지요."

"구원이요? 구원은 인간만이 얻을 수 있는 것입니다. 죄인이요 불의한 인간들을 하나님께서 독생자 예수를 십자가에 내어 주심으로 의롭다고 인정하시고 그 예수를 믿는 사람을 구원해 주시는 것인데 도대체 쥐들이 무엇으로부터의 구원을 받는다는 것입니까?"

"불행과 기근과 전쟁으로부터의 구원을 얻는 것이지요. 이들은 죄 때문에 신과 원수가 되지 않았기 때문에 대속자인 예수가 필요 없습니다. 보시오, 그들의 강대상에는 십자가가 없지 않습니까?"

너구리 씨가 말했다. 그는 그들의 종교는 사회의 평화와 질서를 유지하기 위해서라고 했다. 그리고 자기는 인간 사회에서도 십자가는 달아 놓았지만 십자가의 도는 전하지 않고 복 받고 잘사는 것만 전하는 곳을 많이 보았다고 했다.

"짐승들이 신을 믿는다는 것은 신에 대한 모독이요. 당신들은 내세를 믿습니까?"

"죽어 봐야 아는 내세를 누가 믿습니까? 내세는 있어도 그만 없어도 그만입니다. 혹 선하게 살면 죽어서 인간이 된다는 내세관을 가지고 있으면 그 쥐는 그렇게 사는 것이 좋습니다. 또 내세는 없다고 생각하고 현재를 성실하게 살면 그것도 좋은 일입니다. 인간들처럼 자기는 죄인인데 십자가 때문에 용서를 받았다고 궁색하게 해석하며 살 필요가 없지 않습니까?"

나는 너구리 씨를 쳐다보았다. 이것은 분명 짐승 가죽을 입은 악마다. 믿지 아니하는 자들의 마음을 혼미케 하여 복음을 가리는 자들의 소행이다. 그러나 나는 물었다.

"천국도 지옥도 구원도 없는 이 회당에 왜 쥐들이 이렇게 공손하게 앉아 있습니까?"

"여기서는 고양이가 교주지요. 순종하지 않는 신도들에겐 가혹한 벌이 내려집니다. 그들은 어디론지 자취를 감추고 말지요. 보십시오, 설교단 위에서 노란 눈에 불을 켜고 날카로운 손톱을 세우는 것이 보이지 않습니까?"

"이상한 일입니다. 그런데 왜 모여드는 것입니까?"

"쥐들에게는 어딘가에 소속해서 살고 싶은 속성이 있으며, 흩어져 있으면 성욕과 식욕 때문에 또 서로 싸울 수밖에 없습니다. 그러나

이 곳에 모여 있으면 싸울 때도 엄한 벌이 있다는 것을 알기 때문에 싸우지를 않습니다."

그러면서 고양이와의 면담을 주선했다. 나는 아내가 방언 기도를 떠난 뒤에 나에게 점점 몰려들던 불안감과 악마에게 쫓기던 때의 생각이 다시 엄습해 오는 것을 느꼈다. 고양이는 강대상 뒷면에 있는 큰 사무실의 회장 자리에 위엄을 갖추고 앉아 있었다.

"어떻게 해서 이렇게 많은 쥐들을 모았습니까?"

"내가 모은 것이 아니고 그들이 따라온 것뿐입니다. 그들은 다 내 보호가 필요하오."

"순종하지 않으면 어떤 벌을 내립니까?"

"간단합니다. 이 곳에 조용히 불러 놀리다가 잡아먹어 버립니다."

"그렇게 가혹한 벌을……. 이건 독재 집단이 아닙니까?"

"그들은 자신들을 통제해 줄 더 큰 힘을 요구합니다."

"그들도 기도를 합니까?"

나는 신 없는 종교 집단을 생각하며 이렇게 물었다.

"인간들은 보이지 않는 하나님께 기도를 하지요. 하나님과 자기의 통로를 열어 하나님의 뜻을 알아보기 위해섭니다. 그러나 여기서는 다릅니다. 내가 살아 있지 않아요? 나에게 기도하면 됩니다."

"헌금, 아니 무슨 제물도 바칩니까?"

"나는 제물에 궁색한 자가 아닙니다. 자기 자신들이 다 제물인데 무엇을 바칠 필요가 있습니까?"

나는 가슴이 저리고 아파 오는 것을 느꼈다. 만일 아내가 있었으면 방언으로 기도하고 "예수 그리스도의 이름으로 명하노니 사탄아, 물러가라!"고 외쳤을 것임이 분명했다. 그런데 나는 그렇게 할 수 없는 미지근한 신앙 때문에 가슴이 너무 아팠다. 생각 같아서는 쥐들에게 가서 이런 교주를 섬기지 말고 "물러가라!"고 데모를 하라고 말해 주고 싶은 심정이었다. 물론 무서워서 앞장설 쥐들이 없겠지만 말이다. 내가 얼굴을 찌푸리고 쭈그려 앉아 있자 너구리 씨가 어디가 아프냐고 물었다. 나는 빨리 이 악몽에서 깨어나고 싶다고 말했다. 어디선가 대환란이 일어나서 적그리스도가 도처에서 대학살을 감행하고 있을 것이다. 그러나 48개월을 잘 싸워 이기는 성도는 다시 구름 위로 끌어올려질 것이요, 7년 환란이 끝나면 미리 죽은 성도들과 함께 예수님이 지상으로 재림하실 것이다. 환란 때 지상에 남아 휴거하지 못하고 순교한 성도들도 예수님의 재림 시 무덤에서 부활하여 천년 통치에 참여할 것이다. 나도 아내와 딸을 만나기 위해서는 여기서 순교를 해야 하는데 왜 아마겟돈의 전쟁은 보이지 않는가? 그때 예수님은 구름을 타고 승천했던 그 모습대로 다시 내려오실 것이다.

"당신은 세뇌가 좀더 되어야 이 세상에 적응해서 살 수 있겠습니다."

그러면서 너구리 씨는 나를 다른 방으로 인도했다. 그 곳은 이 지상에서 가장 뛰어난 과학자들의 연구실이라고 했다. 나는 과학자들의 실험실이 아니고 대환란이 일어나고 있는 현장으로 안내해 달라고 했다. 거기서 나는 순교를 해야 한다. 그런데 너구리 씨는 이 지상에는 그런 곳이 없다고 말했다. 하나님은 이제 인간과 함께 사라져 버렸다는 것이다.

"어떻게 그리 불경스러운 말을 합니까? 우주를 창조하던 태초에 계셨고 알파요 오메가 되시는 하나님이 우주가 멸망되기 전에 사라졌다는 말을 어찌 감히 할 수가 있습니까?"

"인간이 없는 우주에는 하나님은 안 계십니다. 알겠습니까?"

너구리 씨는 짜증이 나서 말했다.

"하나님은 인간의 하나님입니다. 하나님이 인간을 사랑하시어 독생자를 희생하여 구원코자 하셨는데 인간이 이 우주에서 사라졌다면 하나님이 존재할 이유가 어디 있습니까? 우리 동물들을 위해 아직도 무슨 역할을 하려고 남아 있을 이유가 있습니까?"

"하나님은 인간의 멸망과 상관없이 있던 그 자리에 그냥 계십니다. 영원까지 계신다구요."

"지구가 싸늘하게 식어 생물이 다 죽어 없어진 뒤에도 하나님은 살아 계신다구요? 자기 형상을 닮은 인간도 없고 죄 가운데 있는 인간을 안타까워할 필요도 없게 되었는데 광막한 우주에서 홀로 뭘 하고 계신다는 말입니까?"

나는 하나님의 영광을 보지 못한 이 짐승들과 무슨 이야기를 할 수 있겠는가 하고 오직 안타까울 뿐이었다. 십자가의 도가 멸망하는 자들에게는 미련한 것이요 구원을 얻는 자에게는 하나님의 능력이 된다는 성경 말씀이 실감났다. 이들에게는 설명이 불가능하다. 이제 그리스도의 재림 때 마귀와 함께 결박되어 천 년 간 무저갱에 던져지는 수밖에 없다.

너구리가 인도한 방은 자그마한 방이었다. 전깃불이 눈부신 방 중앙에는 이상한 기계 장치들이 놓여 있고, 한 구석엔 투명한 유리 상자 안에 겨자씨 같은 알맹이들이 무질서하게 난무한 것이 보였다. 여섯 개의 쿼크, 여섯 개의 렙톤원자의 입자들을 전자 현미경으로 확대하여 관찰하고 있는 것이라고 말했다.

"원숭이 씨, 이분에게 우주는 언제쯤 만들어졌는지 이야기 좀 해 주시오."

원숭이 씨는 이런 질문을 듣자 너무 흥분해서 어쩔 줄 몰라했다. 제 주장을 펼칠 수 있는 좋은 대상을 만난 것이다.

"우리 조사에 의하면 100억 년, 아니면 200억 년쯤 전에 시작되었습니다."

"틀려도 정도가 있어야지 어떻게 100억 년이나 차이가 납니까?"

"이 광막한 우주의 연대를 측정하는 데는 그 정도의 차이는 크게 문제가 되지 않습니다. 우주는 계속 팽창해 가고 있습니다. 그 말은 언젠가는 한 곳에 모여 있었다는 말이 됩니다. 우주는 결국 질량이 무한대가 되는 작은 한 점이었었는데 갑자기 이것이 폭발해서 현재의 우주가 만들어졌습니다. 200억 년이 넘지 않은 이야기지요."

"그때 폭발해서 조각조각 떨어져 나간 덩어리들이 과학적으로 계산해도 한 치의 차이도 없는 이 질서정연한 항성, 위성들 자리에 들어가 앉도록 만들어졌다는 말입니까?"

"어떤 인간들은 지구의 역사가 만 년도 안 된다는데 어림도 없는 소립니다. 하나님이 그동안 뭘 하고 계시다가 뒤늦게 낮과 밤을 만들고, 하늘과 땅을 가르고 채소와 과목을 만든 뒤 해와 달을 만듭니까?"

나는 얼굴에 막 열이 오르는 것을 막을 수가 없었다.

"하나님이 왜 기다리십니까? 하나님이 세상을 창조하시기 전에는 시간이 없었습니다. 그래서 100억이니 200억이니 하는 숫자는 의미가 없는 것입니다. 세상이 창조되기 전의 시간이 무슨 소용이 있습니까? 영원부터 영원까지 계시는 분은 하나님뿐이며 시간은 영원 전부터 독립적으로 존재해 온 그런 것이 아닙니다."

"지구가 식어서 달처럼 되고 인간이 멸종된 후에도 하나님이 이 우주에 관심이 있으시다고 생각합니까?"

원숭이 씨가 어처구니없다는 듯이 말했다.

"우주 공간에 천당과 지옥이 들어갈 만한 공간이 있는 한 하나님은 인간들을 그 곳에 불러놓고 심판하고 다스리며 계시지 않겠어요?"

너구리 씨가 핀잔 섞인 어조로 말했다.

"당신들이 악어를 낚을 수 있습니까? 그 혀를 묶고 갈고리로 턱을 꿸 수 있습니까? 그것을 애완 동물로 만들어 애들과 함께 놀게 할 수 있습니까? 하나님께서 만든 악어 하나도 제대로 다루지 못하면서 어찌 하나님의 지혜에 도전하려 합니까? 우주에 대해 알지 못하면 이를 지으신 이에게 물어야 합니다. 과학적으로 검증할 수 없는 것을 왜 추측하려고 합니까? 창조주의 계시를 구하십시오."

나는 안타까워서 소리쳤다. 원숭이 씨는 머리가 좀 돈 것이 아니냐는 듯이 나를 쳐다보았다. 이때 전화 벨이 울리고 원숭이 씨가 수화기를 들었다. 나는 이 때다 하고 문을 향해 돌진했다. 하지만 머리만 깨어지게 아플 뿐 아무런 효과를 거두지 못했다. 그러자 너구리 씨는 은행 총재인 말 씨가 식당에서 기다리고 있다는 전갈이 왔다고 하며 나를 이끌고 갔다. 그들 사이에는 어떤 암호가 있는지 문고리가 없는 벽도 잘 통과해 나갔다.

식당에는 종업원이 없었다. 장방형의 다갈색 얼굴을 하고 있는 말 씨는 입을 크게 벌리고 미소지으며 우리를 환영했다. 그는 지갑에서 카드를 꺼내더니 일어서서 자동 인출기 같은 곳으로 가서 카드를 넣고 조작을 한 뒤 돌아와서 번호가 붙은 테이블에 앉았다. 이내 기계가 음식을 날라 왔다. 그는 이렇게 기계가 인력을 대신한다고 말하며 나에게 술을 권했다. 그러면서 내게 혹 은행에 취직하고 싶지 않으냐고 물었다. 이번에 당나귀 씨가 폐를 앓아 해고시켰기 때문에 자리가 비어 있다는 것이었다. 나는 깜짝 놀라며 폐를 앓는다고 해고한다면 그런 신분 보장이 안 되는 직장에 누가 들어가겠느냐고 역겨움을 느끼며 말했다. 말 씨는 자기 기능을 다하지 못하고 능력 발휘를 할 수 없는 행원은 해고하는 것이 당연하다고 말했다. 즉 그는 이런 논리를 폈다. 어느 직장이나 각자의 능력이 회사에 얼마만큼 기여할 수 있는가를 계산해서 행원을 쓰는 것인데 그 기능을 못하게 될 때는 해고해야 한다. 해고된 자는 아직도 자기를 찾고 있는 직장이 있으면 찾아가면 된다. 아무 곳에서도 자기를 받아 주지 않으면 무능력자 수용소에 들어가면 된다. 거기서 다시 직업 훈련을 받지만 아무 곳에서도 그를 받아 주지 않으면 그 곳에 남아서 의식衣食을 해결해야 한다. 밥은 공으로 먹을 수 있을 테니까.

이건 동물의 가죽을 쓰고 있을 뿐 개성을 잃어버리고 기계화된 인간 사회라고 나는 생각했다. 또 한 가지 길이 있냐고 날 씨는 말했다. 무능력자 수용소의 규칙을 싫어하면 자유롭게 노변에서 어느 곳이나 편한 곳을 찾아 자고 구걸하며 사는 일인데, 필경은 아사餓死하게 된다고 했다.

나는 발광할 지경이었다. 그리고 나 자신에게 몇 번이나 말했다. 나는 인간이다. 인간이라는 것을 잊지 말자. 내가 그 고층 다방에 있을 때 휴거가 일어나 아내와 딸은 구름 속으로 들려 올라갔다. 두 여자가 매를 갈고 있을 때 하나는 데려감을 당하고 하나는 버려둠을 당함같이 내가 버려둠을 당한 것이다. 아내와 혜숙은 지상에 두고 온 나 때문에 얼마나 안타까워할 것인가? 나는 버려짐을 당했지만 42개월 간 이 환난을 이기고 다시 공중으로 올라가 주님을 영접하고 그들을 만나야 한다. 이 짐승 가죽을 쓴 모든 간악한 인간들의 유혹을 물리쳐야 한다. 나는 세상과 짝짓지 않으리라.

말 씨는 내 얼굴의 험악한 표정을 보더니 꼭 자기 은행에 오지 않아도 된다고 말했다. 그러나 무능력자 수용소를 택하는 것도 자유니 사랑이니 하는 추상적인 용어의 유희에 빠져서 아사하는 일이 없도록 하라고 말했다. 나는 사랑이라는 말을 듣자 마구 가슴이 뜨거워지는 것을 느꼈다. 그리고 혜숙의 생일 때 기도하며 눈물을 흘렸던 감정으로 되돌아갔다. 그땐 왜 그렇게 눈물이 나왔는가? 하나님께서 하잘것없는 나를 사랑하셨다는 것이 눈물겨웠던 것이다. 죄인인 나를 예수 그리스도의 피로 사고 구원해 주셨다는 감격이 그때 있었던 것이다. 이제야 그런 깨달음이 왔다. 내가 거룩하니 너희도 거룩하라고 그리스도께서 우리를 세상과 짝하지 않고 성화의 길을 걷도록 얼마나 애타게 말씀하셨나 하는 것도 새삼스럽게 기억했다. 그가 문 밖에 서서 두드리며 우리 안에 들어와 살며 우리가 지킬 수 없는 계명을 지키게 해 주겠다고 얼마나 간절히 권유하셨는가를 생각했다. 그런데 나는 등불을 예비하지 못한 다섯 처녀처럼 졸고 있다가 휴거를 당하지 못하고 아내와 헤어지고 만 것이다.

"왜 무슨 일이 있습니까?"

말 씨는 내 표정의 변화를 보고 물었다.

"적어도 인간인 내가 어떻게 여러분 속에 끼어 있는지 모르겠습니다. 여러분은 이마에 666이라는 표를 붙이고 있는 자들이라는 것을 깨닫지 못했습니다. 나는 바로 여기서 떠나야 합니다."

이렇게 단호히 말했다. 그러자 말 씨가 웃으며 내 다리를 보라고 말했다. 나는 내 다리를 처음으로 눈여겨보고 깜짝 놀랐다. 그것은 개의 다리였다.

"당신은 인간이 아니라 인간에게 가장 충성스러웠던 개입니다. 당신이 인간이라는 환상에서 깨어나야 합니다."

나는 개의 가죽을 쓰고 지금까지 인간이라고 생각하며 살아왔던 것이 너무 부끄러웠다. 하나님께서 가장 가증스럽게 생각하시는 것이 하나님의 자녀라고 성별해 준 인간이 짐승처럼 사는 것이 아니었던가?

나는 다시 발광한 상태가 되어 날뛰며 달리기 시작했다. 그러자 말 씨와 너구리 씨가 내가 미친 것으로 알고 나를 들어 건물 밖으로 동댕이쳤다. 나는 아득한 나락으로 떨어졌다.

거기에는 더 많은 짐승들이 득실거리며 한 표범과 같은 짐승에게 경배하고 있었다. 그 큰 짐승은 뿔이 열이요 머리가 일곱인데 뿔마다 면류관이 씌워져 있었다. 그리고 그 발은 곰의 발 같고 그 입은 사자의 입 같은데 아무도 그에 대항하지 못했다. 용이 그에게 그런 위엄을 준 것이었다. 그는 마흔두 달 동안 그들을 다스릴 권한을 용으로

부터 받았다고 우렁차게 말했는데, 그 머리의 하나가 상하여 죽을 것 같았다. 이때 또 다른 짐승 하나가 나타났는데 새끼 양같이 두 뿔이 있었다. 그는 양처럼 순해 보였으나 실상은 더 악독하며 표범과 같은 짐승의 머리를 낫게 할 뿐 아니라, 그에게 모두 경배케 하며 불이 하늘로부터 땅에 내리는 무서운 이적을 행하기도 했다. 새로 살아난 짐승을 위하여 우상을 만들게 하고, 이 우상에게 절하지 아니한 자는 처형하며 세상을 두루 다니면서 이마에 666이라는 표를 주었다. 그에게 순종하지 아니한 짐승이 없었다.

그 양 같은 짐승은 나에게도 땅에 엎디어 우상을 섬기라고 호령했다. 그때 멀리 아련하게 아내와 혜숙의 두 모습이 하얀 세마포를 입고 나를 내려다보는 것이 보였다. 나는 그들을 보는 순간 용기가 치솟아 짐승을 향해 소리쳤다.

"예수 그리스도의 이름으로 명하노니 사탄아, 물러나라."

그러자 그 짐승은 내 목덜미를 잡아 내던졌다. 온 세계가 암흑으로 변하더니 뭉클한 것이 내 온몸을 휘감고 덮쳐 누르는 것이었다. 낙지들과 문어들과 거만한 거위들이었다. 거위는 내 몸을 사정없이 쪼아 뜯어 먹었으며, 낙지는 긴 발로 나에게 눌어붙어 떨어지지 않았다. 이내 내 피도 살도 육이라고는 조금도 남지 않게 되었다.

갑자기 홀가분해지더니 영혼만 남아 하늘로 붕 떠오르는 것을 느꼈다.

나도 휴거를 당하는 것일까? 내 혼은 어떤 육체를 입게 될까? 아내와 혜숙이 나를 알아볼 수 있을까? 영원히 사망이 없으며, 질병과 고통이 없으며, 밤도 없고 햇빛도 필요 없는 하나님의 영광만이 있는 곳에서 신령한 몸을 입을 때 나는 아내를 알아볼 수 있을까? 아내도 없고 남편도 없으며 천사처럼 시집도 장가도 안 가는 천국에서 서로 알아보면 또 뭘 하겠는가? 하나님이 부르셔서 소임을 다하고 갔으면 영광의 면류관이 기다리고 있는 것이 아닐까? 이 면류관을 내가 못 쓰면 아내는 분명 쓰고 있을 것이다.

갑자기 정신이 들면서 바울이 아그립바 왕 앞에서 한 변론을 듣고 있던 유다의 총독 베스도의 말이 생각났다.

"바울아 네가 미쳤도다. 네 많은 학문이 너를 미치게 한다."

사실 세상의 학문과 천국의 복음이 뒤엉킨 머릿속은 시공을 초월해서 뒤엉킨 상념들이어서 도저히 얽히고설키어 이성으로는 이해할 수 없었다. 하나님과 인간의 관계는 빨리 깨어나서 2차적 가공을 해야 한다고 눈을 감았다.

(1961년 사상계 96호)

제일 교회

　제일교회는 K시에서 제일 오래된 역사를 가지고 있었다. 그뿐 아니라 이 교회는 K시에서 제일교회라는 이름을 갖기에 합당한 여러 가지 요인들을 가지고 있었다. 건물의 크기로 봐서 K시에서 제일 컸고, 따라서 교인이 제일 많았으며 권력과 지식을 제 나름대로 가진 분들, 또 신앙 좋은 평안도 분들과 구변 좋은 부인들이 제일 많은 교회였다.
　교회 가까이에는 극장이 있었는데 일요일 아침부터 이미자의 노래로 행인들을 유혹하고 있었다. 그러나 술집과 깡패를 배경으로 흐느끼는 한 여인이 그려진 커다란 간판은 아무도 쳐다보지 않고 극장 입구는 한산하기만 했다. 그 동굴 같은 극장을 찾아 들어 눈물을 짜고 앉아 있기엔 너무 화창한 가을 날씨인 듯했다. 빨강 모자에 오렌지색 룩색, 검정색 해군 작업복을 입은 아가씨들 셋은 같은 등산복 차림인 남학생들과 어울려 거들먹거리며 극장 옆을 지나쳤다.
　"어이구, 말만한 것들을 저렇게 내돌리다니……."

제일교회의 송 집사는 성경과 찬송이 든 큰 핸드백을 들고 교회를 향해 종종걸음을 치며 연방 혀를 찼다. 그녀는 이 한 달 동안 안내 집사였기 때문에 남보다 빨리 교회에 가야 했던 것이다.

교회 문을 들어서며 빗자루 자국이 남아 있는 뜰을 쭉 한 번 훑어봤다. 극장 간판과 등산복 차림의 여학생들을 쳐다보는 것보다 모든 것이 정돈되고 산뜻한 기분이었다. 송 집사는 일주일 중 가장 즐거운 날이 주일이었다. 평일에도 교회 일이 걱정되어 여기저기 전화를 하고 교회와 교인들을 위해 그녀는 최선을 다하고 산다고 자부하는 사람이었다. 다른 사람들도 송 집사는 교회가 없었다면 살 재미가 없을 것이라고 말할 정도였다. 그런데 지금까지 그녀가 권사가 되지 못한 것은 손으로 번 것을 입으로 까먹어 버리기 때문이었다. 그녀는 아래층에서 성가 연습을 하고 있는 성가대를 흘끗 한 번 쳐다보고는 성큼성큼 이층으로 올라갔다. 이층 입구 앞 테이블에는 전도사와 아직은 단신인 부목사가 벌써 나와 앉아 있었다. 그녀는 전도사의 두 손을 잡고 먼저 호들갑을 떨고는 예배당 안을 넘겨다보았다. 강대상에 잘 가꾸어진 국화가 길게 앞으로 가지를 내뻗고 있었다.

"아이구, 저 국화 누가 가져왔소?"

"말해 뭘 해요. 회장댁에서 가져왔죠."

회장이란 여전도회장을 말하는 것이었다.

"정말 우리 회장 같으신 분도 안 계세요. 전자 오르간 바쳤지요. 거튼 해 다셨지요. 또 뭐 바칠 게 없나 늘 살피고 계시니 말이야요."

송 집사는 생각난 듯 큰 핸드백을 내려놓고 잠깐 앉아 기도를 드린 후 주보를 들고 안내를 하려고 계단 난간 곁에 섰다. 처음에는 드문 드문 오던 교인들이 예배 시간이 박두해 오자 차츰 밀려들기 시작했다. 그러나 송 집사의 호들갑은 줄지 않았다. 양품점을 하는 아주머니가 올라오자 곧 손을 맞잡았다.

"얼마 전에 어떤 부인 안 찾아왔습데까?"

"누군데요?"

아주머니는 어리둥절해서 되물었다.

"아이구 참, 살이 두툼하게 찌고 좀 거만해 보이는 부인 말이야요."

"그런데요?"

그녀는 눈을 흘기며 등을 쳤다.

"그 부인이 제일기업 사장 부인이야요. 돈을 물 쓰듯 하는데 내 댁에서 물건 좀 갈아 달라고 했시오."

"네에, 그랬군요."

아주머니는 그제야 알아듣고 미소했다. 맞은편에 남자 안내 집사는 분주하게 인사를 하며 교회를 찾아 드는 남녀에게 주보를 돌려주었다. 여전도회장이 이층 계단으로 올라오는 것이 보였다. 송 집사는 재빠르게 계단을 뛰어 내려가 회장 손을 한 손으로 붙들고 한 손은 공중을 내저었다.

"아이구, 어찌 좋은 국화를 갖다 놓았는지, 오늘은 아주 강대상이 훤하외다."

"말 마오. 시내를 죄 뒤졌수다. 어디 마음에 드는 게 있어야디."

회장은 허리를 한 번 쭉 펴고 말했다.

"아, 그만하믄 됐디요."

"아주 강대상 단장을 위해 집에서 사람을 사서 온상을 하야 되갔시오."

"그리 되믄야 두 말할 나위가 있갔시오?"

회장을 돌려보낸 뒤 계단을 내려다본 송 집사는 이번엔 질겁했다.

"아구머니나, 웬 거지가 이층까지 올라오지?"

헌 누더기를 걸치고 왼팔이 없는 거지 하나가 정말 올라오고 있었다. 더부룩한 머리에다 등에는 누더기 봇짐을 걸머진 채였다.

"여보시오, 어딜 올라오는 기요?"

안내하는 남집사가 소리쳤다. 그러나 그는 아랑곳하지 않고 위로 올라왔다.

"내려가서 기다려요."

남집사가 그를 떠밀었다. 그는 휘청거리며 한 계단 밑으로 밀려났다. 그러나 더 이상 떠밀리지 않고 똑바로 고개를 들었다. 눈자위가 우묵하고 핼쑥한 얼굴을 하고 있어 폐병 환자 같은 인상이었다.

"나 예배보러 왔소."

어울리지 않는 굵은 목소리에 놀란 것은 남자 집사보다 송 집사였다. 퀴퀴한 냄새에 코를 쥐고 외면하고 있던 송 집사는 예배를 드리겠다고 버티는 거지에 기가 질렸다. 거지는 태연히 송 집사 옆을 지나쳐 입구로 다가갔다. 남집사가 다시 거지의 한 팔을 붙들었다.

"여보시오, 이런 꼴로 예배를 보러 가면 안 되지요."

거지는 아니꼬운 듯이 남집사의 아래위를 훑어보았다.

"나보고 넥타이 메고 양복 입고 오린 말이요?"

송 집사가 백 원짜리 하나를 손에 들려 주었다.

"자, 그러지 말구 나가 보우."

거지는 돈을 팽개치며 송 집사를 노려보았다.

"여보시오, 날 거지로 취급하는 거요?"

부목사가 다가왔다.

"예배를 드리러 오셨습니까?"

"그렇소."

"어디서 오셨지요?"

"예배보는데 어디서 온 게 무슨 상관이요?"

부목사는 얼굴이 화끈 달아올랐다.

"그렇지만 처음으로 오신 분에게는 묻는 게 버릇이 되어서……."

"나 집 없는 줄 뻔히 알지 않소?"

"그럼 성함은?"

"김부자요."

"혹 누구 소개로?"

"길거리에서 예수 믿으라는 소리 듣고 왔소."

"감사합니다. 그럼 짐이라도 이 곳에 내려놓고 들어가시지요."

김부자는 약간 노여움이 풀리는지 짐을 내려놓고 안으로 들어갔다. 부목사가 그를 안내하여 의자에 앉혔다.

밖으로 나온 부목사를 붙들고 송 집사가 말했다.

"아이구, 부목사님도……. 그래 어쩔라고 그러시는 거야요?"

"예배를 드리러 왔다는데 예배를 드리고 가게 해야지 어쩌겠소."

부목사는 태연하게 말했다.

"말 마오. 헌금이라도 훔쳐 가려고 왔는지 아우. 거참 큰일이구먼. 자리는 좁은데 누가 옆에 앉을라 하갔시오? 아이, 기가 막히누만. 거지가 글쎄 거지가 아니라니 말이야요."

"그만두고 송 집사님 안내나 맡으세요."

예배가 끝난 뒤 장로들이 입구에 한 줄로 서고 목사는 맨 끝 입구에 서서 교인들에게 일일이 악수를 했다. 그러나 김부자를 본 장로들은 어안이 벙벙해서 아무도 손을 내밀지 않았다. 교인들도 눈살을 찌푸리며 비좁은 통로에서도 그에게 길을 양보했다. 김부자가 부목사 가까이까지 왔을 때 부목사가 손을 내밀어 악수를 청했다.

"와 주셔서 정말 감사합니다."

그는 부목사를 물끄러미 쳐다보았다.

"정말이요?"

"정말이고 말구요."

"그럼 다음 일요일에는 더 많은 친구들을 데려오겠소."

그는 성큼성큼 걸어 나갔다.

교인들이 다 떠난 뒤 원목사는 부목사를 불렀다.

"어찌 된 거여?"

원목사는 언제나 반말이었다. 부목사는 어떤 역할이 분명히 있는 것이 아니고 원목사의 심부름꾼이었다.

"예배를 드리러 왔답니다."

"그럼 적당히 해서 내보낼 일이지……."

원목사는 아주 언짢은 표정을 했다.

"그렇지만 예배를 드리겠다는 걸……."

"그래, 집사들에게 적당히 맡겨 놓을 일이지 그걸……."

원목사는 더욱 언짢은 표정을 하고 걸어가 버렸다.

문제는 다음 주일에 더 복잡해졌다. 어른 거지들뿐 아니라 깡통을 찬 아이 거지들까지 십여 명이 예배하겠다고 몰려들었기 때문이다.

안내 집사는 어른 거지는 당해 내지 못하고 아이 거지들만 붙들고 호통이었다.

"야 이놈들아, 여기가 거지 소굴인 줄 아니? 너희 놈들 앉아서 놀라고 꾸며 놓은 교회 줄 알아?"

그러나 아이 거지들은 닳아진 돌멩이처럼 이쪽으로 몰면 저리 빠지고 저쪽으로 몰면 이리 빠져서 깡통 소리만 요란했다. 부목사는 의자에 앉아 양손으로 머리를 싸매고 있었다.

"여보시오, 목사님."

굵은 목소리에 부목사는 고개를 들었다.

"지난 일요일에 목사님은 분명히 고맙다고 했지요? 그래서 오늘은 친구들을 데리고 왔습니다. 우리는 예배를 볼 수 있습니까, 없습니까?"

다른 거지들은 재미있다는 듯 교회 안을 기웃거리기도 하고 으스대며 안내 집사를 노려보기도 했다. 부목사는 다시 양손으로 이마를 짚고 침묵을 지켰다. 교회 안에서 젊은이들이 몇 명 나왔다.

"여보시오, 왜 교회 안에서 소란을 피우는 거요? 나가시오, 나가."

거지 몇 사람은 계단으로 밀려갔다.

"여보시오."

젊은이들은 굵은 목소리의 주인공을 돌아보았다. 그러나 그는 말을 잇지 못하고 계속 기침을 했다. 비가 몇 번 내리고 갑자기 날씨가 싸늘해졌기 때문에 감기 들기에 알맞은 옷차림이었다. 그러나 그의 기침은 힘이 없고 기분이 나빴다. 곧 피가 섞여 나올 것 같은 폐병 환자의 기침 같은 것이었다. 눈살을 찌푸리고 있는 그들 앞에서 그가 고개를 들었다.

"우리는 예배보러 왔소. 여기 앉아서라도 예배보게 해 주시오. 예수 믿어야 천당 간다면서요?"

그는 예배당 앞 출입구 시멘트 바닥에 쭈그려 앉았다. 그러자 밀려났던 거지들도 그 옆으로 다가앉았다. 통로가 막히자 교인들은 가득 밀려와 구경하고 있었다.

한 젊은이가 이 광경을 둘러보고 있다가 성큼 나섰다.

"여보세요, 이건 예배를 방해하는 행위요. 알겠소? 좋게 말할 때 물러나시오. 그렇지 않으면 경찰에 고발해서 잡아가게 하겠소. 자, 나가겠소, 안 나가겠소?"

그들은 꿈쩍하지 않았다.

"예배를 방해하는 것은 우리가 아니고 당신들이요."

계속 기침을 하던 김부자는 쭈그려 앉은 채 말했다.

부목사가 의자에서 벌떡 일어났다.

"예배를 드려야지요. 자, 모두들 들어오시오."

그는 문을 활짝 열고 거지들을 안내했다.

거지들은 거보란 듯 의기양양하게 예배당으로 들어갔다. 어린 거지들까지 깡통을 밖에 두고 의자에 앉아서 아름다운 국화며 값진 커튼이며 밋있는 가운을 입은 찬양대원들을 바라보며 산칫집에 온 양 눈을 이리저리 굴렸다.

그 날은 십일 월 첫째 주로 제직회가 있는 날이었다. 이백여 명이 넘는 제직들이 이 거지 문제를 취급하지 않을 수 없었다.

"우리 교회에 거지 떼가 몰려든다는 것은 결코 상서로운 일이 아닙니다. 더구나 교회가 좁아서 교인들이 다 앉지 못하는 터인데, 거지들이 넓은 좌석을 차지하고 또 냄새가 나서 아무도 가까이 가지 못하니 이 문제는 시급히 해결이 되지 않으면 많은 교인을 잃게 됩니다."

"글쎄, 해결책을 말해 보시오."

사회를 보고 있는 원목사는 따분한 모양이었다. 한 젊은 집사가 일어났다.

"다음 주에는 교회의 젊은 청년들을 동원해서 정문 앞에 세우고 아예 교회 안에 들어오지 못하도록 하면 어떻겠습니까?"

다른 집사가 일어났다.

"물질이 없어서 거지지 정신까지 거집니까? 교회가 예배를 드리겠다는 것을 왜 막습니까? 부자가 천국에 가는 것은 낙타가 바늘귀로 들어가는 것보다 어렵다는 것은 성경에 있는 말씀입니다. 천국은 선택된 자만이 갈 수 있는 좁은 문이지만, 교회는 누구에게나 넓은 문을 열고 선택을 받을 수 있도록 환영해야 합니다. 교회가 예배하러 오는 사람을 막는 것은 부당한 일입니다."

얼마 동안 침묵이 흘렀다.

"교회 구제부에서 헌옷을 좀 걷고 돈을 약간 내서 목욕을 시켜 가지고 악취를 내지 않도록 해서 같이 예배를 드리면 어떨까요?"

송 집사가 벌떡 일어났다.

"걸핏하면 구제부, 구제부 해서 일을 떠맡기갔다구 하지만 우리는 그런 짓 못하갔수. 또 옷을 입히고 목욕까지 시켜 보우. 이 고장의 거지들은 다 모이고, 조금 있으면 대한민국 거지는 다 모여서 우리 교회는 거지 교회가 될 거야."

"그렇게 되면 더 좋지요. 우리가 일 인 일 전도 운동을 벌이고 있지만 일 년에 한 사람도 전도 못한 일이 얼마나 많습니까? 그런데 가만히 앉아서 그 많은 교인을 얻게 된다는 것은 얼마나 좋은 일입니까?"

고 집사가 비꼬듯이 말하자 송 집사는 지지 않고 대답했다.

"그건 억지요, 억지. 그래 대한민국 거지 다 모아 놓고 고 집사 혼자 남아서 이 큰 교회를 운영해 보시우. 고 집사님 헌금으로 이 교회가 이렇게 잘 되는 줄 아시는 모양이지요?"

원목사는 거칠어지는 발언을 가로막았다.

여전도회 회장의 남편인 방 장로가 일어섰다.

"내가 보니 김부자라는 거지는 보통 거지가 아니오. 교육도 좀 받았고 교회에 대해서도 분명히 알고 있는 거지요. 그래서 교회에 분쟁을 일으키려고 일부러 그런 일을 하고 있단 말이오. 결국 우리를 시험하는 사탄이나 마찬가지요. 보시오, 우리는 공의로운 하나님을 믿고 부활의 소망을 가지고 지금까지 하늘나라를 위해 모든 것을 바치며 살아왔습니다. 그렇기 때문에 우리에게서 하나님을 빼앗아 가거나 부활의 소망을 말살하거나 교회를 빼앗아 가면 우리는 죽을 수밖에 없소. 그러나 그들을 보시오. 교회가 망해도 하나님이 없어도 눈 하나 까딱 않을 사람들이오. 그뿐 아니라 그 김부자라는 거지는 폐병환자 같지 않아요? 그렇다면 더구나 이렇게 많은 사람이 모이는 곳에 그런 사람을 넣어 줄 수 없지 않겠소?"

그의 말은 어떻게 하자는 것이 아니었다. 누군가가 어떻게 하라는 발언이었다. 그러나 방 장로의 발언은 언제나 가장 무게가 있는 것으로 되어 있었다. 지식이 많아서가 아니요, 권력이 있어서가 아니었다. 장로는 부친 대로부터 지금까지, 또 이 교회의 초창기로부터 현재까지 그 가정과 교회가 한 몸이나 마찬가지였다. 그만큼 그의 위치는 무게가 있었고, 또 물심양면으로도 가장 크게 헌신하고 있는 장로였다.

이제 아무도 그의 발언을 거슬러 거지를 돕자는 말을 못했다. 제직회의 분위기가 싹 바뀌었다. 이제는 누가 거지를 합리적으로 몰아내느냐는 발언을 기다리고 있을 때였다.

부목사가 벌떡 일어났다.

"저는 오늘 거지들이 몰려왔을 때 어떻게 할 것인가 하고 얼마 동안 망설였습니다. 그것은 그동안 교회가 기독교의 본질을 벗어나고 있다는 사회의 비난을 많이 들어 왔기 때문입니다. 따라서 저는 신앙적인 양심에 비추어 그들을 거절할 이유가 없다고 단정했습니다. 오히려 그들을 환영하고 사랑으로 돌봐 줘야 한다고 생각했습니다. 마가복음 10장에 보면 예수님이 제자들과 함께 여리고를 지날 때 한 소경 거지 바디매오가 '다윗의 자손 예수여 나를 불쌍히 여기소서.' 하고 소리쳤습니다. 그때 예수를 따르던 뭇사람들이 조용히 하라며 소경 거지를 꾸짖었습니다. 그러나 예수님은 소경을 불러 눈을 뜨게 해 주셨습니다. 조용히 하라고 꾸짖던 사람들이 옳지 않았던 것입니다. 또 누가복음 16장에는 날마다 호화로이 연락한 부자는 음부에 떨어지고 그 부자의 대문에 누워 부자의 상에서 떨어지는 것으로 배불리려 하던 거지 나사로는 천사들에게 받들려 아브라함의 품에 안기었다는 비유의 말씀이 나옵니다. 거지가 주님 품에 오는 것을 방해할

권리가 우리에게 있습니까? 거지를 사탄으로 단정하는 것은 우리의 할 일이 아닙니다. 다만 우리가 할 수 있는 것은 어떻게 하면 좀더 따뜻하게 그들을 맞아 줄 수 있느냐는 것뿐이라고 생각합니다. 또 만일 김부자가 폐병 환자라면 정말 교회는 버림받은 그 생명을 구해 줄 의무가 있습니다."

방 장로가 안색이 변하여 벌떡 일어났다.

"지금 부목사는 거지를 사탄으로 단정했다고 나를 공박했는데, 나는 사탄과 같다고 그랬지 사탄이라고 하지 않았소. 또 폐병 환자는 교회가 구제할 의무가 있다고 했지만, 나라도 구제 못하는 수백만의 폐병 환자를 어떻게 한 교회가 구한다는 말이요. 그리고 부목사는 부자는 으레 음부에 빠지는 것처럼 생각하고 있는 모양인데 은혜를 베풀고 꾸어 주는 자손은 복 받는다고 시편에도 쓰여 있어요. 아무튼 거지 문제는 거지를 지극히 사랑하는 부목사가 맡아서 해결했으면 좋겠소."

방 장로는 격노했다. 지금까지 자기 발언에 직접 반박하는 일이 한 번도 없었던 것이다.

원목사는 당황했다.

"교회가 거지 문제만 가지고 왈가왈부하고 있을 수 없는 일이니 이 문제는 내가 부목사와 상의해서 잘 처리해 보겠습니다. 우선 제직회의는 이 정도에서 폐회하면 어떻겠습니까?"

사회를 보던 원목사는 서둘러 회의를 마쳤다.

원목사는 부목사를 불렀다.

"아니, 부목이 되어 이게 무슨 짓이여. 교회를 망치겠다는 거여?"

"그럼 어떡합니까?"

"점잖게 앉아 있어야지."

"그럼 거지를 추방하자고 결정지어 버릴 것 아닙니까?"

"글쎄, 어떻게 결정짓든 부목사가 나설 자리가 아니잖아? 큰 교회 목사로 길러 보내려고 데려온 것인데 원 그렇게 참을성이 없어서야."

환갑이 넘은 원목사는 부목사를 철없는 어린애 꾸짖듯 했다.

"죄송합니다, 목사님. 저는 아무래도 이 교회에 적합하지 않은 것 같습니다."

"뭐? 반항하는 거여? 얼마 동안 거지 문제는 상관하지 말고 또 출입구에도 나와 있지 마."

원목사는 제직회에서 거지 떼는 출입구에서 막아 버리자고 주장했던 집사에게 다음 주엔 거지 떼를 적당히 처리해 달라고 부탁했다. 그러나 막상 다음 주엔 그 집사는 출석도 하지 않고 더 많은 거지 떼가 몰려왔다. 이번에는 익숙한 길을 거침도 없이 지나 제자리에 모두들 앉았다. 그런데 이 날은 예배하는 동안 계속해서 거지 좌석에서 기침하는 소리가 들려 왔다. 처음에는 교인들이 몇 번 눈살을 찌푸렸을 뿐이었으나 간드러지게 기침하는 소리가 계속되자 모두 불안한 표정으로 바뀌었다. 설교보다는 그 기침 소리에 더욱 신경이 날카로워지는 표정들이었다.

헌금 시간이었다. 헌금 상자가 거의 뒤까지 돌아와서 그들을 건너뛰려는 순간이었다. 갑자기 굵은 목소리가 들려 왔다.

"헌금 상자를 이리 돌리시오."

모두들 뒤를 돌아봤다. 헌금 집사는 들은 체하지 않고 그들을 건너

뛰었다.

"우리는 헌금도 할 수 없소?"

목사가 강대상으로 나와 강대상을 손으로 쳤다.

"예배 시간에 조용히 하시오."

이때 얼굴이 핼쑥한 김부자가 벌떡 일어났다.

"우리를 도둑놈으로 인정하는 것이오?"

그러다가 간드러지는 기침을 시작했다.

갑자기 뒷자리가 소란해지며 예배하던 남녀 몇 사람이 참을 수 없다는 듯 성경과 찬송을 손에 들고 밖으로 나갔다.

김부자가 피를 토했던 것이다. 예배는 어수선하고 심란한 가운데 끝났다. 교인들은 수군거리며 도망하듯 흩어져 버렸고, 방 장로 내외는 아주 나오지도 않았다. 원목사는 빠져 나가는 송 집사를 붙들었다. 그녀가 소식통이었기 때문이다.

"오늘 왜 회장님 안 나오신지 아시오?"

"목사님은 그것도 모르시우? 부목사가 있는 동안에는 안 나오신답네다."

"아니, 그게 무슨 소리요?"

"부목사가요, 커튼과 전자 오르간을 팔아 가지구설랑 거지 구제했으면 좋갔다구 했대요. 그래, 그걸 하나님께 바친 것이지 거지에게 바친 섯이야요? 그뿐 아니라요. 대학생늘 시켜 가지구설랑 교인들 집 다니면서 헌 옷을 걷고, 또 시장에서 과자 도매상 하는 김 집사님 있디 않아요? 그분에게는 글쎄 부목사가 거지를 점원으로 써 달라고 했다나요? 그래, 말이 되갔시오? 착실한 사람이 얼마든지 있는데 신원

제일교회 **173**

도 확실하지 않은 거지를 어떻게 쓰느냔 말이야요. 이제 소문이 났어요. 제일교회에 나가면 성가셔 못 산다구요."

목사는 눈앞이 캄캄해지는 기분이었다. 점심도 먹지 않고 부리나케 여전도사를 데리고 방 장로 댁을 심방했다.

집안이 온통 한약 달이는 냄새로 가득했다.

"장로님, 어디 아프셨소?"

목사는 들어서며 물었다. 어느새 송 집사가 와 있었고, 방 장로 내외가 응접실 소파에 앉아 있었다.

"아이구, 목사님이 나오셨구먼. 오늘 내가 몸이 좀 불편해서……."

"글쎄, 그러신 것 같구먼, 약 달이는 게. 감기입니까?"

"아니오, 소화가 잘 안 돼서."

"언제부터요? 그런 걸 여태 모르고 있었구먼요."

목사는 의자에 앉아 잠깐 기도했다.

"목사님, 그 김부자란 거지가 폐병 환자라면서요?"

여전도회장이 한마디 했다.

"글쎄, 그런 모양이오. 참 골칫거리가 생겼습니다."

"골칫거리는 뭘, 그 신앙 좋은 거지 때문에 많은 거지 신자를 가만히 앉아서 얻었으니 축복받을 일이지요."

"원, 회장님도 그러지 말고 지혜를 주시고 도와주셔야겠습니다."

"소학교밖에 안 나온 제게 무슨 지혜가 있갔시오. 지혜는 신학 대학 일등으로 나온 부목사에게 있갔지."

"젊은 목사는 과격한 이론뿐이지 목회할 줄 몰라 탈입니다."

"그러나 젊은 목사가 박력 있고 좋을 때가 있지요."

방 장로는 부목사가 싫은 내색을 전혀 하지 않았다. 원목사와 전도사는 그 곳에서 점심 대접을 융숭히 받았다. 부인네는 부인들끼리, 그리고 원목사는 방 장로와 상을 마주하고 앉았다.

"장로님, 나 오늘 긴히 상의드릴 말씀이 있습니다."

원목사는 정색을 하고 말했다. 부목사는 강도사 때부터 이 곳에 와서 이만큼 길러 놓았으니 작은 교회 하나쯤 맡아 더욱 경험을 쌓게 했으면 좋을 것 같다는 말이었다.

"그래, 지금 어디서 오라는 교회가 있습니까?"

"그것은 제가 찾아보지요. 그런데 제가 부탁드릴 것은 새로 데려올 좋은 강도사를 한 사람 물색해 달라는 것입니다."

"제가 무슨……. 목사님 좋으신 대로 해야지요."

"그래도 첫째 장로님과 회장님 마음에 드셔야지요. 그래서 매주 수요일마다 신학 대학 졸업생 중 우수한 사람들과 신대원을 졸업한 좋은 강도사들을 불러 설교를 시켜 볼까 하는데 어떻겠습니까?"

"그거야 목사님이 알아서 하세요."

"그래도 방 장로님이 나와서 점을 찍어 주셔야죠."

원목사는 방 장로 없이는 교회를 이끌 수 없다는 것을 잘 알고 있었다. 그래서 이번에는 부목사를 쫓아내고 방 장로 마음에 드는 새 부목사를 영립迎立하겠다고 허락을 받으러 온 것이었다.

방 장로의 심방에서 돌아온 목사는 곧 부목사를 찾았으나 그는 집에 없었다.

해질 무렵에야 부목사는 목사관으로 찾아왔다.

"목사님, 그 김부자라는 사람은 지금 폐병 산 기랍니다. 그래서 지금 입원 수속을 해 주고 오는 길입니다."

부목사는 약간 흥분한 표정이었다.

"입원 수속? 그래 그 비용은 어떻게 할려고?"

"제가 우선 부담했습니다."

"우선이라니, 그럼 누가 내기라도 한다는 거야?"

"교회가 부담해야지요. 그 사람은 우리 교회의 무의무탁無依無托한 교인입니다. 그런 사람을 구하는 것은 우리 교인들의 의무가 아니겠습니까?"

원목사는 아주 언짢은 표정을 했다.

"허락도 없이 이게 무슨 짓이야? 입원비는 자네가 내. 그리고 다시는 교회에 그 거지 문제를 꺼내지 말도록 해. 언제까지 이렇게 어린애 같은 짓을 할 거야?"

그러나 부목사는 아직도 흥분 상태였다.

"목사님, 하마터면 하나님을 모르고 죽을 뻔한 그가 자기 발로 우리 교회에 걸어 들어왔다는 것은 얼마나 기쁜 일입니까? 그런데 거처도 모르는 그가 이번에 돌아가 병이라도 더해 죽는다면 그 영혼은 구할 길이 없지 않습니까? 모든 형식보다도 우선 입원시켜야 한다고 저는 생각했습니다."

"아무튼 나는 허락한 일이 없어. 또 교회에서 이 문제를 더 이상 다루고 싶은 생각도 없고. 그리고 이번 기회에 말해 두지만 대학생들을 시켜 거지들의 구제 금품을 교인들에게 강요한다든지 직장 알선을 해본다든지 하는 짓은 그만둬. 그렇지 않아도 걸핏하면 교회 안 나오겠다는 신도들에게 그게 무슨 짓이야."

"목사님, 그런 교인 천 명 두면 뭘 합니까? 교회 나온다고 다 구원 받는 것이 아니잖습니까? 아주 이번 기회에 강하게 제자 훈련을 시키시면 어떻겠습니까?"

부목사는 이제 자기는 원목사의 눈 밖에 났다고 생각했다. 그래서 평소에 하고 싶었던 말을 한 것이다.

"부목사."

목사는 최대한으로 인내하고 있는 고뇌의 표정이 역력했다.

"교회가 그렇게 원칙만 주장해서 살아남을 것 같아? 물론 부목사의 말이 틀린 것은 아니야. 그러나 교회는 여러 종류의 사람을 다루는 곳이야. 교회 오면 잘 산다, 복 받는다, 병 낫는다, 자녀들이 잘 된다, 이런 생각으로 열심히 섬기는 사람들에게 '회개하시오. 당신들은 교회 땅만 밟고 다니는 바리새인이요.' 라고 하면서 꾸중해야 되겠어?"

얼마 동안 침묵이 흘렀다.

"부목사는 도시 교회의 생리를 이해해야 돼. 장소와 분위기와 환경이 자기 생활 수준에 맞지 않으면 구원을 설교하기 전에 교인들은 떠나게 마련이야. 우리 교회는 화려한 커튼과 전자 오르간이 사치가 아니야. 그리고 예산이 되면 여름에는 에어컨도 달아야 해. 십자가와 부활과 구원의 도는 그 다음 일이야. 이 모든 것이 역겨우면 부목사가 차라리 이 곳을 떠나야 하겠지."

이 말이 끝나자 부목사는 단호한 표정으로 고개를 들었다.

"목사님, 저는 이 교회를 떠날 수 없습니다. 이 교회가 마땅치 않은 것이 한두 가지가 아닙니다. 그러나 마음에 들지 않는다고 기피할 수는 없다는 것이 부족한 사람의 철학입니다. 올바르게 고치고 이 곳에 살아야 합니다. 제가 김부자의 치료비를 교회가 부담해야 한다는 것도 그 때문입니다. 교인들이 교회는 하나님의 몸인 것을 알고 이 곳에서 어떻게 하나님의 사랑을 실천하며 살아야 하는지를 가르쳐 주어야 합니다. 만일 마지막 날 심판대 앞에서 한 가난한 거지의 예배를 거절한 죄를 물으시면 어떻게 대답하시겠습니까?"

원목사는 부목사를 쳐다보고 있는 것이 괴로운 모양이었다. 자기도 지방 신학교에서 강의를 하고 있지만 가르치는 것과 실제 목회가 다른 것을 어떻게 이해시켜야 할지 암담한 모양이었다.

"부목사, 내가 여기서 이십 년 간이나 교역자 생활을 해 오고 있지만 이런 시험을 당하기는 처음이야. 지금까지는 제직회에서 큰소리 한 번 없었고, 그러는 가운데 교회가 이만큼 컸어. 많은 지도자가 이 교회를 통해 나갔고, D시의 제일교회, P시의 제일교회 목사도 다 내 밑에서 큰 사람들이야. 그런데 자네 같은 사람이 없었어. 김부자의 치료비는 내가 부담하지. 그 문제로 제발 더 이상 교회에서 시끄럽게 하지 말게. 더 이상 교인을 잃고 싶지 않아."

목사관을 나온 부목사는 필사적으로 입원을 거부하던 김부자를 회상했다. 목욕을 하고 환자복으로 갈아입은 그는 팔 하나 없는 소매를 축 늘어뜨리고 침대에 앉아 씽긋 웃었다.

"목사님은 위대하십니다."

"그게 무슨 소리요?"

"쓰러져 가는 길거리의 거지를 병원에 입원까지 시켰으니 말입니다."

그는 대꾸하지 않았다. 그러나 김부자는 더욱 비꼬는 말을 했다.

"내가 전장에서 받은 훈장은 벌써 간 곳이 없지만, 목사님의 이 선한 일은 신문에 나고 영원히 기록에 남을 것입니다. 내가 하나님과 초면 인사는 했으니 이 일을 기억하시도록 꼭 말씀드리겠습니다."

부목사는 교회에 발을 들여놓기만 하면 구원을 받고 하나님과 초면 인사를 하면 천국에 간다는 얄팍한 의식을 어떻게 하면 바꾸어 놓을 수가 있을까 하고 생각했다. 방언하고, 교회에 헌물을 바치고, 교회 조직에서 분주하게 활동하면 구원을 보장 받는다고 생각한다. 그러나 불의하고 죄 많은 인간의 힘으로는 자기 죄를 구속받을 수 없다는 것을 왜 알지 못하는 것일까? 아무리 눈물, 콧물을 흘리며 기도하고 회개한다 할지라도 사람은 변하지 않고 가치관도 변하지 않는다. 일시적으로 거듭난 모습을 보였다 할지라도 하나님께서 그와 함께 하시지 않으면 거듭난 성도의 삶이 최후 심판의 날까지 보전되지 않는 것을 왜 깨닫지 못하는 것일까? 그들은 그리스도의 향기를 잃고 깨끗이 목욕시켜 놓은 돼지가 다시 시궁창에서 뒹굴며 퍼져 있는 모습으로 살고 있다는 것을 왜 알지 못하는 것일까? 교회에 경건하게 앉아 있어도 구원받지 못한 영혼이라는 것을 왜 알지 못하는 것일까? 불신자에게 교인들은 교회에 나가 헌금만 하면 천국 간다고 교만을 부리며 앉아 있는 모습을 보여야만 하는 것일까?

그는 김부자에게 예수 그리스도를 믿고 구원을 받으라고 간절히 말했으나 자기 말이 자신에게도 공허하게 울려 말을 계속하지 못하고 나와 버렸던 것을 회상했다.

"목사님, 이제 다시 교회에 나가지 않을 테니 그 걱정은 마시오. 다만 나도 한 번 교회에서 하나님께 헌금을 떳떳이 바쳐 보고 천당 가는 입장권을 하나 얻고 싶었는데 그것이 아쉽습니다."

김부자는 그의 등 뒤에서 이렇게 소리쳤던 것이다.

다음날 부목사가 병원에 찾아가 보았더니 김부자는 이미 그 곳에 있지 않았다. 환자복을 입은 채 어디론지 사라져 버렸다는 것이었다.

어처구니없게도 거지 문제는 종말이 왔다. 김부자는 정말 자취도 나타내지 않았다. 그리고 한두 주일은 거지들이 몇 사람 교회에 나타 났으나 그도 자취를 감추어 버렸다. 교회는 옛날 모습으로 회복되고, 수요일 밤에는 신대원 졸업반 학생들의 설교가 계속되었다.

십이 월 둘째 주 수요일이었다. 윤정식이라는 학생이 설교를 하러 나왔다. 이 날도 회장과 송 집사는 교회 가운데 의자에 방석을 갖다 놓고 앉아 여느 때처럼 설교를 듣고 있었다. 설교를 중간쯤 했을 때 옆에 앉은 송 집사가 하품을 했다. 그리고 회장에게 작은 소리로 소곤거렸다.

"무슨 말인지 알아듣갔수?"

"글렀어, 글러. 글쎄, 젊은 사람이 무슨 설교를 그렇게 힘이 없이 해."

"그러게 말이야요. 목사 될 사람은 첫째로 틀이 근사해야 되지 않 갔시오?"

"그것보다도 신령한 데가 있어야지."

"그렇지요. 아, 왜 신령한 목사도 많은데 우리 목사님은 젊은 신학생들만 쓸려고 하는지 모르갔시오?"

"누가 아니래?"

예배가 끝나고 장로들과 인사가 끝나자 윤정식은 부목사를 찾아왔다.

"신 박사님이 선배 목사님 이야기를 자주 하시더군요."

그들은 다방에 가 앉았다. 학교 이야기가 끝난 뒤였다. 윤정식이 갑자기 물었다.

"목사님은 신학교 나온 걸 후회하신 적은 없습니까?"

"거 무슨 소리요."

"실은 신 박사님이 이번은 선보이는 것이나 마찬가지니 특별히 설교 준비를 잘 해 가지고 오도록 당부하셨을 때 갑자기 싫은 마음이 생겼습니다. 설교란 심사 받기 위한 것이 아니잖습니까?"

"복음을 전하는 것인데 왜 그런데 신경을 씁니까? 오늘 설교는 아주 잘했습니다."

"그것보다도 또 하나의 문제점은 제게는 목사로서의 소명의식이 아직도 없다는 것입니다. 돌아가신 선친의 유언이고 홀로 계시는 어머님의 소원이기에 제가 신학교를 택했으니까요."

"차츰 생기게 되겠지요. 강단에서 설교를 하고 공중 기도를 하는 동안에 그 말과 기도에 대한 책임을 느끼게 될 거니까 자연 목사로서의 틀을 갖추게 되지 않겠어요?"

부목사는 이런 말을 하고 있는 자기에게 깜짝 놀랐다. 소명의식이 없이도 교인을 속이며 목사 노릇을 할 수 있다는 말이 아닌가? 말씀 선포는 성령의 나타남과 능력으로 해야 한다는 평소의 주장과는 전혀 다른 말을 하고 있었기 때문이다. 다행히 그는 부목사의 말을 듣고 있지 않았다.

"결국 소명의식이 없는 한 저는 어떤 교회에 고용된 봉급쟁이에 불과하리라는 생각이 강해졌습니다. 목사는 양들을 이끄는 목자지 양 젖을 먹고 사는 초동은 아니잖습니까."

윤정식은 또 계속했다.

"목자가 양들에게 선을 보인다니 말이 됩니까? 저는 가끔 모세를 생각합니다. 애굽 궁전에서 사십 년이나 교육을 받고 또 미디안 광야에서 사십 년을 헤매다 가시떨기 불꽃 속에서 하나님을 만난 모세, 고뇌와 방황 속에서 사십 년을 소모한 이 결단의 순간 없이 모세가 어떻게 위대한 지도자가 되었겠습니까? 저는 정말 모세를 숭배합니다. 이스라엘 백성들이 궁지에 몰려 홍해 앞에서 모세를 원망하고 불평할 때 '너희는 두려워 말고 가만히 서서 여호와께서 오늘날 너희를 위하여 행하시는 구원을 보라.'고 하며 지팡이를 들어 홍해를 가르던 모습이 미치도록 마음에 듭니다. 목사님, 예술가가 예술에 미치듯, 목사는 하나님에게 미쳐야 하지 않을까요? 위대한 음악가를 통해 음률의 신비한 세계가 섬광처럼 내비치듯, 위대한 미술가를 통해서 황홀한 미의 세계가 편린을 나타내듯, 목사를 통해서는 오묘한 신의 계시가 번득거리고 영의 눈을 뜨게 하는 그런 권능이 있어야 하지 않겠습니까?"

학교를 졸업하고 곧 목사로 나올 때의 자기를 보는 것 같았다. 그러나 부목사는 다음과 같이 말했다.

"그러나 목사는 결국 평범한 사람이오. 먹고 살고 결혼하고 어린애를 낳고 또 늙어 죽으니까요."

아주 세속에 찌든 목사 같은 말을 의식하지 못하는 사이에 하고 나서 그는 그런 자기가 싫어졌다.

"그래서 저는 신학 대학을 나온 것을 후회합니다. 음악가는 노래하고 싶은 마음을 대신해 줍니다. 미술가는 그릴 수 없는 안타까운 아름다움을 묘사해 줍니다. 그런데 저는 신을 찾는 모든 사람들에게 신의 섭리의 오묘한 것을 보여줄 아무것도 갖추고 있지 못합니다."

제일교회는 나이가 좀 들고 성대가 좋으며 틀이 좋은 신학생을 후임으로 내정하고, 부목사는 인천의 작은 교회로 떠나도록 권했다.

크리스마스가 지나고 부목사가 제일교회에서 마지막 낮 예배를 드리고 나오는 때였다. 한 거지 아이가 부목사의 소매를 끌었다. 깡통을 붙들고 있는 손이 강추위에 사시나무처럼 떨리고 있었다.

"우리 아저씨가 목사님 데리고 오라 했어유."

"네 아저씨가 누군데?"

부목사는 이렇게 묻는 동안 까맣게 잊고 있던 김부자의 모습이 번개처럼 스쳤다.

"그래, 네 아저씨가 지금 어디 있니?"

그는 어린 거지를 앞세우고 걸었다. 어젯밤에 내린 눈은 길거리에 꽁꽁 얼어붙어 있었다. 털 구두를 신고 빨간 외투를 입은 아가씨가 젊은 남자의 팔에 매달려 조심스럽게 길을 걷다간 가끔 비명을 지르고 둘이서 웃었다. 부목사는 길을 걷다가 어린 거지가 발에 아무것도 신고 있지 않은 것을 알았다.

"얘, 너 신이 없구나?"

그는 놀라서 물었다.

"여기 있어유."

거지는 깡통을 들어 보이고 씽긋 웃었다.

"그런데 왜 신지 않니?"

"발이 더 시려서 벗었어유."

그는 발을 땅에 대지 않으려는 듯 종종걸음을 치고 있었다. 아마 떨어진 신에 물이 들어와 발이 더 시렸던 모양이다.

"얘, 상점에 들러 신이나 하나 사 신고 가자."

부목사는 그의 등에 손을 올렸다.

"아니어유. 빨리 가야 해유."

부목사는 외투로 그를 감싸고 걸으려 했다. 그러나 그는 뿌리치고 앞장서 걸었다. 김부자가 헌금 상자를 돌리라고 큰소리치던 광경, 우리를 도둑놈으로 인정하는 것이요 하다가 피를 토하던 광경 등이 주마등처럼 머리를 스쳤다. 입원실에서 목사님은 위대하다고 빈정대던 모습도 떠올랐다. 번연히 죽을 줄 알면서 그가 병원을 뛰쳐나간 뒤에는 왜 이처럼 까마득하게 잊고 있을 수가 있었던가 하고 자신을 뉘우쳤다.

"얘, 네 아저씨 많이 아팠니?"

그러나 이 말에는 대꾸도 하지 않고 그는 종종걸음만 쳤다. 드디어 어린 거지는 다리 밑으로 부목사를 인도했다. 가마니로 바람을 막아 놓은 다리 밑에는 아무도 없었다. 그는 어린 거지를 돌아보았다. 거지가 턱으로 가마니 쳐 놓은 곳을 가리켰다. 부목사는 가마니 쳐 놓은 곳 안쪽으로 들어가 보았다. 그 곳에 희끄무레한 죽은 시체 같은 몸이 누워 있었다. 그는 몸을 굽히고 들여다보았다. 악취가 코를 찔렀다. 누더기 사이로 드러난 얼굴은 뼈와 가죽뿐이요, 우묵 들어간 눈은 감긴 채였다.

"아저씨, 목사님 왔시유."

멀찍이에서 어린 거지가 소리를 꽥 질렀다. 그러자 감긴 눈이 번쩍 뜨였다.

"여보세요."

부목사는 쭈그리고 앉아 그의 몸을 마구 흔들었다. 그의 입이 움직였다. 그러나 무슨 소린지 전혀 알아들을 수가 없었다. 그것은 신음 소리에 불과했다. 김부자는 한쪽 팔을 들려고 하는 것 같았다. 부목사는 얼른 누더기 사이로 그의 손을 더듬어 잡았다. 그러자 그의 손에 무엇인가가 잡혀져 있는 것 같은 촉감을 느꼈다. 부목사는 꼭 쥐고 있는 김부자의 손을 펴 보았다. 그것은 돈이었다. 손때가 묻은, 꼬깃꼬깃 구겨진 백 원짜리 지폐였다.

부목사는 백 원짜리 지폐를 보자 전광처럼 뇌리를 스치는 것이 있었다. 자기도 한번 교회에서 하나님께 헌금을 떳떳이 바쳐 보고 천당 입장권을 받고 싶었다는 말이 생각났다. 그는 눈물어린 눈으로 김부자를 지켜보았다. 그의 입이 가느다랗게 움직였다. 무슨 말인지 들을 수 없는 움직임이었다. 그러나 부목사는 똑똑히 들을 수가 있었다. 하나님께 바쳐 달라는 말이었다. 그때 그 헌금을 바쳤더라면 아마 그는 천국에서 영접을 받으리라고 확신했을시노 모른다. 그러나 그런 감성적 확신만으로 구원을 받지 못한 사람은 김부자뿐 아니라 그리스도의 사랑을 모르고 그를 쫓아낸 교인들도 마찬가지다. 또 그는 자신을 돌아보았다. 교인들 앞에서 김부자를 감쌌던 것은 남에게 지기

제일교회 **185**

의를 드러내 보이고 싶었던 위선이 아니었을까? 자기는 분명 신학생 윤정식 앞에서 때 묻은 속물에 불과했었다.

부목사는 멍청하게 앞을 바라보고 있었다. 은혜와 권능이 충만하여 외치던 스데반이 눈앞에 선하게 나타났다. 스데반은 입에 거품을 물고 외치고 있었다.

"너희는 그 의인을 잡아 준 자요 살인한 자가 되나니 너희가 천사의 전한 율법을 받고도 지키지 아니하였도다."

숱한 돌멩이가 날아오는 것이 보였다. 부목사는 정신을 가다듬고 다시 한 번 김부자를 보았다. 그는 눈을 뜬 채 죽어 있었다.

(1971년 현대문학 193호)

대성리교회

K시에서 삼십 리쯤 떨어진 대성리에 교회가 하나 생겼다. 교회라 기보다는 어떤 잘 믿는 그리고 별 교육이 없어도 다니는 성경학교 처녀 집에서 부모의 승낙을 얻어 그 사랑채에서 몇몇 사람이 모여 예배를 드리기 시작한 그러한 교회였다.

이것은 교회가 시작되는 의례적인 방법 중 하나이기도 했다. 즉 미국 선교사가 경영하는 K시의 작은 여자 미션 스쿨에서 여학생 몇 사람이 나와 집집마다 다니며 전도지를 배부하고 예수를 믿으라고 권고한 뒤, 우선 어린애들을 모아 노래도 가르치고 작은 엽서 크기의 성화도 나누어 주고 해서 코흘리개들이 재미있게 잘 모일 즈음에 이제는 과히 싫어하지 않은 부녀자들을 모아 예배를 드리기 시작한 것이다.

노랑 머리, 피린 눈을 가진 미국 여자 신교사가 서두른 한국말로 설교를 했기 때문에 호기심에서도 몇 사람씩은 꼭 나왔다.

미션 학교에서는 그 학교 학생들과 교직원들이 매월 헌금을 해서 찬송가도 사다 주며 성경도 사다 나누어 주었다. 여학생들이 와서 아름다운 목소리로 특송도 해 주었고, 어쩌면 그렇게 청산유수같이 말도 잘하는지 자기네들의 어려운 사정을 잘도 알아 이 여학생들은 무소부재하시고 전지전능하시다는 하나님께 고하고 모든 일이 잘 이루어지도록 기도해 주었다.

이렇게 일 년쯤 지나자 교인 수도 꽤 많아지며 처녀의 아버지를 비롯해서 남자들도 두셋 끼어들게 되고, 이웃 마을에서도 사람들이 한두 사람씩 오게 되었다.

이제는 미국 선교사가 매주일 나오지 않고 그 학교의 선생들이 교대로 나와 설교를 했다. 대성리 마을에서도 언제나 은혜를 입고 있을 수만은 없다며 부인들이 교대로 설교 나오는 선생들의 점심 접대를 하고 헌금을 열심히 하여 교회를 하나 지을 수 있도록 하자고 말했다.

처녀의 아버지 김정수 씨가 주동이 되어 재정 관리를 하며 추수 때는 쌀로, 맥추 때는 보리로 거두어들여 집 장만할 준비를 했다. 재정 관리라 해도 일주일에 헌금으로 거두어지는 돈은 이삼천 원에 불과했다. 이렇게 해서 이 년째 되던 해에는 대부분의 돈은 미션 학교의 원조를 받아 마을에 공회당 비슷한 집을 하나 지었다. 그리고 그 처녀는 전도사가 되어 이웃 마을을 부지런히 쫓아다니며 교인을 모아 오고 흥미를 잃고 떨어져 나가는 사람을 격려해서 교회에 나오게 해서 교회다운 모습을 갖추기 시작했다.

오 년째 되던 해에는 좀더 큰 건물을 옆에 세우고 십자가도 해 달면서 외관이 교회처럼 되어 갔다. 그 해에 처녀의 아버지 김정수 씨가 장로가 되었다. 장로가 될 때는 누구든 그 교회에 큰 물건을 하나 헌납해야 한다는데 김정수 씨는 가난했다. 그러나 매주 교대해서 설교를 나오는 미션 학교의 한 선생이 시내 모 교회의 장로도 장립 당시는 아주 가난해서 헌납할 아무런 자금이 없었기 때문에 그 일을 위해서 백 날을 기도했더니 우연히 어떤 분이 도와주었고, 또 장로가 된 뒤에는 하나님의 축복을 받아 일이 잘 되어서 지금은 시내에서 손꼽는 큰 양복점을 경영하고 있다고 일러 주었다. 김정수 씨는 힘을 얻어 새벽마다 일어나 교회의 살림을 맡는 장로가 되고자 하니 하나님께서 힘 주시라고 기도를 백 날 계속했으나 아무런 독지가도 나타나지 않아 많지 않은 논 두 마지기를 팔아 교회 종탑을 하나 세우고 설교하는 강대상을 만들어 바쳤다.

하나님은 이 김 장로에게 물질적인 축복은 하지 않았으나 신앙이 열광적으로 돈독해지도록 축복하셨다. 그에게는 교회의 살림이 바로 자기 집 살림이었다.

하나님께서는 신앙이 돈독한 사람을 시험하기를 좋아하시는 모양이었다. 이 김 장로에게도 시험이 닥쳐왔다. 전도사로 일하던 큰딸도 좋은 신랑감이 생겨 시집을 가게 되고 교회도 이제 제 모습을 갖추어 교회를 담당할 목사만 있으면 제 구실을 하게 되었는데, 미션 학교에서는 교회를 개척한 지 오 년 만에 원조하는 일을 끊어 버린 것이다. 교회가 이만치 성장하고, 믿음이 좋은 장로도 생겨나고, 집사도 몇 사람 뽑혔으니 독립할 단계에 이르렀다는 것이었다. 그러나 대성리 교회로서는 얼마 되시 않은 주정 헌금만 가시고는 노저히 목사를 모실 재간이 없었다. 목사는커녕 강도사나 전도사도 모셔 올 처지가 되지 못했다.

김 장로는 미션 학교의 미국인 여자 교장을 찾아가서 여러모로 애원하고 이삼 년만 더 재정적으로 보조해 주지 않겠느냐고 말했으나 일언—을에 거절을 당했다. 그 학교는 새해부터는 새로운 또 하나의 교회를 개척할 준비를 하고 있다는 것이었다. 그럼 전도사를 모시기까지 당분간만 옛날처럼 설교를 도와 달라고 부탁했다. 교장은 한국인 교감을 불러 이 문제를 부탁했다.

김 장로는 교감을 따라 교무실로 들어왔다. 모두가 낯익은 선생들이었다. 그들은 반갑게 달려와서 인사를 하고 교인들의 안부를 친절히 묻고는 모두 제 자리로 돌아갔다.

"완전한 교회란 한이 없으니 결국 빨리 독립하는 것이 상책입니다."

교감은 옆자리를 권하고 안락 의자에 기대며 말했다.

"지금까지야 여러 선생님들의 덕택으로 잘 해 왔지요. 그러나 아직 젖먹이를 이렇게 떼어 버리시면……."

김 장로는 버릇으로 허리를 굽히고 송구스런 태도로 손을 부비며 말했다.

"다산하는 집안을 보세요. 연년생으로 어린애를 낳을 때 저 어린 것이 어떻게 엄마 품을 떨어질 수 있을까 해도 야박하게 한 번 젖을 떼면 다 제 나름으로 자라지 않습데까?"

"잘 사는 집에서는 연년생으로 낳아서도 잘 기르지만, 못 사는 집에서는 병약하게 기르다 죽이는 수가 많지요."

"그러나 실정은 어디 잘 사는 사람이 다산합니까? 못 사는 사람일수록 많이 낳지요."

"그래 큰일입니다."

교감은 직원실을 한 번 휘 돌아보더니 큰소리로 "윤 선생." 하고 불렀다. 윤 선생이 교감 책상 앞으로 왔다.

"윤 선생, 다음주 대성리교회 설교 한 번 안 해 주시렵니까?"

"제가요?"

그는 깜짝 놀라는 표정을 했다.

"우리가 개척한 교횐데 곧 전도사를 모신다니까 그 때까지는 우리가 좀 도와줘야겠는데요."

"아이구, 제가 뭐 알아야죠. 그땐 의무적으로 돌아가며 맡았기 때문에 주제넘게 나갔습니다만 은혜가 없어요."

"윤 선생님, 부탁합니다."

김 장로가 간곡한 청을 했다.

"아니 김 장로님, 정말입니다. 전 자격이 없어요. 제가 박 선생에게 부탁해 보지요."

그는 자리에 앉아 책을 보고 있는 박 선생 곁으로 가서 뭐라고 작은 소리를 했다. 그러자 박 선생도 펄쩍 뛰며 손을 내저었다. 윤 선생이 웃으며 뭐라고 또 권하자 박 선생은 버럭 화를 냈다.

"그럼 윤 선생이 적당히 설교하시오."

김 장로는 무안해서 자리에서 일어섰다.

"이거 미안합니다. 누가 안 나가면 저라도 나갈 테니 그리 아십시오."

교감이 김 장로의 손을 잡으며 말했다.

김 장로는 돌아오는 길에 처량한 생각이 들었다. 지금까지 이렇게 의무적으로 적당히 설교를 해 온 것을 까마득히 모르고 은혜에 충만했던 자기들이 처량하게 여겨졌던 것이다. 그는 자기 교회로 맡아 일 해 줄 전도사가 절실히 필요한 것을 느꼈다.

처음으로 대성리교회가 맞아들인 전도사는 나이가 어리고 갓 결혼한 윤 전도사였다. 부인은 노래도 잘하고 유년 주일학교도 잘 운영해서 교회는 아주 잘 되어 갈 것 같았다. 그러나 겨우 일 년 일하고는 그만두었다. 신학교에 가서 더 공부하고 목사가 되겠다는 것이었다.

김 장로와 집사들이 전도사 집에 가서 만류했다.

"이제 마침 정도 들었는데 이렇게 길 잃은 양들을 두고 떠날랍니까?"

"죄송합니다. 저도 마음이 내키지 않습니다. 그러나 교역자로 나서려면 젊어서 더 공부를 해야 하지 않겠습니까?"

"전도사님, 솔직히 봉급이 적어서 그러지라우?"

입빠른 여집사가 한마디 했다.

"결코 그렇지 않습니다. 돈 바라고 교회에서 일하는 사람이 있겠습니까? 저도 공부를 시작하게 되면 생활은 어떻게 해야 할지 막연합니다. 그러나 공부를 해야지요."

모두들 아무 말을 잇지 못하고 멍하게 앉아 있었다. 하나님을 믿고 구원을 얻으려는데 또 교역자가 없어지는 것이다.

"그람 목사가 되어서 꼭 우리 교회에 오시오."

"아따 속없는 소리 하네. 그래, 공부해서 더 좋은 교회로 가실라고 그러는디 목사가 되어서 우리 교회에 오시겠어?"

입빠른 윤 집사가 또 말했다.

"집사님, 무슨 말씀을……. 하나님의 섭리면 또 오게 되겠지요. 절 위해서 기도해 주십시오. 저도 어딜 가나 여러분을 위해 기도하겠습니다."

"하나님의 섭리는 큰 그릇은 큰 곳에 쓰시니께 큰 교회로 가실 것이오."

"지금까지 뭘 배우셨습니까? 하나님께서는 약한 지체를 더 귀히 여기십니다."

"그래, 우리보다 더 간절하고 약한 지체가 어디 있소? 윤 전도사 님, 다시 한 번 생각해 보십시오."

그러나 윤 전도사는 떠나고 말았다.

그들이 두 번째로 가까스로 구한 전도사는 신학 대학원을 갓 졸업한 전도사였다. 사 년제 대학 철학과를 나오고 신학 대학원에서 삼 년을 공부한 과분한 전도사였다. 그는 젊고 단신이며 패기에 넘쳐 있는 전도사였다.

그는 K시에 머무르며 미국인 선교사와 함께 대학생 성경연구회를 인도하고 주일날과 삼일(수요일) 밤에만 와서 예배를 인도했다. 누구나 고 전도사가 실력 있고 훌륭한 분임을 의심하지 않았다. 그러나 교회는 잘 되어 가지 않았다. 첫째로 그는 대학생 성경연구회에 더 열심이었고, 둘째로 그의 설교는 어려웠으며, 셋째로 무엇보다도 타격적인 것은 K시와 대성리 사이에 또 하나의 교회가 생긴 것이었다. 지금까지 십 리 남짓 걸어 다니던 교인들은 다 그쪽 교회로 옮겨갔다.

김 장로와 고 전도사는 뜻이 잘 맞지 않았다. 김 장로는 주정 헌금을 정하여 아무리 적더라도 꼭꼭 내게 해야 한다고 재정난에 부딪쳐 호소했는데도, 고 전도사는 주정 헌금제를 반대했다.

"각각 그 마음에 정한 대로 할 것이요 인색함으로나 억지로 하지 말지니 하나님은 즐겨 내시는 자를 사랑하느니라."는 성경 구절을 들고 헌금궤는 교회 입구에 놓고 즐겨 내는 액수만 받게 하며 의무적인 헌금을 내는 것은 반대했다. 따라서 교인 수가 줄어진 데다 헌금은 더욱 줄어들었다. 그러나 그는 개의치 않았다. 이 줄어든 헌금이 정말 하나님이 기뻐 받으시는 헌금이라고 했다. 그뿐 아니라 그는 주일 낮만 설교하고 주일 밤과 삼일 밤은 성경 공부를 위주로 했다. 누구나 하나님 말씀을 이해하고 깊이 체험할 수 있어야 하며, 하나님의 계시는 목사나 강도사나 전도사를 통해서만 나타나는 것이 아니고 하나님의 말씀을 깊이 생각하는 평신도 각자에게도 나타나며, 아무도 이 계시를 경멸할 수 없다고 주장했다. 따라서 성경 공부 하는 밤 집회에는 인원이 그나마 반도 되지 못했다. 그러나 전도사는 참 구원은 말씀을 통해서 얻을 수 있으며, 부흥회나 기도원에 열심히 참석함으로 얻어지는 것이 아니라고 했다. 그가 좋아하는 성구는 로마서 10장 17절, "그러므로 믿음은 들음에서 나며 들음은 그리스도의 말씀으로 말미암았느니라"로서 믿음의 근본은 말씀 묵상에 있다는 것이었다. 그러나 시골 사람은 누가 가르쳐 주어야지 어떻게 말씀 묵상을 하겠는가? 교회를 성경 학교 다니듯이 할 수는 없는 일이었다. 하지만 그는 하나님께서 신도 한 사람 한 사람에게 각각 다른 은사를 주어 예수의 몸인 교회를 섬기게 했는데 각자에게 맡긴 직분과 재능을 찾아보지도 않고 땅에 묻어 둔 채 미신처럼 성령 강림과 축복만 바라는 것은 옳지 않다고 했다. 그리고 전도사가 뭐 복 주는 말은 하지 않나 하고 스스로 말씀을 깨닫고 실천하는 일을 하지 않는 것은 잘못이라고 했다. 밤 집회는 성도의 교제를 돈독히 하여 소원해지는 하나님과의 관계를 긴밀히 하는 데 뜻이 있다고 했다. 그러나 농사 일도 바쁜데 그냥 쉽게 가르쳐 주지 무슨 성경 말씀을 어떻게 생각하라는 것인지 너무 어려웠다.

김 장로와 집사들은 차츰 고 전도사를 싫어하게 되었다. 고 전도사의 신앙은 지식 위주의 신앙이며 영적 체험이 없는 죽은 신앙 같았다. 그보다 더 그를 싫어하게 된 동기는 고 전도사는 안하무인격으로 장로나 집사들도 꾸중하는 것이었다. 다음 차례 기도자를 미리 순서를 정하고, 기도를 맡은 사람은 오랫동안 준비하여 종이에 써서 기도하고 길게 중언부언하지 말라고 했다. 그는 자기들뿐 아니라 시내 원로 목사들에 대해서도 대담한 비난을 공공연히 했다. 기력이 약해지면 젊고 유능한 후배 목사에게 자리를 넘기고 은퇴하는 것이 하나님을 섬기는 길이며 교회를 종신 직장으로 여기는 것은 잘못이라고 했다.

이 발언은 물의를 일으켜서 제직회에서 고 전도사를 추방하자는 말이 나왔다.

첫째로 고 전도사는 대성리교회가 위주가 아니며 대학생 성경연구회의 일을 주로 하고 있으며, 둘째로 원로 목사를 공공연히 비난하고, 마지막으로 무엇보다 유익하지 못한 것은 고 전도사를 모신 이후 교세가 약해졌으면 약해졌지 더 나아진 것이 무엇이냐는 것이었다.

그러나 그의 지지자도 없지 않았다.

그에게 죄가 있다면 너무 솔직하게 자기 의사를 나타낸다는 것인데 솔직하다는 것이 죄가 될 수 없으며 또 그만한 실력자를 이처럼 적은 사례금으로 모실 수 있겠느냐는 것이었다. 또 하나는 한 달분 사례금을 통틀어 대성리에서 가장 가난한 박 서방을 도와준 일은 고 전도사가 아니면 할 수 없는 일이라고 했다.

고 전도사는 지난번 크리스마스 특별헌금을 교회의 행사와 치장에 쓰지 말고 가난한 사람을 도와주자고 했다. 그러나 김 장로가 지금까지 해 온 행사를 어떻게 그만두겠느냐고 맞서 결국 행사를 하게 되자, 고 전도사는 자기의 한 달분 사례금을 박 서방에게 주도록 말했던 것이다.

제직회에서는 결론을 얻지 못했다. 그러나 교회는 반대파와 찬성파 때문에 시끄러웠다. 하지만 그것도 얼마 가지 않아 그는 강도사 시험에 합격하고 나서 곧바로 미국으로 떠나 버렸다.

이번에는 교육은 부족하더라도 신령한 전도사를 모시자고 결의했다. 그러나 여러 군데 교섭을 했으나 사례금에 이르자 모두들 적당한 구실로 교회를 맡는 일을 사절하여 좀처럼 대성리교회를 맡을 사람은 나타나지 않았다.

그런데 이번에는 전번에 생긴 교회의 반대 방향에 또 하나의 천주교회가 생겼다. 그들은 교회 존망의 기로에 섰다. 그러나 서로 돌아가며 설교하고 좋은 새 전도사를 보내 달라고 간절히 기도했다.

"하나님, 저희들 길 잃은 양들을 버리시렵니까? 두드리는 자에게는 문이 열린다 하셨으니 우리의 간구를 들어주시며 우리를 먹여 주실 목자를 보내 주시옵소서."

그러나 근본적인 문제는 사례금이 적다는 것이었다.

교회에 야간고등학교를 다니며 주일학교 반사도 하는 학생이 하나 있었다. 그는 어느 날 학생회 헌신 예배 때 다음과 같은 파격적인 헌금 기도를 했다.

"하나님 아버지, 저는 오늘 가지고 있는 돈 전부를 바쳤습니다. 그러나 우리가 가난하기 때문에 모두 모아도 얼마 되지 않습니다. 농촌이 갑자기 잘살게 되거나 우리 마을에 이적이 일어나지 않는 이상 우리는 가난할 것입니다. 도시의 어떤 교회는 한 주일 헌금이 이만 원도 되고 십만 원도 된다고 합니다. 또 서울의 어떤 교회는 한 사람의 추수감사 헌금이 오백만 원도 넘는 때가 있다고 합니다. 그런데 그런 부자 교회와 대항해서 우리의 가난한 교회가 어떻게 좋은 목자를 모실 수 있겠습니까? 우리로서는 도저히 생각할 수 없지만 하나님께서 우리 교회만은 생활에 걱정 없는 교역자를 보내 주십시오. 비록 우리는 가난하나 믿는 마음에는 변함이 없을 줄 압니다."

그는 예배가 끝난 후 격식에도 없는 기도를 했다고 김 장로에게 꾸중을 들었다. 그러나 그는 태연했다.

"기도란 자기 마음에 있는 것을 솔직히 하나님께 고하는 것 아닙니까?"

"이놈 봐? 그렇지만 모든 일에 감사하는 마음으로 해야지 그러면 쓴간디? 그리고 그런 기도는 골방에서나 할 일이지 대중 기도를 그렇게 하면 쓴간디?"

"장로님, 저는 교회에 대해서 불평이 많습니다."

그는 고 전도사에게서 가장 많은 영향을 받은 학생이었다.

"믿는 사람은 다 예수 그리스도의 형제라고 하지 않습니까? 그런데 우리는 전도사 한 분을 못 모시고 이렇게 애타하며, 어떤 교회는 자기네끼리 활동하고 치장하는 데 많은 돈을 쓰니 형제끼리 이럴 수가 있습니까?"

김 장로는 입맛을 쩝쩝 다셨다.

"교역자를 잘못 모시면 젊은 놈들에게 이렇게 후환이 있다니까."

그러고는 이렇게 말했다.

"우리는 말이여, 만들어진 토기란 말이여. 피조물이 창조주더러 왜 나를 이렇게 만들었느냐고 물을 수 있간디? 다 잘 사는 사람은 잘 사는 대로 믿고 못 사는 사람은 못 사는 사람대로 믿어야 혀."

그렇게 육 개월의 공백 기간이 지난 뒤 하나님께서는 그들의 간구를 들으셨음인지 전도사 한 분을 보내 주셨다.

다섯 살, 세 살, 한 살짜리 어린이들을 졸랑졸랑 거느린 천 전도사였다. 그는 말 수레에 얼마 되지 않는 살림과 어린애들을 싣고 이 마을에 왔다. 그는 오래 전에 성경학교를 나온 전도산데, 몸이 건장하고 목소리가 우렁차며 강대상을 손뼉으로 치며 간절한 목소리로 기도할 때는 속이 후련했다.

한 달 사례금이란 쌀 한 가마에 돈 이천 원인데 식구 적은 전도사라야지 몸집도 저렇게 크고 보면 어떻게 교회가 당해내겠느냐고 한편에서는 반대했으나, 설교도 잘 하고 기도도 마음에 들고 성격도 시원하니 그냥 모시자고 했다.

그는 오자마자 헌금을 다시 주정 헌금제로 바꾸고 매일 여집사 한 사람을 데리고 교인 집을 일일이 심방하며 안 믿는 집에 가서 전도하곤 해서 대성리는 일종의 신앙 부흥 붐이 일었다.

그는 목소리가 우렁차서 태어날 때부터 하나님의 일을 하기 위한 사람 같았고, 또 신앙도 돈독해서 어린애들의 이름도 십이 사도의 이름을 본떠 첫째는 베드로, 둘째는 안드레, 셋째 딸은 마게도냐의 비단 장수의 이름을 따 루디아라 지었다.

교회는 다시 흥성거리는 야간 집회가 주간보다 오히려 많았다. 그들은 설교가 끝나면 통성으로 기도했다. 모두 자기들의 고되고 답답하고 외롭고 한스러운 팔자를 눈물로 털어놓고 하나님께 호소하는 기도를 했다. 천 전도사의 기도는 이럴 때 어떻게 빨랐는지 내용은 무슨 말인지 알 길이 없고 "주여어!" 하고 길게 뺄 때와 "주! 주!" 하고 온힘을 함께 뭉쳐 발음할 때만 똑똑히 들려 왔다. 이 울음의 통성 기도란 일종의 예술이었다. 각자 기도하는 소리가 잔잔한 물결처럼 흐르다가 전도사의 "주여어!" 하는 우렁찬 목소리에 곁들여 "주여어!" 하는 날카로운 여집사의 목소리가 겹치면 갑자기 모든 기도 소리는 커지면서 큰 노도가 교회를 덮쳐 눌러 버리는 것이었다. 그럴 때는 머리끝이 오싹하게 곤두서면서 어떤 신비한 힘에 자기가 휩싸여 들어가는 것을 느끼는 것이었다. 그러면 다시 잔잔한 교향곡의 제 삼악장이 시작되었다.

이렇게 한 오 분 정도 통성 기도가 끝나고 나면 교인들은 피로와 답답함과 한스러움을 잊고 가뜬한 발걸음으로 집으로 향했다. 천 전도사가 아나니아와 삽비라의 예를 들어 설교를 하면 다음 주일은 부인네들이 자기 힘에 과분할 정도의 감사 헌금을 했다. 따라서 그 마을에 말 수레를 끌어 생계를 유지하는 김 서방 집에서는 여편네가 예수에 미쳤다고 싸움이 일어났다. 그러나 교회의 헌금은 훨씬 많아졌다. 성도외 교제도 빈번해졌는데, 여집사 전체의 천 전도사기 떼를 지어 신자 집을 방문하며 마을을 돌았기 때문에 마을 노인들은 손가락질을 했다. 그러나 교회의 참 기쁨을 안 부인들은 손가락질하는 안 믿는 사람들이 더욱 불쌍하기만 했다.

연말이 되어 신년도 예산을 다시 짜게 되었다. 예산 편성이래야 신년도에는 전도사의 사례를 어떻게 할 것인가, 교회 확장 기금을 얼마쯤 저축할 것인가가 전부였다. 나머지는 생각할 만한 아무런 재정적 여유가 없었다.

전도사 사례 문제가 나오자 여집사인 윤 집사가 대뜸 말했다.

"내년에는 전도사님 사례금을 삼천 원으로 올립시다."

이 금액은 몇몇 집사들끼리 미리 협의가 된 액수인 모양이었다.

남자 박 집사는 반대했다.

"푼수를 알아 살림을 해야 되는디 삼천 원으로 정한다면 우리 교회는 헌금한 것 전부를 드려야 되오. 그럼 교회는 뭣이오? 밑 터진 시루에 물 붓기로 모아서 드리고 모아서 드리면 무엇이 남는단 말이요? 그러니 이번에는 오백 원만 더 올립시다."

윤 집사가 벌떡 일어났다.

"박 집사님은 늘 돈돈 하는디 어째서 모은 돈을 다 드린다요? 내년에는 우리가 교인을 더 모아서 헌금도 더 받을 생각을 해야지 어디 금년허고 똑같이 받을 생각을 하면 쓰간디요? 그라고 전도사님 집은 곧 또 산고가 든단 말이우라. 그 돈 갖고는 살도 못해요."

김 장로가 말했다.

"전도사님을 위해서는 많이 드려야겠고 우리 살림으로 봐서는 적은 것이 좋겠고 그러니께 이야기들을 해보시오. 많이 정해 놓고 돈이 안 들어오면 우리 호주머니라도 털어야 할 것이요."

모두 주춤해서 선뜻 말하지 않았다.

"가난한 집에서 먼 애기는 그렇게 나 쌓는디여. 아주 열두 사도 다 낳을 모양 아니어?"

남집사 한 사람이 작은 소리로 말했다.

"참말로 큰일이구만."

박 집사가 다시 일어났다.

"교회는 돈 걷는 걱정만 하는 데가 아니께 우선 새해에는 이천오백 원으로 정해 놓고 헌금이 더 들어오면 특별히 더 드리기로 하는 것이 어쩌것소?"

윤 집사가 또 맞섰다.

"그렇게 하면 누가 헌금을 더 내겠소? 처음부터 삼천 원으로 정해 놓아야 해라우. 나는 삼천 원으로 정하기로 동의할라요."

그러나 이 동의는 받아들여지지 않고 결국 이천오백 원으로 낙착이 되었다.

천 전도사는 다시 아들을 낳아 이번에는 이름을 천야고보라 지었다. 그는 아들을 얻자 싱글벙글했다.

"전도사님은 재주가 좋으십니다. 어떻게 아들만 줄줄 뽑으신 게라우?"

어느 교인이 칭찬하자 천 전도사는 이렇게 대꾸했다.

"다 하나님께서 주신 축복이지요."

"인자 아들이 셋이나 된게 그만 나셔도 되것그만이라우."

"인간의 힘으로 어쩔 수 있습니까? 하나님께서 축복하시면 더 낳아야지요. 애들은 다 자기 먹을 복을 타고 나니까요."

그러면서 그는 몇은 더 낳겠다는 의사 표시를 했다. 정말 활기 있고 정력 좋은 전도사였다. 자기 사례가 바랐던 것처럼 오르지도 않았으나 실망하는 기색이 없이 오히려 전보다 더 열심히 심방도 했다. 이번에는 점심도 먹지 않고 심방을 했기 때문에 따라다니는 여집사는 배가 고파 견딜 수가 없었다. 또 점심 때 심방을 받은 가정은 식사 대접도 못하고 보내려니 어색하기 그지없었다.

"전도사님, 심방은 점심 먹고 천천히 하지요." 하고 한 집사가 말하자, 전도사는 "그럼 점심을 들고 오세요. 전 원래 점심을 잘 않습니다. 그동안 전 교회에서 기도하고 있겠습니다." 하고 태연히 말했다.

여집사들은 모여 상의했다.

"전도사님이 점심을 안 드시겠다니 어쩐디어?"

"안 들긴 왜 안 들어. 뱃속에서 꼬르륵 소리가 난든디. 그 덕대 크신 분이 점심을 안 드시겠어?"

"심방은 해야겠고 그럼 어쩐데?"

"어쩌긴 점심 낼 만한 집을 정해 놓고 때를 맞춰 가야지."

"아이구 참, 그럴 사람이 어디가 있어. 먹는 대로 전도사님 대접할 수도 없고……."

그들은 대책 없이 걱정만 했다. 그러다가 여전도회에서 그날 점심에 쓰일 쌀과 반찬을 미리 준비하고 점심 먹을 집을 정한 뒤 심방하기로 했다.

첫날 점심으로 성찬이 준비되었다. 그러나 전도사는 한 술도 뜨지 않고 그 집을 나와 버렸다. 자기는 점심을 먹기 위해 심방 다니는 것이 아니라는 것이었다.

"성격도 참 괴팍하셔."

"말도 말어. 우리 교회로 오실 때도 전 교회에서 자기에게 나쁜 말 한 번 한 것이 귀에 들어가서 당장 이삿짐을 싸고 나와 돌아다니다 오셨당만."

"뭐라고 했간디?"

"거기 집사 한 사람이 목사 될 생각도 안 해보는 형편없는 전도사라고 했다느만."

"아니, 왜 목사가 안 될꼬?"

"목사는 누구든지 되는 것간디? 지금은 신학 대학을 나온 사람이 많아서 여간해서는 안 된데."

"그나저나 그 집도 큰일이여. 집안 식구가 점심을 다 굶는다드랑게."

집사들은 모이면 이런 전도사 이야기였다.

"애기 어머니까지 점심을 굶으니 젖이 제대로 나오겠어?"

"참말로 애기 어머니라도 먹어야 할 것인디……."

여집사들은 집안일을 좀 도와달라고 하며 전도사 부인을 일부러 불러내어 점심을 대접해서 보내곤 했다.

이렇게 한 해가 지나고, 두 해째 늦가을 무렵이었다. 전도사 부인은 다시 만삭이 되었다.

"아이고, 나는 내 일저럼 심란해 죽겄어."

수다스런 윤 집사가 거의 죽어 가는 소리를 했다.

"참말로 열둘 다 날 모양이어."

"열둘 낳고도 남것등만."

모여 앉은 여집사 한 사람이 말했다.

"멋을 본게 그려?"

"보나마나제잉. 정력은 좋으신데 전도사라고 농사를 혀 장사를 혀. 심방하고는 늘 집에만 박혀 계시니 자연 그리 되제잉."

"그래도 여자가 안 날라고 마음먹으면 될 것인디."

"오매 말 말어. 남자들이 속 있간디?"

"그래도 이번에는 닭고기에 미역국은 먹겠구먼."

지난 봄에 김 장로가 병아리 한 배 깐 것을 전도사 집에 몽땅 보내서 전도사 집엔 여남은 마리의 닭들이 있었다.

"닭도 못 먹어서 삐쩍 말랐어. 그 집 식구치고 전도사밖에 살찐 사람 있간디?"

"지난번에는 천베드로 생일이었는디 그 삐쩍 마른 닭 한 마리도 안 잡아 주었디어."

여집사 한 사람은 혀를 끌끌 찼다.

"생일 쇠는 대신 돈 십 원만 달라고 했는디 그것도 안 줬다고 부인이 눈물 바람 해서 참 안되었드만. 십 년 동안 누구 생일도 쇠지 말자고 했대."

그들은 한숨을 쉬었다.

"그러나 저러나 내년에는 또 문제가 생기겄어."

그러자 윤 집사가 재빨리 나섰다.

"박 집사는 말이여, 지금 맘이 떠 있어. 자기 마을에 교회가 하나 생긴디어."

"아니, 교회가 또 생겨?"

"할렐루야 교회라든가?"

"그것은 이단 종교 아니겠어?"

"모르지, 별놈의 예수교가 많은게 누가 알아?"

윤 집사는 박 집사를 미워했다. 그는 언제나 교회를 헐뜯고 전도사를 싫어했기 때문이다.

말 수레를 끄는 김 서방이 술이 얼근히 취해 가을날 해질녘 길을 돌아오고 있었다. 빈 수레에 걸터앉아 유행가를 늘어지게 불렀다. 이웃 마을 장날에 마을에서 내가는 쌀, 배추 등을 실어다 주고 노점에서 막걸리를 마시고 오는 길이었다. 이날은 천 전도사의 심부름도 겸해서 닭은 내다 팔고 미역 한 가닥을 사고 중병아리 열 마리를 사서 수레에 싣고 있었다.

"이 강산 낙화유수 흐르는 봄에 새파란" 하다가 담배를 한 대 깊이 빨아 연기를 내뿜고 "잔디 얽어" 하고 쳐다보니, 저쪽 앞에 심방을 마치고 돌아오는지 천 전도사와 윤 집사가 걸어가고 있는 것이 보였다.

"제길, 신여성이여. 제 남편은 장바닥에 앉아 고추 장사를 하고 있드만은……"

그러고는 담배를 마지막 한 모금까지 쪽 빨아 내던지고 침을 찍 뱉었다. 수레는 점점 가까워졌다.

"전도사님, 우리 구루마 좀 타 보실라요? 여기는 택시도 없고 이것이 최고급 택시요."

김 서방은 전도사를 보자 말했다.

"괜찮습니다. 저는 걷겠습니다."

"아, 여기 나란히 앉아서 닭 판 돈 회계도 하고 그럽시다."

"아이구, 그건 베드로 엄마와 얘기하십시오. 난 모릅니다."

전도사는 당황해서 손을 내저었다.

"원, 돈을 마다하시다니……."

김 서방은 호주머니에서 돈을 꺼내다 말고 전도사를 쳐다보았다.

"세상에 돈처럼 좋은 것이 어디 있답니까? 이번에 닭을랑 잘 길러서 돼지를 한 마리 키워 보시오. 세상에 전도사도 사람인디 안 먹고 살간디요?"

이번에는 윤 집사가 응대를 가로챘다.

"수동 아버지, 한 잔 하셨그만이라우. 그러지 말고 예수를 믿으시오."

"예수는 마누라가 잘 믿는디 지가 혼자 천당에 갈랍디어?"

그는 또 담배를 꺼내어 피우기 시작했다.

"천당은 자기가 믿어야지 남이 믿어서 가는 곳 아니어라우."

"그 말이 그 말이지 말로만 잘 따져서 천당에 간다요? 나는 밤마다 천당에 가요."

"밤마다요?"

"그라지라우. 해만 뜨면 지옥이고 밤만 되면 천당이고. 지옥과 천당은 다 나한테 물어 보시오."

"그러지 말고 교회에 나오십시오. 수동이 어머니는 그렇게 잘 믿으시는데……."

천 전도사가 점잖게 말했다.

"전도사님, 나 세상에 교회에 가고 싶어도 못 가는 이유가 많이 있소."

그는 또 한 번 침을 찍 뱉고 말했다.

"첫째, 담배를 피우니 못 가고."

"그건 끊으시면 되지 않습니까. 돈도 안 들고 건강에도 좋고."
"담배를 끊어요?"
그는 전도사를 쳐다보았다.
"세상에, 내가 일곱 살 때부터 피운 담배를 끊는단 말이요?"
그러고 나서는 이렇게 말했다.
"그 다음, 술을 마시니 못 가고."
"아이고, 그 술같이 사람 잡는 것 없어라우."
윤 집사가 넌더리를 냈다.
"또 세상에 꼴 뵈기 실은 것이 심방 다닌다고 여편네들 떼지어 다니는 것, 나 이것 구역질나서 못 보겄어라우."
"참, 별소릴……."
윤 집사는 기가 막힌다는 듯 말했다.
"그래, 우리가 떼지어 다니며 수동 아버지더러 밥을 달랍디까? 참말로 벌 받을 소리요."
"또 하나, 교회 못 가는 이유를 말씀해 드릴까요?"
"어서 말씀해 보십시오."
김 서방은 상체를 쭉 뻗고 수레 밖으로 내밀며 작은 소리로 말했다.
"바뻐서 그럽니다. 우리 일거리가 어디 시간 정해 놓고 있다요?"
"오매, 간사스런 소리. 다 이유요 이유. 낼라면 왜 시간이 없어요."
윤 집사기 톡 쏘았디.
"뭐 간사스럽다?"
그는 기분이 홱 틀리는 모양이었다. 몇 번 헛기침을 하더니 놋쇠가 노랗게 드러나 네모난 라이터를 꺼내어 두 손으로 움켜쥐더니 다시 불을 켜 담배를 피웠다. 그리고 말고삐를 잡아채며 말했다.
"택시를 안 타시려거든 천천히들 걸어오시오."
그러고는 또 늘어진 유행가를 불러댔다.
"이 강산 낙화유수 흐르는⋯⋯."
그러다가 뚝 끊고 윤 집사의 괘씸한 말투가 생각나서 혀를 찼다. 그러나 이내 낙천가가 되었다.
"서방 놈들은 뼈 빠지게 벌어서 마누라님들 천당 보낼 준비 하는구나." 하고 노랫가락처럼 외쳐댔다.
천 전도사는 또 아들을 낳아 이번에는 천요한이라고 이름을 붙였다.
요한이 난 지 두 달이 채 못 되어 다시 새해 예산을 짜는 제직회가 열렸다.
이번에는 박 집사가 처음부터 어려운 문제를 끌어냈다.
"예산 편성에 앞서 전도사님의 거취 문제부터 이야기합시다."
분위기가 갑자기 침통해지고 말이 없었다.
"우리 교회의 재정 형편으로는 아무리 사례금을 높여 봐도 전도사님 가족을 부양할 수 없으며, 전도사님은 닭 장수를 안 할 수 없을 것이요."
"박 집사, 먼 말을 그렇게 함부로 히여."
김 장로가 주의를 주었다.
"솔직한 말 아니오. 이대로 있다간 피차 어려우니 더 부자 교회로 옮겨 주시라고 하는 것이 옳을 것 같소. 이처럼 교회가 돈 문제에만 머리를 쓰면 뭐요. 나는 차라리 교인생활 그만두고 부자 된 뒤에 믿기 시작할라요."

윤 집사가 일어섰다.

"장로님, 이것은 참말로 인정머리 없는 소리라우. 지금 전도사님더러 나가라 하면 갓난애까지 오 남매를 거느리고 어디로 갈 것이요."

"그럼 갈 디 없다고 우리가 모신단 말이오?"

김 장로가 탁자를 땅땅 쳤다.

"싸우지 말고 순리로 해결합시다."

"박 집사님은 순 감정적이어라우. 그래, 언제 전도사가 닭 장사를 했단 말이요. 우리가 전도사 한 분을 후히 대접 못하니 회개하고 기도할 줄 알아야지 내쫓자니 그것이 말이요?"

결국 제직회는 싸움판이 되고 아무런 결론을 얻지 못했다.

다음날, 천 전도사가 기도원으로 기도하러 떠났다는 소문이 퍼졌다. 이틀이 되어도 삼 일이 되어도 천 전도사는 마을로 돌아오지 않았다. 이제 무슨 일이 있어도 그는 대성리교회에는 머물러 있지 않으리라고 부인이 이야기했다는 소문이 다시 퍼졌다.

금요일 밤에 천 전도사는 돌아왔다. 그리고 부랴부랴 짐을 꾸려 토요일 아침 김 서방네 수레에 싣고 떠났다.

김 장로가 눈물로 만류해도 소용없었다.

부인이 갓난애와 세 살 난 애를 포대기에 싸서 양 무릎에 앉히고 세 어린것들도 이불을 하나 뒤집어쓰고 앉아 덜거덕덜거덕 찌푸린 겨울닐 속을 떠났다. 교인들은 이 광경을 보고 눈물을 흘렸다.

추운 겨울에 이렇게 전도사를 내보낼 수가 있는가? 그러나 전도사는 어떤 만류도 듣지 않았다.

다음날, 교인들은 교회에 반도 나오지 않았다. 그렇지만 여느 때처럼 예배는 시작되었다. 묵도하고 찬송하고 기도하고 헌금했다.

박 집사는 침통한 표정이었으나 어린애들이 헌금할 때는 머리를 쓰다듬어 주었다. 오 원짜리 코 묻은 돈을 내면 여느 때처럼 "거슬러 줄까?" 하고 물어서 헌금 주머니를 뒤져 혹 삼 원, 혹 사 원씩 거슬러 주기도 했다.

김 장로가 설교 때가 되자 늘 애송하던 마태복음 5장을 읽었다.

"심령이 가난한 자는 복이 있나니 천국이 저희 것임이요, 애통하는 자는 복이 있나니 저희가 위로를 받을 것임이요."

그는 교인들을 두루 내려다보았다.

"우리는 오늘 하나님 말씀에 굶주려 이 곳에 모였습니다. 그동안 우리는 목자를 찾아 얼마나 헤매었습니까? 그런데 우리는 어제 우리 손으로 목자를 내쫓은 죄인이 되었습니다. 이 소문을 들으면 이제 누가 우리 교회를 돌봐 주겠습니까? 우리는 영원히 버림받은 양들이 되었습니다. 차라리 교회가 생기지 않았더라면 이렇게 굶주린 양들을 모아놓고······."

그는 목이 메어 말을 잇지 못했다. 손수건으로 눈물을 닦고 말없이 얼마 동안 서 있었다.

"오늘은 그냥 통성 기도를 하고 헤어집시다."

모두 통곡하는 기도 소리가 교회를 메웠다.

"주여어!" 하고 높고 날카로운 여인의 목소리가 있었으나, "주여어!" 하는 굵고 우렁찬 천 전도사의 목소리는 비어 있었다. 따라서 굵은 파도처럼 온몸을 엄습해 오는 신비한 무엇이 없었다. 기도의 리듬은 조화를 잃고 심한 불협화음이 귀를 찢는 듯했다. 잡음이요, 통곡이요, 발악이요, 발광처럼 느껴지기만 했다.

  예배가 끝나도 심히 불안하고 답답하고 외로운 마음으로 교인들은 무거운 발걸음으로 집으로 향했다. 여집사들은 아무래도 후련하지 않은지 그냥 교회 마루에 뭉쳐 앉아 있었다. 김 장로도 처음으로 후련하지 않은 기분을 맛보았다. 지금까지 자기가 살아온 모든 것이 모호하게 흐려져 가는 것을 느꼈다.

  이윽고 교회는 다시 통성 기도 하는 소리로 가득 찼다. "주여어!" 하는 날카로운 여집사의 목소리에 겹쳐 김 장로의 굵은 기도 소리도 들려왔다.

  "주여, 교회는 무엇 하는 곳입니까? 어떻게 하면 천국 백성으로 사는 것입니까? 어떤 사람이 참 신자이며 어떤 사람이 참 목사입니까?"

  천 전도사처럼 우렁찬 목소리는 아니었으나 분명 이것은 교향곡이었다.

(1970년 현대문학 189호)

식모

 K여고의 교목실에서 신앙지도위원회의 회의를 하고 있던 곽 선생에게 전화가 걸려 왔다. 교회의 김 권사로부터 시골에서 올라온 식모를 쓰지 않겠느냐는 연락이 왔는데 어떻게 했으면 좋겠냐는 아내의 전화였다.
 "어떻게 하긴……. 이 어려운 판국에 웬만하면 두어야지, 가리고 어쩌고 할 게 있소?"
 "그런데 나이가 좀 많아요."
 아내는 평소에 열서너 살 되는 어린애를 식모로 두고 싶어했다.
 "할머니요?"
 "아니요, 서른하나래요."
 "서른하나?"
 그건 곽 선생에게도 의외였다. 아내보다 다섯 살 아래였지만 그렇게 되면 식모라도 다루기가 힘들 것이었다.
 "그래서 어쩔까 해요."

"과부요?"

"몇 년 전에 이혼을 했대요. 어린애는 없고."

"대단하구먼. 왜 남편을 마다하고 식모살이를 할꼬?"

"교회를 못 다니게 해서 이혼을 해 버렸다나요."

"그럼 또 열렬한 크리스천이겠구먼."

"보통 열렬한 것이 아닌가 봐요. 식모살이를 하려고 이 곳 김 권사님을 찾아 왔는데 간밤 꿈에 예수님이 나타나 어린애 셋 있는 집으로 가라고 했다는 거예요."

"그건 또 걸작인데."

"그러자 김 권사님이 갑자기 어린애가 셋 있는 우리 집 생각이 나더라는 거예요."

"그럼 예수님의 명령이기에 어쩔 수 없겠구먼."

"두어요?"

아내는 결정을 못해 답답한 모양이었다.

"당신이 결정해야지. 나야 뭐 식모 다루는 것도 아니고……."

"그렇지만 그렇게 나이 든 사람을 두면 당신도 여러 면으로 불편하지 않겠어요?"

"불편하긴, 따로 방이 있는데. 왜 얼굴이 예뻐?"

아내는 기가 차다는 듯 말했다.

"그래요, 밋쟁이고 천하일색이에요. 왜 구미가 낭셔요?"

"아무리 달덩이 같아도 해 같은 당신 앞에서는 빛을 잃을 건데 뭐. 도대체 얼마나 달래?"

"매달 이천오백 원이요."

"비싸지도 않은데?"
"그러게 말이에요. 자기는 돈이 문제가 아니래요."
"좀 수상한 데가 있지 않소?"
"김 권사님은 그런 염려는 없대요. 그런데 사람이 좀 얌체 같아요."
모든 것을 듣고 나니 곽 선생도 결정하기가 어려워졌다.
"잘 생각해서 결정하구려. 난 당신이 좋다면 반대는 없으니까."
"그렇게 대답하면 어떡해요. 그래서 묻는 게 아니에요?"
"우선 급하니까 신원만 확실하면 당분간 두고 보던지."
그는 전화를 끊었다.

신앙지도위원회의 회의는 계속되었다. 어떻게 하면 시끄러운 예배 분위기를 경건하게 할 수 있느냐는 것이 논의의 초점이었다.

"경건회가 시작되고 나서 늦게 들어오는 학급들이 있어 시끄러운데, 담임이 시작 오 분 전에 학급에 가서 학생들을 인솔해 들어오고, 또 예배하는 도중에도 선생들은 맨 뒷자리에 앉아 있을 것이 아니라 학생들 사이에 끼어 앉아 떠드는 애들에게 주의를 주어야 합니다."

"그렇지만 더울 때는 누가 학생들 사이에 끼어 앉아 있으며, 또 선생들 자신이 잘 참석하지 않는데 오 분 전에 학생까지 인솔하라면 그렇게 할 선생이 어디 있겠어요? 이건 거의 실천이 불가능합니다."

"그렇지만 그런 선생은 목사님이 체크해 두셨다가 잘 부탁하는 방법으로 실천해야지 그렇지 않고 무슨 뾰쪽한 수가 있습니까?"

곽 선생은 교회의 집사였지만 이런 의무적인 예배는 반대였다.

"목사님, 사람은 강제로, 또 타인에 의해서 신앙심이 생기는 것이 아닙니다. 따라서 경건회는 일주일에 삼 일로 줄이고 참여하고 싶은 학생만 들어오게 합시다. 그럼 자연히 정숙하고 경건해질 것입니다."

"그건 말도 안 됩니다. 그렇게 되면 한 사람도 안 들어올 걸요."

성경을 가르치는 김 강도사가 말했다.

"그럼 문제는 더욱 심각하지요. 모두가 싫어하는 예배를 강제로 매일 끌어다 앉혀 놓는다면 졸업하기까지 육백 번 이상 그런 일을 당하고 졸업 후에 어떤 학생이 스스로 교회에 나가겠습니까?"

"곽 집사님은 문제를 긍정적인 면으로 해결하려 하지 않고 언제나 부정적인 면으로 해결하려 드시는데, 그렇다면 예배를 한 번도 안 드리는 것이 더욱 좋다는 말이 되지요."

목사님이 한마디 했다.

"저는 오히려 목사님이 부정적인 면만을 보고 계시지 않나 생각합니다. 우리 학교에는 신앙이 좋은 학생들이 많습니다. 따라서 원하는 학생만 들어오게 해도 꽤 많은 수가 들어오며, 또 경건회 시간이 유익하다는 것을 알면 자연 학생 수는 증가할 것이고, 특히 열렬한 학생들을 묶어 몇 개의 기도 그룹을 짜고 활동을 시켜 친구들을 전도하게 하면 학교를 졸업하고도 좋은 크리스천이 될 것입니다."

"그럼 곽 집사님이 한번 해보시오."

김 강도사가 짜증난 듯 말했다.

"강도사님, 저는 이 학교에서는 집사가 아니고 선생입니다. 선생은 자기가 맡은 과목을 연구해서 잘 가르치는 것이 직분입니다. 직분에 충실한 것이 주님의 일을 하는 것이 아닙니까? 기독교 정신을 토대로 세워진 이 학교가 할 일은 좋은 프로그램을 만들어 학생들이 기독교 지도자가 되는 길을 열어 주고 도와주는 것입니다. 공부하러 온 학생들을 강제로 모아다가 싫은 설교를 듣게 하는 것이 강도사님의 직분이라고는 생각하지 않습니다."

공기가 좀 험악해지자 목사님이 큰기침을 했다.

"지금 말이 많이 빗나갔는데, 기독교 학교에서는 변경할 수 없는 원칙이 있습니다. 일주일에 여섯 번 예배하는 것을 원칙으로 하고 논의해 주시기 바랍니다."

결국 논의는 원점으로 돌아가서 선생들이 봉사 정신을 발휘해서 학생들 사이에 끼어 예배를 드리자는 결론을 내렸다.

직원실에 결과가 보고되자 "봉사 좋아하네." 하고 선생들은 핀잔이었다.

이날 곽 선생은 서른한 살의 식모가 궁금하여 일찍 귀가했다. 집에 막 들어서는데 초등학교 사학년인 큰딸이 식모 아주머니가 들어왔다고 작은 소리로 말했다. 식모는 얼굴이 가무잡잡하고 무뚝뚝하여 매력이라고는 조금도 없어 보이는 여자였다.

"어때요?"

아내가 가까이 와서 말했다.

"웬 살이 그리 쪘어? 저고리가 터지겠는데."

"당신은 좀 불순해요."

아내가 짜증을 내며 옆구리를 꼬집었다.

"소 같아서 일은 잘 하겠구먼."

"손이 좀 거칠 것 같아요. 그릇이나 깨지 않을지 걱정이에요."

"스텐 그릇이야 남겠지."

저녁을 마치고 신문을 읽고 난 뒤 가정 예배를 드리기 위해 서재에 모였다. 으레 설거지를 마치고 드렸으나 식모가 들어왔기 때문에 애들이 자기 전에 함께 드리자는 아내의 요구로 좀 빨리 모인 것이었다. 예배를 드리자고 애들을 부르자 세 살짜리 꼬마가 맨 먼저 나서서 성경책을 펴들고 노래를 부르기 시작했다.

"가지 많은 나무에 바람 잘 날 없어도……."

모두 웃으며 의자에 앉았다.

"오늘은 어떤 찬송을 부를까?"

초등학교 일 학년짜리가 "선한 목자 되신 예수님"을 부르자고 했다. 막 찬송을 시작하려는데 식모가 들어왔다.

"예배볼라면 나도 봐야지라우."

그녀는 낡아 떨어진 찬송가와 성경까지 들고 들어왔다. 그리고 풀썩 방바닥에 앉으며 말했다.

"얘들아, 내려와 앉아라. 하나님께 예배를 드리는데 왜 의자에 앉아 있냐?"

일학년 놈이 엄마를 보며 피식 웃었다. 그러나 모두 내려앉았다.

"아줌마는 설거지 다 했소?"

아내가 못마땅한 듯이 물었다.

"예배보고 할라요."

처음 찬송은 살 뇌어 나왔으나 식모의 목소리가 점차 커지자 가락은 늘어지고 곡은 바뀌어서 완전히 식모가 찬송을 작곡하고 인도하게 되었다. 삼학년 애가 성경을 읽고, 아내가 다락방을 읽고, 곽 선생이 기도를 했다. 그런데 세 살짜리 꼬마가 자꾸 기도를 흉내내어 에

들은 피식피식 웃기 시작했다. 그런데다 녀석은 말끝마다 '아멘, 아멘' 했기 때문에 웃음이 터졌다. 그러자 식모는 어린애의 궁둥이를 살짝 때리는 모양이었다. 애가 '와' 하고 울음을 터뜨리는 바람에 곽 선생은 성급히 기도를 마무리지어 버렸다. 그러나 이 께름칙한 가정 예배는 온통 기분을 망쳐 버렸다.

"참 별꼴이야."

아내가 식모가 나간 뒤 뽀로통해서 말했다.

"옛날처럼 애들이 잔 뒤에 하지."

"이제 드리지 말아요. 둘이 드리면 안 끼어들겠어요?"

"기독교인은 다 형젠데 같이 예배드려야지."

"성자 같은 소리 하시네요. 내일 당장 내보내야 되겠어요."

"가정 예배 같이 드리자고 한 이유 때문에 내보내면 말이 안 되지."

그들은 같이 웃었다.

다음날 새벽, 갑자기 벨 소리가 요란하게 울렸다.

"아니, 이 새벽에 누가 왔을까?"

곽 선생은 불을 켜고 시계를 보았다. 네 시 반이었다. 또다시 벨 소리가 길게 두 번 울렸다. 곽 선생이 파자마 바람으로 나가려는 것을 아내가 말렸다.

"밤에 함부로 나가는 게 아니에요. 제가 나가 볼게요."

얼마 만에 아내가 돌아왔다.

"식모가 나간 모양이에요."

"그래? 깍듯이 고별 인사까지 하고 나간 건가?"

"어린애 방이랑 조사 좀 해봐야겠어요."

그녀는 불을 켜고 먼저 식모 방을 조사한 다음, 서재, 어린애 방을 두루 다녀 보고 별 이상이 없는지 돌아왔다.

"없어진 것도 없고 옷 보따리도 그냥 있어요."

"새벽 기도 간 게 아니오?"

"오라, 또 주책이 거길 갔구먼."

"그럼 왜 벨을 누르고 갔을꼬? 지금 갑니다는 신혼가?"

"주책이, 조용히 갔다 올 것이지."

"빨리 일어나 기도도 하고 성경도 보라는 그런 신호가 아니겠소?"

"글쎄 지금이 몇 시인데요."

아내는 짜증난다는 듯 말했다. 학교나 교회에서는 새벽 기도를 강조했지만, 그들은 한 귀로 듣고 한 귀로 흘려보내고 있었다. 그러나 늘 일말의 가책 같은 것이 있었는데 이제는 식모를 통해 압력을 넣는 것 같았다. 그러나 곽 선생은 이런 형식을 강조하는 신앙이 싫었다.

"그런데 어떻게 그리 시간을 잘 맞추어 일어났을꼬?"

"시계를 찼지 않아요. 안 보셨어요? 그래 봬도 멋쟁이라구요."

막 잠이 들려고 하는데 또 벨 소리가 났다. 이제는 돌아왔다는 신호였다. 옆에서 자고 있던 꼬마가 잠에서 깨어 칭얼댔다. 그녀는 신경질을 내며 밖으로 나갔다.

"문을 두드리지 왜 깜짝깜짝 놀라게 벨을 눌러요?"

밖에서 날카로운 아내의 목소리가 들려왔다.

"아따, 잠 깰 때도 되었구만이라우."

"아기가 깨니까 그러지요."

곽 선생은 학교에서 귀가하자 부자를 뜯어 종이를 끼워 넣고 소리가 크게 울리지 않게 해 놓았다.

식모가 온 첫 주일, 식모가 나가는 교회에서는 목사님을 비롯해서 많은 교인들이 심방을 왔다. 아내는 수박을 사 오고 차 대접을 하느라고 부엌에서 수선을 떨고, 식모는 교인들과 예수님을 만난 마리아처럼 서재에 앉아서 이야기를 나누고 있었다. 곽 선생도 수선을 피우는 어린애를 안고 왔다갔다 했다.

"이제 우리가 비로소 기독교인이 되는 모양이요."

"왜요?"

"처음으로 봉사라는 것을 제대로 하고 있지 않아요?"

"참, 시어머니 모셔 놓은 기분이에요."

학교에서는 가을이 되어 추수감사헌금을 하게 되었다. 금년 목표는 30만 원으로 교직원이 20만 원, 학생들의 목표가 10만 원이었다. 추수감사 예배를 일주일 앞둔 종례 시간에 교장은 이 목표액을 말한 뒤 종이를 나누어 주고 헌금 액수를 적어 내라고 했다. 이 헌금은 학교에서 개척한 교회의 건축 헌금으로 쓰일 것이었다.

"교회에서 헌금하고 학교에서 헌금하고 이렇게 이중으로 할 필요가 없잖아?"

"헌금은 자기의 정한 대로 할 것이지 공개해서 적어 낼 일은 아니지."

그러나 소곤거릴 뿐 아무도 입 밖에 내어 말하는 사람은 없었다. 곽 선생이 일어났다.

"헌금을 적어 내라고 하면 약간 강제적이고 즐거운 마음으로 할 수 없으니 다음 추수감사 예배 때 각자 헌금 주머니에 넣도록 하는 것이 어떻습니까?"

그러면서 직원실을 돌아보았다. 그러나 아무도 거들어 주는 사람이 없었다.

"곽 선생, 적어 내기가 부끄러워요?"

교장 선생이 말했다.

"부끄러울 것 없어요. 하나님은 많다고 기뻐하시지 않습니다. 믿음의 분량대로 기뻐 내는 것을 받으십니다. 믿음의 분량대로 적어요. 다음 봉급 때 공제하기 위해 기록하는 것이니까."

선생들은 와 웃었다. 그리고 종이 쪽지에 열심히 적기 시작했다. 곽 선생은 얼굴이 화끈 달아올랐다. 그렇지, 헌금은 임의야. 그래서 그는 이런 강제적인 헌금은 않기로 하고 0이라고 적어 냈다. 기독교 학교가 이런 짓을 해서는 안 된다고 생각하고 있었다.

식모에 대한 아내의 불평은 점점 늘고 있었다. 어느 날 밤이었다.

"쌀이 너무 든다고 걱정했는데 많이 먹을 뿐 아니라 퍼 내가요, 글쎄."

"퍼다 어디다 쓴단 말이오. 화장품이라도 사나?"

"교회에 성미를 내나 봐요."

"그럼 좋은 일이구먼, 그래."

"한 되도 아니고 서 되는 가져가는 것 같아요."

"특별히 헌금을 따로 주는 것도 아니고 그건 어쩔 수 없지 않소, 딴 데 쓰지 않은 이상. 우리가 성미를 안 내니까 하나님이 딴 사람을 시켜 내게 하시는 것 아니겠소?"

"하지만 성미란 자기 먹을 것을 덜 먹고 아껴서 모아 둔 것을 내는 것인데, 먹기는 황소처럼 먹고 또 퍼 가니 말이에요."

"참, 어떻게 내보내야 할 텐데 많이 먹는다고 내보낼 수도 없고, 또 새벽 기도 나간다고 내보낼 수도 없고……."

"내보내긴, 하나님께서 우리 훈련을 위해 우리에게 보내신 종이라고 생각해야지."

"당신은 진정이에요, 빈정거리는 거예요?"

"좀 두고 봐요. 어느 식모치고 속 안 썩이는 사람 봤소? 아예 안 두고 살 생각을 해야 하는 건데……."

"그렇지만 조금만 일하면 허리가 아파지는데 어떡해요."

그러다가 아내는 월동 준비를 할 걱정을 하기 시작했다.

"김장도 해야 하구, 연탄도 들여야 하구…… ."

"크리스마스 때는 또 보너스가 있잖아."

"애걔걔, 그 쥐꼬리만한 보너스?"

"그래도 그게 어디야. 월동 준비는 될 테니까 말이야."

김장철이 왔다. 그런데 공교롭게도 김장철에 대부흥회가 있다는 광고가 간지로 마을에 나돌았다. 식모는 미리부터 신이 나 있었다. 이 부흥회에는 반드시 참석해야 한다고 떠들어댔다. 아주 유명한 부흥 강사인데 "보세요오, 보세요." 이렇게 일단 길게 빼고 말을 시작하면 거미가 뒷구멍에서 실을 뽑듯 줄줄줄줄 말을 해대는데 어떻게 은혜스러운지 모른다는 것이었다. 그 부흥 강사는 책도 쓰고 자기가 노래도 지었는데 그 노래가 또한 얼마나 은혜가 충만한지 알 수가 없다고 했다. 식모는 자기가 바로 그 부흥 강사라도 되는 것처럼 그 강사가 지었다는 노래를 찬송가에 맞춰 불러댔다.

헐벗고 굶주리니 무엇으로 바치리까?
돈 없고 힘 없으니 마음 또한 적나이다.
물질의 다소보다 중심 보는 나의 주여,
과부의 헌금하는 그 믿음 주옵소서.

내 생활 예산하고 주께 어찌 바치오며
쓰고서 남은 돈을 어이 즐겨 받으시랴.
맡겨 주신 나의 소유 주의 전에 다 던지고
이 몸까지 다 바쳐서 제사하게 하옵소서.

다 아는 춘향전을 듣고 또 흥겨워하는 사람처럼 그 부흥사가 무슨 말을 할지 다 알면서도 또 듣고 싶어 흥이 난 것이었다. 얼마 동안 우리 집은 이미 작은 부흥회가 시작되었다.

"뭔가 신앙이 좀 빗나간 게 아니에요? 이러다가 무슨 일이 생길 것 같아 불안하고 몸이 오싹오싹해져요."

아내는 불안한 듯이 말했다.

"아니야, 우리는 머리로 믿는 신앙이고 저 식모는 뜨거운 가슴으로 믿는 참 신앙 같다는 생각이 안 드오?"

"언제는 감정은 믿을 수 없기 때문에 그리스도를 아는 지식에 근거하지 않은 열심은 위험하다고 하지 않았어요?"

"그런 말도 했던가?"

식모의 방에서는 밤중에 가끔 순비 기도를 한다고 비명에 가까운 기도 소리가 들려왔다.

"꼭 귀신을 섬기고 사는 기분이에요."

"곡에 맞춰 찬송을 제대로 할 때보다 곡은 틀리더리도 막 광적으로 박수를 치며 찬송을 부르면 어떤 알지 못하는 기운이 솟아나는 것 같은 환상을 갖게 되지 않아요?"

"그런 것은 신앙이라기보다는 접신해서 귀신들린 경지 아니에요?"

"아무튼 신사복 입고 있는 사람은 그런 무아경이 없어. 헌금을 할 때도 감동했다고 더 많이 내지도 않거든. 그러나 사실은 분수도 모르고 몽땅 바쳐 버리는 사람이 신앙 공동체에서는 더 뜨겁고 필요한 사람들이야."

"신앙 공동체가 그 뜨거운 사람들의 헌신으로 생기를 찾는다고 가정해요. 그 순간의 열정들이 그리스도의 날까지 허물없는 성도로 보전되나요? 구원은 받나요? 오히려 그 사람들의 가정은 망가지는 게 아니에요?"

"무슨 걱정이야. 하나님께 맡기고 사는 건데."

"왜 그렇게 빈둥거려요? 그런 사람을 보고 거듭나서 하나님의 선하시고 기뻐하시고 온전하신 뜻을 분별하고 사는 하나님의 사람이라고 할 수 있어요?"

아무튼 식모 때문에 곽 선생 내외는 성경에 대해 더 생각하게 되었다. 아내는 조심스럽게 식모의 마음을 떠보았다. 김장 때 도움을 받으려고 식모를 쓰는 것인데 부흥회에 가 버리면 어떻게 할 것인가? 우산 사서 비올 때 남 빌려주는 격이었다.

"김장철인데 거리도 먼 부흥회에 가 버리면 나는 어떻게 해요?"

"김장을 좀 빨리 하면 되지라우."

"이렇게 날씨가 더운데 겨우내 먹을 김치가 시어지면 어떻게 해요?"

"그람 끝나고 하지라우."

"그러지 말구……."

"안 돼라우. 나는 부흥회는 꼭 가야 해라우."

그녀는 기겁을 하며 말했다. 할 수 없이 11월 말에 김장을 마쳐 버렸다. 부흥회가 시작되자 식모는 신바람이 나서 낮이고 밤이고 부흥회에 참석했다. 낮이 짧은 겨울이라 저녁을 일찍 지어 놓고 자기는 식은 밥을 국에 말아 먹고 휙 나가 버렸다. 겨우 밥만 해 놓고 나가 버리면 아내는 부엌에서 불평, 불평을 했다.

"기명은 물만 묻혀 찬장에 엎어놓으니 찬장에서는 썩은 냄새가 나지, 거미줄은 여기저기 걸려 있고……. 아유, 난 못 살아. 세숫비누가 남아나나 트리오는 일주일에 한 병씩 없애지. 행주는 그렇게 삶아 널라고 해도 하지 않아 방 걸레 같구……. 정말 더러워서 못 살겠어. 반찬 하날 제대로 할 줄 아나. 음식 간을 맞출 줄 아나. 아유, 내가 허리만 아프지 않으면 그냥……."

"엄마 밥 줘."

애들은 졸라댔다.

"가만 있어. 부엌 청소 좀 하구."

곽 선생은 책을 보다 말고 부엌으로 내려가는 세 살짜리 꼬마를 안고 왔다. 이렇게 서녁이 수선스러웠다.

부흥회 마지막 날 밤도 식모는 이른 밥을 지어 놓고 아내의 헌 바지를 입고 헌 스웨터를 걸친 채 부산하게 밖으로 나갔다. 바지도 작고 스웨터도 자아 곧 터질 것 같았다.

"정말 별꼴이야."

아내가 아니꼬운 눈초리로 내보내고, 이제는 지쳤는지 반찬 만들 생각도 않고 방에 누워 있는데 왁자지껄 옆집에서 싸우는 소리가 들려왔다.

"그래, 식모는 하룻밤 부흥회도 못 간다요?"

"부흥회가 뭐 말라 비틀어진 것인지는 모르지만 우리 집 애는 못 보내."

"사람은 하나님 앞에서 다 똑같어라우. 식모라고 그렇게 부려먹으면 벌 받을 것이요."

이번에는 굵은 남자의 목소리가 들려 왔다.

"도대체 저게 뉘 집 식모야. 나가요 나가. 못 나가겠어? 남의 집에 왜 함부로 들어와 큰소리야. 남이야 벌 받든 말든 무슨 상관이야. 아무튼 예수쟁이는 이해가 안 돼, 자기나 잘 나갈 일이지 왜 꼭 남을 데리고 가야 하는지. 재수 없게……."

"보세요오, 보세요. 영원히 꺼지지 않는 지옥 불에 안 떨어질라믄 예수 믿으시오."

"여보, 아 빨리 쫓아 버리지 못해? 그리고 이 계집애도 당장 오늘 밤 보따리 싸서 내보내요."

문빗장이 걸리는 소리가 나고 식모의 목소리는 더 이상 들리지 않았다. 그러나 옆집 소란은 끝나지 않았다.

"야, 우리 집엔 너 같은 식모 필요 없다. 당장 나가라."

옆집 부인의 날카로운 목소리가 들려 왔다.

"요 요망한 것이 천당은 가고 싶은 모양인데 지금부터 보따리 싸

짊어지고 천당을 향해 가 봐."

"왜 그래?"

3학년 애가 놀라서 뛰어와 물었다.

"모르겠다. 너희들은 공부나 해."

"공부 다 했어. 밥 줘."

1학년 애가 또 졸랐다.

저녁을 먹고 나자 아내는 허리가 아프다며 누워 버렸다. 갑자기 김장, 부엌 청소, 반찬 치다꺼리를 계속해서 하고 나니 그리 된 모양이었다.

"엄마, 아야 해?"

꼬마가 가까이 가서 물었다.

"엄마 허리가 아프시대."

곽 선생은 이날 밤은 자기가 설거지를 하겠다고 나섰다.

"관둬요, 글쎄. 좀 있으면 좋아질 거예요. 안 되면 내일 아침 치우라고 하면 되구."

곽 선생은 기어이 부엌으로 갔다.

"한 사람을 천당 보내려면 이만한 숨은 희생은 있어야 할걸."

아내는 씽긋 웃었다.

"여자들은 정말 더러워 죽겠어."

"뭐가요?"

"같은 행주로 상 훔치지, 그릇 닦지, 또 그걸로 물기 훔치지. 이거 뭐 접시에 세균 묻혀 놓는 일을 하고 있는 거 아냐?"

"그러게 자주 삶지 않아요?"

"밖에 마른 수건 걸어 놓았으니까 이제부터 물기를 훔칠 때는 그걸 쓰도록 해. 접시를 말릴 수 없을 바엔 말이야. 아무래도 부엌일도 남자가 들어가야 개선이 되려나 봐."
"제발 그렇게 되었으면 좋겠어요. 여자들도 훨훨 밖으로 좀 나다니게."
"풍만한 유방만 주어, 방안에서 뒹굴며 벌어 온 돈 우려먹을 테니."

밤늦게야 식모는 돌아왔다. 곽 선생 내외가 불을 끄고 자리에 들려는데 식모 방에서 우는 소리가 들려 왔다.
"아니, 울고 있지 않소."
"기도를 그렇게 해요."
"그렇지만 보통 때는 갔다 와서는 기도하지 않았잖아?"
"오늘은 특별히 은혜를 받은 모양이지요."
그러나 기도라면 좀 수상했다.
"가 봐."
"관두세요. 그러다 잘 거예요."
"가 보라니까."
아내가 식모 방에 갔다가 얼마 만에 돌아왔다.
"아이 웃겨."
"뭐가?"
"글쎄, 오늘이 부흥회 마지막 날인데 헌금 할 때 부흥 강사가 자기 시계를 끌러 바치라고 할 것 같드래요. 그래, 미리 끌러 호주머니에 넣고 갔다지 뭐예요."
"덥석 바치려고?"

"바치긴? 바치기 싫어서 그랬지요. 그런데 집에 와 보니 시계가 없어졌다는 거예요. 버스 안에서 소매치기를 당한 것 같대요."

"그래서 서운해 우나?"

"자기 잘못을 깨닫고 회개하는 기도를 하는 거래요. 하나님은 자기 마음속까지 그렇게 잘 알아서 자기를 치고 회개하게 하신대요."

"결국 기도하는 소리구먼."

"식모치고는 걸작을 두었어요."

겨울 방학을 며칠 앞둔 어느 날 밤 식모가 밤 예배를 드리러 간 뒤였다. 아내가 세면장에 풀어 놓은 시계가 없어졌다고 법석을 떨었다. 그것은 결혼 때 받아 아내가 늘 아끼던 것이었다. 온 방을 뒤지고 수챗구멍까지 들여다본 뒤 맥이 풀려 돌아왔다.

"혹 식모가 차고 간 게 아닐까?"

"왜 남의 시계를 차고 가요? 그게 얼마짜린데."

"결국 모든 물건은 하나님 것이니까 서로 나누어 써도 된다고 생각한 것 아냐?"

"무슨 농담을 그렇게……. 정말 그걸 차고 도망간 게 아닐까요?"

식모가 돌아오자 아내는 급하게 달려갔다. 거기다 마지막 희망을 건 모양이었다.

"혹 내 시계 못 봤어요?"

"여기 있소."

방에서 듣고 있자니 곽 선생은 웃음이 나왔다.

"아니, 글쎄 누구 시곈데 말두 없이 차고 가요?"

"아주머니 안 쓰길래 잠깐 차고 갔다 왔지요."

"안 쓰다니? 세수하다 잊어버리고 풀어 놓은 것인데. 그래, 남의 걸 말도 않고 차고 가서 그렇게 애간장을 녹이면 어떻게 해요."

"시계가 없으니깨 불편해서 그만……."

아내는 이제는 더 이상 참을 수 없다는 듯이 말했다.

"안 되겠어요. 어떻게 해서든 내보내야지."

"왜 시계 차고 갔다가 돌려주었으니 나가라고? 세상에는 정직한 식모도 드물잖어?"

"그렇지만 식모는 식모다운 데가 있고 식모 구실을 해야지요."

결국 곽 선생 내외는 식모를 내보내야겠다는 결론을 내었다. 다만 좀더 기다렸다가 크리스마스 보너스가 나오면 퇴직금 겸 한 오천 원을 쥐어 주고 보내기로 했다. 그러나 무슨 핑계를 대서 내보내야 할지 그것이 문제였다.

크리스마스 보너스가 나오는, 방학하는 날 아침이었다. 갑자기 식모가 자진해서 나가겠다고 말했다. 그것은 의외의 반가운 소식이었다.

"왜 갑자기 그만두려고 그러세요?"

아내는 서운한 표정을 지으며, 그러나 명랑한 음성으로 말했다.

"엊저녁 밤에 예수님이 나타나서 나보다 북쪽으로 가라고 하등만요."

"북쪽이요?"

"내가 양을 먹이는디 풀이 갑자기 노랗게 죽어 버리는 것이 아닝게라우. 그래서 근심했더니 걱정 말고 북쪽으로 가라고 하드랑게요."

"그래서 북쪽 어디로 가려구요?"

곽 선생이 호기심이 생겨 물어 보았다.

"서울로 가 볼라구요."

"무작정 서울 어디로 가겠다는 거요?"

"부흥회 때 만났던 아는 목사님이 계셔라우."

"그래, 언제 떠나려구요?"

"아침 밥 묵고 곧 갈라요."

곽 선생 내외는 서로 쳐다보았다.

"오늘 봉급 날인데 오후에 돈 드릴 테니 하룻밤 자고 내일이나 가십시오."

"돈은 있어라우."

식모는 끝내 가겠다고 우겼다. 그래서 이웃에서 돈을 빌려 이천오백 원을 주고 아내의 헌 시계를 주었다.

곽 선생이 등교하려 하는데 아내가 가까이 왔다.

"어쩐지 꿈 이야기가 기분 나빠요. 풀이 다 말랐다니 그게 뭐예요?"

"무당 근성이지. 또 꿈은 반대라니까 오늘은 특별히 보너스가 많이 나올지 누가 알아? 한 턱 쓸 테니 기대해요."

그는 학교로 왔다. 종업식이 끝나고 서무과에서는 봉급과 보너스 지급이 있었다. 그런데 이 해 보너스는 천차만별이었다. 엉뚱하게 많은 사람, 의외로 적은 사람, 하나도 같은 사람이 없었나. 적은 사람은 모두 불평이었고, 많은 사람은 안 세어 보고 액수를 감추어 버렸다. 이것은 꼭 근무 성적을 따라 준 것 같지도 않았다. 서무과에 문의해도 신통치 않은 대답이었다. 교장 선생이 직접 지시한 것이기 때문에 서무과에서도 알 수 없다는 것이었다. 예년의 크리스마스 보너스는 직책의 상하를 막론하고 균일하게 주어서 기독교 학교답다고 하며 받을 때 즐거웠던 보너스였다.

"이게 도대체 어떻게 된 셈이야?"

"곽 선생은 얼마나 나왔소?"

"나는 아직 서무과에 들르지 못했습니다."

"아니, 근무 평가를 어떻게 했으면 이렇게 천차만별이지?"

"소수점까지 찍었나 봐요."

여선생들의 불평이 더 많았다.

"곽 선생님, 교장실에 한번 가 보십시오."

이런 일에 교장실에 갈 수 있는 사람은 곽 선생밖에 없었다.

"왜 곽 선생님 보너스가 적을 것 같아서 그래? 곽 선생은 갈 수가 없지. 왜 많이 주었느냐고 따지는 사람 봤수?"

곽 선생은 되도록 오래 사무를 보고 있었다. 어쩌면 다른 사람보다 터무니없이 많을지도 모른다는 기대가 가슴을 울렁거리게 했다. 그러나 풀이 말랐다는 식모의 말이 떠올라서 생각을 종잡을 수 없었다. 어쩌면 터무니없이 적을지도 모른다는 생각이 봉투를 받는 것을 주저하게 했다. 꿈은 반대라니까 터무니없이 많을지도 모른다는 생각을 하기도 하고, 그러나 또 꿈이 맞는다면 이웃 집에서 빌린 빚도 갚을 수 없을 만큼 터무니없이 적을지도 모른다는 두려운 생각이 들기도 해서 가슴이 떨렸다. 그래서 되도록 선생들이 많이 흩어진 뒤 서무실에 들르고 싶었다. 드디어 일이 끝났다. 그는 서무과로 내려갔다. 도장을 건네주었다. 서무 직원은 도장과 함께 봉급 봉투를 넘겨 주었다.

"보너스는?"

"글쎄, 곽 선생님 것은 하나도 없습니다. 이것이 교장 선생님이 적어 준 것인데요."

그의 보너스 난에는 0이라고 적혀 있었다.

교장실 문을 두들겼다. 교장은 안경 너머로 곽 선생을 쳐다보았다.

"잘 오셨소. 앉으시오."

곽 선생은 교장을 보고 한 번 씽긋 웃으며 여유를 보였다.

"교장 선생님, 이번 보너스는 어떻게 정하셨습니까?"

"그러잖아도 보너스 이야기를 하려 했는데 잘 오셨소."

그러고는 안경을 만지작거렸다.

"곽 선생도 수학 선생이라 수학에는 정확한 용어를 정의해서 쓴다는 것을 잘 아시지요? 어디, 곽 선생이 먼저 보너스라는 용어부터 정의해 보겠습니까?"

그는 좀 당황했으나 우선 생각나는 대로 말했다.

"보너스는 봉급과 구별되며 고용 기관의 약속에 의해 선생들의 노고에 보답하는 뜻으로 덤으로 주는 것이 아닙니까?"

"그런데 우리 학교는 무슨 약속이 있었습니까?"

"매년 주어 오는 관례가 바로 약속이지요."

교장은 안경을 까딱까딱 흔들었다.

"그런데 약간 틀린 데가 있어요. 봉급과 구별되는 것은 맞는데 보너스는 선생들의 노고에 보답하는 대가로 주어지는 것이 아니고 교장이 그냥 대가 없이 거저 주는 것입니다. 즉 성경을 빌려 말하자면 하나님의 은혜와 같은 것이지요."

"그래서 아무렇게나 줄 수 있단 그런 말입니까? 선생들의 기대에 맞게 합리적인 과정을 거쳐 주는 것이 아니구요?"

"아니지요. 하나님의 은혜는 아무렇게나 주어지는 것이 아니고 통로가 있어야 합니다. 바로 기도가 은혜의 통로지요."

"그래서 기도 많이 하는 사람은 많이 주고, 기도 적게 하는 사람에게는 적게 주었다는 말입니까?"

"말하자면 그런 셈이지요."

"그런데 교장 선생님께서는 기도 많이 하는 정도를 어떻게 아셨습니까?"

"하나님께서 지혜를 주셨어요. 신앙의 간접적인 척도는 십일조를 얼마나 성실하게 하는가를 알아보는 일입니다."

곽 선생은 자기가 십일조를 적어낼 때 0이라고 썼던 생각이 났다.

"바로 그것이 내가 보너스를 나누어 준 기준입니다."

교장 선생은 원칙에 맞는 행위를 했다는 기고만장한 표정으로 말했다.

곽 선생은 크게 웃으며 일어났다.

"교장 선생님은 참으로 축복받으셨습니다. 그런 아이디어를 하나님의 계시로 받으셨다니……. 저는 좀 불평하러 왔는데 조금도 불평의 여지가 없습니다. 바리새인보다 더 법에 능통하신 것 같습니다."

곽 선생이 교장실을 나오려는데 "곽 선생." 하고 교장이 불렀다.

"난 곽 선생도 많은 복을 받으셨다고 들었는데……. 좋은 식모를 하나님이 보내 주셨다면서요?"

곽 선생이 돌아보았다.

"그렇습니다. 참으로 신앙의 본보기를 보내 주셔서 큰 깨달음을 주셨습니다. 그런데 그 축복마저 오늘 아침에 사라졌습니다. 나가 버렸으니까요."

(1972년 한국종교문학전집 제1호)

기도

고등학교 교사인 은희가 둘째 시간을 마치고 나왔을 때 책상 위에 놓인 편지 하나를 발견했다. 서문혁으로부터 온 편지였다. 그녀는 갑자기 가슴이 뛰고 얼굴이 화끈 달아오르는 것을 느꼈다.

"은희 씨! 지금부터는 저에게 경어를 쓰십시오. 이제는 어린애 취급을 받고 싶지 않으니까요. 또 이번에는 은희 씨가 제 노예입니다. 휴가 기간 동안 제가 무슨 명령을 해도 '예.'라고만 대답해야 합니다……."

그녀는 가라앉은 감정이 다시 소용돌이치는 착잡한 기분이 되었다. '짓궂은 혁의 장난이겠지.' 하고 곧 마음을 가라앉혔다. 어쩌면 그는 무료하게 나날을 보내는 그녀에게 새로운 자극을 주는 청량제와 같은 존재이기도 했다. 은희가 교회의 주일학교 교사로 있을 때, 그는 개구쟁이 중학생이었다.

그녀는 대학교 2학년으로 교회에서 처음 학생들을 맡았을 때 이렇게 말했다.

"여러분, 지금부터 내가 묻는 말에는 무조건 '예.' 라고 대답해야 해요."

학생들은 호기심에서 초롱초롱 눈을 굴리며 쳐다보았었다.

"이제부터 일 년 간 여러분과 함께 공부하게 될 은희예요. 그런데 여러분은 내가 다 돈을 주고 샀어요. 알겠지요? 그래서 여러분은 이제부터 모두 내 노예예요. 이의 없지요?"

모두 예쁜 여대생의 노예가 된다는 것이 기뻐서 '예'라고 큰소리로 외쳤다. 그들은 아침 청소, 교회 출석, 학생 전도 등 명령하는 대로 재미가 나서 열심히 하고 자기가 한 일을 보고하고는 칭찬을 들었다. 그러나 그것도 날이 갈수록 권태롭고 귀찮은 것이 되었다. 그래서 이제는 모두 해방시켜 달라고 애원했다. 은희가 난처해하는 표정을 보이면 그것이 더 보고 싶어서 떼를 썼다.

4개월째 되던 때에 그녀는 못 이긴 체하고 모두를 해방시켜 주었다.

"여러분의 몸은 다 내 것이었는데 이제는 자유로운 몸으로 해방시켜 주었어요. 그러니 그 몸들을 소중히 간직해야 해요. 알겠지요?"

모두들 함성을 질렀다.

"왜 소중히 해야 하지요?"

"선생님 것이었으니까요."

그때 사니는 계속 노예로 남아 있겠다고 고집한 학생이 혁이었다.

"이스라엘 백성은 매 칠 년마다 노예를 해방시켰는데 계속 노예로 남아 있겠다고 한 사람에게는 어떻게 했는지 아니?"

"어떻게 했는데요?"

"그를 재판장 앞으로 데리고 가서 계속 노예로 남겠다는 증표로 귀를 문설주에 대고 송곳으로 구멍을 뚫었어."

"좋아요, 저도 귀에 구멍을 뚫을게요."

은희는 그가 귀여워서 머리를 쓰다듬어 주었었다. 혁은 은희보다 일곱 살이나 아래였다. 그는 대학에 들어가서도 늘 은희에게 편지하고 또 학교로 놀러 오기도 했다. 그러면서 호칭이 누나로 바뀌더니, 이제 군에서 제대할 때쯤이 되어서는 아예 은희 씨로 바뀐 것이다. 지난번 휴가로 한 번 찾아왔었는데, 이제는 어린 중학생이거나 동생이 아니고 당황스럽게도 남자로 보이기 시작한 것이었다. 그러나 짐짓 응석을 받아 주며 어린 동생을 대하듯 했다. 밥도 사 주고, 영화도 보고…….

그런데 이번 편지는 자기가 군에서 마지막 휴가로 나올 테니 T시까지 자기를 마중 나와야 한다는 내용이었다. T시는 그녀의 학교와 자기 근무지의 중간이라고 말했다. T시의 역에서 가장 가까운 장로교회의 예배에 11시에 참석하라고 아주 명령조로 써 놓았다.

'은희 씨라고? 도대체 어쩌자는 거야? 나더러 자기를 어떻게 불러 달라는 뜻이지? 이제 장난기를 가지고 그를 만나는 것은 그만두어야 하는 것이 아닐까?' 하고 은희는 생각했다.

지난 봄에 소위가 되어 돌아온 그는 고집쟁이고 다루기 힘든 억센 청년이 되어 있었다. 그는 그녀에게 부담스러운 존재였다.

"누나, 여자란 사랑을 받으면 젊어지고 예뻐진답니다."

"그게 무슨 소리야?"

"누난 사랑을 받을 필요가 있단 말이요."

"혁이 사랑해 주고 있잖아."

"글쎄 이상해요. 제가 사랑해 주는데 왜 늘 그늘진 얼굴인지 모르겠습니다. 무슨 고민 있어요?"

"아니, 없어."

그녀는 황급히 부인했다.

"누나가 중학생인 나를 가르칠 때 얼마나 명랑하고 예뻤는지 아세요? 누구에게든 인색하지 않게 쏟아 버릴 것만 같은 천만 개의 키스를 가뜩 안고 언제나 미소하고 있었습니다."

제법 과장된 수식어도 늘었다고 은희는 생각했다.

"사람은 늙지 않아? 어릴 때처럼 그렇게 명랑할 수는 없지."

"사람이 보기 흉해지는 것은 늙어서가 아니라 희망을 잃었기 때문이랍니다. 누군가가 누나의 희망을 빼앗아 가 버린 것 같아요."

그러면서 혁은 말을 계속했다.

"제가 그 희망을 찾아 드릴게요."

"어떻게?"

"사랑은 상호적인 것이지요. 주는 것이 사랑이라고 하지만, 주고 다시 받는 것입니다. 저를 사랑해 보세요. 제가 그 사랑을 받고 되쏘는 기쁨을 보면 누나는 젊어지고 예뻐질 겁니다. 누나는 사랑을 받아도 까만 숯처럼 그 사랑을 되쏠 줄을 몰라요."

갑자기 혁이 어른이 되고 자기가 어린애가 된 느낌이었다. 그를 만난 뒤 얼마 동안 심란했다. 그는 갑자기 나타나 고요해진 호수에 돌을 던지고 가 버린 존재였다. 그런데 이제는 '은희 씨' 어쩌고 하며 편지를 보내서 T시에서 만나자고 한다. 무시해 버리면 좋겠지만 실망할 그를 생각할 때 그럴 수가 없을 것 같았다.

"누님, 왜 그렇게 넋 나간 듯이 앉아 있어요? 오늘 나하고 데이트 할래요?"

짓궂은 김 선생이 지나가면서 귓속말로 했다. 음악을 가르치는 그는 자기도 서른이 넘은 노총각이면서 은희를 '누님'이라고 불렀다. 어쩔 때는 자기가 할머니가 된 것 같은 느낌이 들었지만, 구질구질하지 않은 그가 싫지만은 않았다. 그녀는 가끔 맞받아쳐 주었다.

"동생은 여학생들 조심해. 빨래해 준다, 청소해 준다 하고 하숙집에 들르지 못하게 하란 말이야. 누나 말 안 들으면 어떻게 되는지 알지?"

"네, 네, 알아 모시겠습니다. 국가와 민족을 위해 바쁜 제가 한눈 팔 틈이 있겠습니까?"

사실 그는 바빴다. 학교에서 학생들 피아노 레슨을 봐 주어야 했고, 교회 찬양대를 맡았으며, 시내에서 시립 합창단을 지휘하고 있었다. 많은 처녀들을 상대하고 있는 총각 지휘자였기 때문에 인기가 많았다. 그러나 그는 누구에게나 잘해 주어서 아무도 사랑하지 못하고 있었다.

올해 서른넷인 은희는 일찌감치 결혼을 포기하고 있었다. 누이동생이 결혼을 하고 어린애를 낳아 돌잔치를 하자, 홀로 된 어머니는 큰 딸의 혼인을 무척 서두르게 되었다. 자기와 둘째 딸의 학비 때문에 너무 무거운 짐을 지고 혼기를 놓치고 있는 것이 아닌가 하고 안타까운 모양이었다. 그러나 그녀는 그것이 부담스러웠다. 왜 꼭 결혼을 해야 하는가? 그녀는 고등학교 교사로 혼자 사는 것에 만족했다.

은희는 다음 수업에 들어가면서 김 선생 귀에 대고 말했다.

"그래, 오늘 데이트합시다."

이렇게 말하면, 그들은 언제나 학교 밖에서 만나는 장소가 있었다. 거기서 만나 저녁도 먹고 영화도 봤다. 혁의 편지를 받아 가슴이 다시 답답해져 김 선생과 저녁을 하기로 마음먹은 것이다.

이날 김 선생이 은희를 데려간 곳은 의외의 장소였다. 보신탕 집이었다.

"격조 없이 이게 무슨 짓이에요. 나는 이런 거 못 먹는데요."

"못 먹는 게 어디 있어요? 약이라고 생각하고 집어넣어요."

그는 무엇이든 먹고, 어디나 가고, 누운 곳에서 곧 잠들고, 일어나면 일하는 그런 습관을 가지라고 말했다.

"남자와 사는 것이 싫으세요?"

그는 다짜고짜 물었다.

"아뇨."

"그럼 왜 결혼을 안 합니까?"

"상대가 없잖아요?"

"나 같은 사람 어때요? 집 있겠다, 피아노 있겠다, 훌륭한 음향 시설이 있어 음악 감상 할 수 있겠다, 필요한 가구 있겠다. 이제 여자만 하나 들어와 앉으면 되는데, 왜 싫으세요?"

은희는 김 신생을 쳐다보았다.

"또 시작했어요? 김 선생은 그 좋은 조건을 가지고 왜 여자 하나를 못 데려오세요. 스캔들도 많던데……."

"실속 없는 스캔들 때문에 여자들이 왔다가 못 기다리고 다 떨어져 나갑니다."

"멍청이, 왜 기다리게 해요. 마음에 드는 사람이 있으면 낚아채야지."

"누님은 아직도 나를 모르세요? 이렇게 자주 데이트를 하면서 누나도 못 낚아채지 않아요?"

"나야 호박꽃이잖아."

"처녀들은 다 낚시 밥 주변을 맴도는 물고기들 같아요."

"김 선생도 늙었구먼. 시쳇말로 빠르게 진도를 나가야지."

"학교 선생이고 기독교인인데 그런 일을 잘 할 수 있을 것 같아요?"

은희는 김 선생의 고뇌를 좀 알 수 있을 것 같았다. 한때는 그도 큰 파도를 타고 많은 여인들이 그 주변을 스쳐 갔었다. 그러나 번번이 일이 성사되지 않자 그 파도는 잠잠해져 버렸다. 이제는 이 모든 파도는 젊고 발랄한 자들의 전유물이었다.

은희는 집으로 돌아와서 자신을 돌아보았다.

그녀는 한때 음악을 좋아하는 이형수를 미친 듯이 좋아했었다. 그는 잘생겼고 대학 동급생으로 성적도 뛰어나게 좋았다. 그래서 그녀는 어느 모로 보나 그와 견줄 수 없다고 생각했다. 그래서 그의 옆을 지날 때는 수줍어서 얼굴을 붉힐 뿐 한마디도 할 수 없었다. 그런데도 형수는 그녀를 좋아해서 사랑 고백을 했다. 그때 그녀는 얼마나 황홀했는지 알 수가 없었다. 그들의 사랑 행각은 그렇게 시작되었다. 그러나 그는 입대해 버리고, 그녀는 졸업 후 교편을 잡게 되었다. 은희는 내성적이어서 아무리 좋아도 매달리지 못하는 성미였다. 그냥 기다리는 것이 그녀가 할 수 있는 전부였다. 밤마다 그의 꿈을 꾸었지만, 꿈에서 그녀가 그를 부를 때마다 그는 언제나 외면하고 걸어가 버렸다. 어쩌면 좋은 사람이 생겼는지도 모른다고 생각했다. 오히려 그것이 잘된 일인지도 모른다고 생각했다. 그녀는 어려운 가정의 장녀였기 때문에 형수와 결혼한다면 그의 앞날을 망치게 될 것이라는 생각이었다. 그래서 언젠가는 그들의 관계는 끊어져야 한다고 생각하고 있었다.

형수가 입대하고 팔 개월 만이었다. 그녀가 형수를 이제는 잊어 가고 있다고 생각되는 무렵, 그가 휴가를 얻어 돌연히 그녀를 찾아왔다. 저녁을 같이 하고 여관을 정해 준 뒤 집으로 돌아오려는데, 형수가 그녀의 손을 잡았다. 오랜만인데 좀더 이야기를 하고 갔으면 좋겠다는 것이었다. 아예 자지 말고 밤을 새워 이야기를 하자고 했다. 사실 은희도 그러고 싶었다. 할 말이 너무 많이 쌓여 있었다.

그날 밤 그녀는 자기의 모든 것을 바쳤다. 그리고 그들의 관계는 끝이 났다. 은희는 그제야 자기가 무슨 일을 저질렀는지 깨달았다. 주일학교에서 학생들에게 너희는 내가 산 몸이라고 가르치며 중하게 여기라고 했으면서 하나님의 성전인 자기 몸을 그렇게 쉽게 더럽히고 깨어진 그릇으로 만들어 버린 것이 후회스러워 몇 달 동안 가슴을 치며 울었다. 그러고 나서 결심한 것은 앞으로는 혼자 살겠다는 것이었다. 이 깨어진 그릇을 어떻게 말끔히 고쳐 놓을 수가 있겠는가? 그것은 아무에게도 상의할 수 없는 어두운 그림자로 그녀를 따라다녔다.

주일 날 T시의 역에서 가장 가까운 교회를 찾아 예배당으로 들어갔다. 좀 빨리 온 탓이었는지 혁의 모습은 보이지 않았다. 밖에서 그를 기다리기 싫어 빈 자리를 찾아 앉았다. 형수와 지냈던 밤이 되살아났다. 그는 정말 나를 사랑하고 있었을까? 그날 밤 자기와 결혼해 달라고 말하기 위해 왔을까? 그는 나를 덮친 뒤 정말 미안해하고 있었다. 은희는 그 미안해하는 죄의식을 어떻게든 씻어 주고 싶었다. 자기는 어떻게 되어도 좋다고 말하고 싶었다.

"저, 형수 씨에게 한 가지 고백할 게 있어요."

"뭔데?"

그녀는 초등학교를 다닐 때 제사를 지내고 한 방에서 사촌 오빠와 자게 된 일이 있었다. 그때 사촌 오빠가 자기 몸을 더듬어 이상한 행위를 한 것을 말했다.

그는 얼마 동안 아무 말도 하지 않았다. 그러더니 천천히 말을 이었다.

"우리가 숨기고 있어서 그렇지 그러한 일은 허다히 많아. 그리고 한갓 호기심에서 생긴 일이 은희의 순결을 더럽혔다고는 생각하지 않아. 그것 때문에 자기는 이미 깨어진 그릇이었다고 생각할 이유는 없어."

그 뒤 그는 나무꾼과 선녀의 이야기를 해 주었다. 사냥꾼에게 쫓기던 사슴을 나무꾼이 숨겨 주었더니 사슴이 목욕하는 선녀의 옷을 숨기라고 가르쳐 주었다. 하늘에 오르지 못한 선녀는 나무꾼과 두 어린애를 낳기까지 행복하게 살았다. 그러다가 이제는 선녀와 허물없게 되어 숨겨 놓은 옷이 어디 있는지 가르쳐 주었다. 그랬더니 선녀는 그 옷을 입고 두 어린애를 양 팔에 안고 하늘로 올라가 버렸다는 이야기다. 왜 그런 이야기를 해 준 것이었을까? 아무리 사소한 것이었을지라도 사촌 오빠 이야기는 자기에게 안 해 주는 것이 나을 뻔했다는 말이었을까? 아니면 자기가 떠난 뒤 다른 사람을 만나도 그와의 하룻밤 이야기는 하지 않는 것이 좋겠다는 말이었을까?

목사는 히브리서 8장 12절의 말씀, "내가 저희 불의를 긍휼히 여기고 저희 죄를 다시 기억하지 아니하리라 하셨느니라."는 말씀을 들어 "하나님은 우리 불의를 어떻게 용서하시는가?"라는 제목으로 설교하고 있었다.

"용서한다는 것은 완전히 불의한 행위를 기억에서 말살해 버린다는 이야기다. 그러나 우리는 용서한다고 하면서 그 불의를 기억한다. 나에게 준 상처를 생각하면 그 원수 같은 사람을 도저히 용서할 수 없다. 아침에 일어나면 그 분노 때문에 참을 수가 없어진다. 새벽 기도에 나가 기도하면 분노는 죄악이며 용서해야 한다는 생각이 강해지고, 그렇게 용서하고 나면 마음에 평화가 찾아온다. 그러나 교회를 떠날 때는 그 내려놓은 죄 짐을 다시 지고 온다. 새벽에는 다시 무거운 마음으로 교회를 향한다. 그러나 하나님의 용서는 그것이 아니다. 그 불의를 다시는 기억도 하지 않으신다. 정말 용서했다면 그 행위를 기억하는 일까지도 잊어버려야 한다."

은희는 형수를 정말 용서했는가를 생각했다. 자기의 순결을 깨버리고 자기를 버리고 딴 여자와 결혼해서 살고 있는 그를 용서하고 있는 것일까 하고 생각했다. 그런데 왜 지금까지 그의 행위를 잊지 못하고 있는 것일까? 그녀는 자기의 경솔하고 어리석었던 일을 인정하면서도 그를 용서하고 있지 않다고 생각했다. 그도 생각해 보면 불쌍한 존재다. 자기의 불의를 모르고 있다면 그것 때문에 불쌍하고, 또 인정하고 괴로워한다면 평생 가혹한 형벌을 받아야 하기 때문에 불쌍하다. 그를 긍휼히 생각하고 그와의 기억을 완전히 잊어버려야 한다고 자신에게 타일렀다.

교회를 나오자 혁은 먼저 나와 기다리고 있었다.

"은희 씨, 보고 싶었습니다."

그는 얼굴을 붉히며 떨리는 목소리로 말했다. 그러나 그것은 좀 허세를 부리는 것처럼 들렸다. 그녀는 이 '은희 씨'라는 파격적인 호칭에 어떻게 대응해야 할지 몰라 그냥 바라보며 미소했다.

점심을 먹고 버스를 타고 교외로 나가 산을 올랐다. 공원이라 많은 피서객들이 몰려 있었다.

"피곤하지 않아요? 저는 산을 더 타고 싶은데……."

그녀는 등산복 차림이 아니었다. 그러나 지칠 때까지 따라 올라갔다. 등은 땀에 젖고 얼굴에는 땀방울이 흘러 내렸다. 그녀는 벌겋게 익은 얼굴을 연방 수건으로 닦고 허덕이며 따라가고 있었다. 그리고 좀 평탄한 곳으로 올라왔다. 혁은 은희의 손을 잡아 이끌어 올렸다. 그러고는 불끈 안아 올려 몇 걸음 걷기 시작했다. 그녀는 발버둥을 쳤다. 이렇게 둘이는 한참을 킬킬거리며 실랑이를 했다. 등산하던 사람이 힐끔거리며 그들을 훔쳐보고 올라갔다.

"어때요, 군인 팔이 든든하지요?"

혁은 그녀를 내려놓으며 가쁜 숨을 쉬었다. 그녀는 얼굴을 귓불까지 벌겋게 하고 있었다.

"이제 예뻐지는데요."

"그렇게 놀리기야?"

그녀는 바위 위에 앉고, 그는 소나무에 기대 서 있었다.

"군대 생활 어땠어요?"

그녀는 경어가 좀 어색했지만 그렇게 했다. 그의 허세를 거들어 주어야 한다고 생각했기 때문이다.

"재미있습니다. 요즘 무얼 하는지 아십니까?"

"글쎄……."

"태권도를 합니다."

"태권도를?"

"보여 드릴까요?"

그는 가까이에 있는 소나무를 향해 두 주먹을 앞으로 힘을 주어 내리고 기본 동작 자세를 취했다. 그는 오른 팔과 왼 팔로 X자를 그리며 앞으로, 옆으로, 제자리로 자리바꿈을 하며 발길질을 했다. '얏' 소리도 내면서…….

"됐어요, 됐어요. 다치겠어요."

"어떻습니까? 은희 씨 보디가드도 할 수 있겠지요?"

"전 보디가드 필요 없어요."

"저도 이런 기본 품세 연습하는 것 그만둘 겁니다. 당분간 외로움을 이기는 방편으로 하고 있는 것이거든요."

그는 사뭇 심각하게 말했다.

그들은 더 이상 올라가지 않고 바위에 앉아 잘 아는 찬송가를 듀엣으로 불렀다. 은희는 알토로 목소리가 좋은 편이었다. 산을 내려와 저녁 예배에 참석하고 그들은 밖으로 나왔다.

"피곤하지요? 목욕 갑시다. 오늘 하루는 제가 하자는 대로 하는 거예요."

이런 일이 평생에 또 있겠는가? 이 날은 혁이 하자는 대로 하리라고 생각하고 있던 터였다. 열한 시가 넘어 그들은 호텔로 돌아왔다. 그는 예약한 방으로 그녀를 인도했다. 둥근 탁자 앞에 앉은 은희는 몸을 바르르 떨었다. 그것은 시원한 에어컨 때문만은 아니었다.

"은희 씨, 남자가 몇 살이면 자기 앞날에 대한 판단을 바르게 할 수 있다고 생각하십니까?"

그녀는 자신이 더욱 작아져 막 붙들어 놓은 참새 같다고 생각하며 떨고 있었다.

"저에게는 아직도 제 자신을 자제할 만한 힘이 있습니다. 안심하고 주무실 수가 있을 것입니다."

그녀는 앞으로 어떤 일들이 일어날지 불안하기만 했다.

"나에게 방을 하나 따로 구해 줄래요?"

"불안해 하지 마십시오. 우리들의 행위를 비판하지 마십시오. 율법의 노예가 되지 마십시오. 은희 씨는 성령의 인도를 믿으십니까?"

이런 감정의 노도 속에 어떻게 성령의 인도를 말할 수 있는지 그녀는 그가 의심스러웠다.

그는 들고 온 가방 속에서 깨끗이 포장된 상자를 꺼내 그녀 앞에 무릎을 꿇고 바치었다.

"선물입니다. 미국식으로 펴 보십시오."

그녀는 의아해 하며 떨리는 손으로 그 상자를 풀었다. 장밋빛 나이트가운이 그 속에 있었다.

"입으십시오. 그 옷을 입은 천사 같은 은희 씨의 모습을 보려고 얼마나 기다렸는지 모릅니다."

은희는 '이제 형수와 같이 보냈던 하룻밤이 다시 재현되는구나.'라고 생각하며 눈앞이 캄캄해지는 것을 느꼈다. 자기는 거역할 의지를 잃을 것이라고 생각했다. 그러나 그 전에 무슨 일이 벌어져도 해 주어야 할 말이 있다고 그녀는 다짐했다.

"혁이, 여기에 앉아요." 하고 그녀는 혁을 원탁 앞에 앉히며 말을 계속했다.

"난 혁 씨를 사랑해요. 그러나 이것만은 안 돼요."

"안 되다니요. 은희 씨는 지금 내가 앞으로 뭘 하려고 하는지 아시는 겁니까?"

"몰라요. 종이 주인의 뜻을 어떻게 알겠습니까? 그러나 그 전에 내가 지금까지 혁에게 말하지 않은 비밀을 말해야 해요."

그러면서 떨리는 음성으로 말을 하기 시작했다. 그녀는 자기 몸은 이미 신비한 비밀을 간직하고 있지 않은 빈 창고이기 때문에 솔직히 자물쇠도 안 채우고 혁을 경계할 이유도 없다고 했다. 그런데 혁까지 그렇게 깨어진 그릇을 만들고 싶지는 않다고 말했다. 그러면서 형수와의 과거를 이야기했다.

"그 자식이 누굽니까? 내가 그놈을 죽여 버리겠습니다."

혁은 불같이 화를 내며 벌떡 일어나서 어쩔 줄 몰라했다.

"나는 그 자식이 어떤 놈인지 알기 전에는 오늘 밤을 지낼 수도 없습니다. 말해 주세요."

그녀는 당황해서 그의 다리를 붙들었다.

"이러지 말아요. 나는 그를 용서했습니다. 아니, 그를 기억도 하지 않습니다. 다만 나는 혁이 나 때문에 상처를 입을까 봐 미리 말해 주는 거예요. 여기 머물러 주어요. 나는 이미 당신의 것입니다."

"나는 이런 기분으로 여기서 잘 수가 없습니다. 놓으세요. 나가겠습니다."

혁은 가방을 들고 밖으로 휙 나가 버렸다.

은희는 한밤중에 코를 풀어 버려진 휴지처럼 구겨져 버린 자신을 생각했다. 떠나려면 자기가 먼저 떠났어야 했다. 그러나 그녀는 부끄러움을 당해도 자기가 당하고 버려져도 자기가 버려져야 한다고 생각하는 그런 여인이었다. 형수가 자기에게 나무꾼과 선녀의 이야기를 해 주었던 것을 생각했다. 그것은 다시는 누구에게도 자기 비밀을 말하지 말고 무덤까지 가지고 가라는 그런 뜻이 아니었을까? 그녀는 자기의 모습이 처량해서 잠을 이루지 못하고 울었다. 그리고 아침 일찍 날이 새면 이 곳을 떠나리라고 생각했다. 또 이제는 누구에게도 흔들리지 않고 독신을 고집하겠다고 결심했다. 그러자 잠이 쏟아져 새벽녘에 잠깐 졸았다. 그리고 일어나서 옷을 입고 떠나려는데 도어벨이 울렸다.

혁이 그 곳에 서 있었다.

"은희 씨, 미안합니다. 내가 죽을 죄를 지었습니다."

그는 그녀 앞에 무릎을 꿇었다.

"떠나셔도 할 말이 없습니다. 그러나 제 변명 하나만 들어주십시오. 제가 왜 그렇게 화를 낼 수밖에 없었는지."

그러면서 말을 계속했다.

"은희 씨의 순결은 내가 순결을 지킬 수 있었던 이유였습니다. 내가 정욕을 억제할 수 없어 자위 행위를 하고 싶어도 참을 수 있었던 이유가 무엇이라고 생각합니까? 자위 행위를 하면서 은희를 떠올릴 것이기 때문에 영적인 간음을 하기 싫었기 때문입니다. 그런 은희를 누군가가 범했다는 것을 나는 참을 수가 없었습니다. 그 분노를 삭이려고 모든 말씀을 다 동원했으나 할 수가 없었습니다. 그런데 주님께서 '너는 용서라는 말을 잊었다.' 라고 하셔서 용서했더니 모든 것이 해결되었습니다. 나는 형수라는 사람을 용서하고 은희를 있는 그대로 받아들이기로 했습니다. 그때 그 곳에서 일어났던 일을 기억도 하지 않을 것입니다. 주께서 은희를 싸매 주실 것입니다. 회복시켜 주실 것입니다. 제발 나를 용서해 주세요."

혁은 무릎을 꿇고 그녀의 다리를 붙들고 매달렸다. 그녀는 말했다.

"우리는 맺어질 수 없는 사람들이에요. 성령께서 그렇게 인도하셨어요."

"아닙니다. 저와 같이 삼십 분만 기도를 해 주십시오. 먼저 빈 마음이 되는 것입니다. 아무것도 구하지 마십시오. 숨을 깊이 쉬며 성령을 들이마십시오. 그리고 마음속의 추한 것을 밖으로 뱉으십시오. 하나님께 구하고 싶은 무슨 생각이 떠오르면 '주 예수 그리스도시여! 나를 불쌍히 여기소서.' 라고 하는 것입니다. 이렇게 아무것도 구하지 말고 이 말을 500번만 되풀이한 뒤 나음 행동을 결정합시다. 그때 하나님께서 들려주시는 음성이 있으면 들으십시오."

그것은 명령이었다. 그들은 원탁에 마주앉아 기도하기 시작했다. 아무것도 구하지 않는 그런 기도는 처음이었다. '주 예수 그리스도시여! 나를 불쌍히 여기소서.'라고 400번쯤 했을 때 은희는 더 이상 아무 생각도 나지 않았다. 어머니와 누이동생, 김 선생, 형수, 혁과 그의 가족들, 자기 자신…… 아무것도 생각나지 않는 백지 상태가 되었다. 숨을 쉴 때 성령이 그의 마음 깊숙이 들어오는 것을 느끼며 숨을 내쉴 때 악한 영이 다 나가는 느낌을 갖게 되었다. 아무것도 없는 공간에 예수님만이 함께 계시는 느낌이었다. 500번을 이렇게 한 뒤 그들은 서로 얼굴을 마주보았다. 미운 생각과 원망과 불안과 의심이 다 사라진 환한 혁의 얼굴만이 눈에 들어왔다. 참 신기한 체험이었다.

혁은 다가와 은희를 껴안았다.

"새벽 차로 고향에 내려가 부모님을 만납시다."

은희는 너무나 홀가분하고 황홀한 기분으로 혁을 바라보았다. 그리고 인생은 살아온 연수로 말하는 것이 아님을 새삼 깨달았다. 일곱 살 아래라도 그는 자기를 권위로 인도하고 있었다. 그녀는 혁의 품에서 폭풍을 지나 포구에 정박한 배처럼 평온함을 느꼈다.

(1964년 현대문학 119호)

하늘나라로 통하는 여행

뉴햄프셔는 미국에서도 가을 단풍으로 유명하고, 특히 화이트마운틴 삼림White Mountain National Forest은 그 중 단풍이 유명하여 가을철에는 인터넷을 통해 단풍이 어느 정도 절정인지 알아서 찾아오는 여행객이 많다. 보스턴에 사는 큰아들은 나더러도 꼭 한 번 오라고 했지만 학기 중이어서 가지 못하고 있었다. 그러나 그 곳 단풍 구경을 했던 아내는 몇 번이고 나를 졸랐다. 은퇴도 했으니 이제 강의를 그만두고 뉴햄프셔에 한 번 가자고 했다. 혼자만 보고 와서 나에게 너무 미안하다는 것이었다. 그러나 명예 교수로 있던 나는 강의를 놓지 못했다. 문과 학생들을 위해 새롭게 수학 교재를 개발하여 책을 출판했기 때문에 학생들에게 그 책으로 강의를 해서 강의의 효과를 알아보고 싶었던 것이다. 그래서 이번 가을에도 대학 종합 정보 시스템을 통해 강의 개설을 하고, 교수요목도 만들어 인터넷으로 띄운 뒤 강의를 준비하고 있었다. 그런데 갑자기 여름 방학 동안 교무처에서 연락이 왔다. 이번 6월에 "명예 교수에 대한 규정"이 변경되었는데, 그에 의하면 명예 교수는 만 70이 넘으면 강의를 할 수 없다는 것이었다. 아내는 박수를 치고 나는 아쉬운 마음이었지만, 하나님이 나에게 꼭 단풍 구경을 시키실 모양이라는 생각을 하고 보스턴의 큰아들 집을 찾게 되었다.

보스턴에서 뷰익센추리라는 차를 빌려 아내와 나는 여행을 떠났다. 나이가 들어도 자녀들의 짐이 되지 않겠다는 것이 우리들의 생활 신조였다. 그래서 10일 간 차를 빌려 가능한 한 아들의 시간을 뺏지 않으려고 여행을 시작한 것이다.

화이트마운틴을 돌아보려면 링컨이라는 도시에서 시작하는 것이 가장 좋은 코스였다. 거기에는 여행 안내소 Information Center가 있었다. 그 곳에 들러 가장 아름다운 단풍을 보려면 어떤 길로 가는 것이 좋겠느냐고 물었더니, 금년은 단풍이 그리 좋지 않다고 말하면서 평소에 가장 좋던 칸카마구스 도로112번보다는—그쪽은 콘웨이나 노스 콘웨이 쪽의 상가로 사람이 북적거리기 때문에—시계 방향으로 3번 도로를 타고 북쪽으로 올라가서 트윈 마운틴 쪽으로 돌아 콘웨이를 거쳐 칸카마구스 도로로 'ㅁ'자로 돌아오는 것이 좋겠다고 말했다. 그러나 아내는 칸카마구스 쪽으로 먼저 가자고 했다. 거기가 가장 아름다우며, 몇 년 전 아들과 함께 왔을 때는 30여 마일을 천국을 달리는 기분으로 입을 벌린 채 다물지 못하였다는 것이다. 어떻든 그쪽에 아들이 예약해 준 호텔이 있었기 때문에 먼저 2, 3마일을 달려서 호텔에 짐을 풀고 여행 안내소의 여직원이 알려 준 대로 반대 노선을 통해 돌아보기로 했다. 내 주장이 이긴 것이다. 우리는 누구 주장이 이기느냐가 그 순간 부부 리더십의 패권을 갖는 것이었다. 한 배를 타려면 사공이 하나라야 하는데 우리는 가끔 두 사공이 되어 싸웠기 때문에, 결혼생활 45년의 경험이 사안마다 결정은 어떤 한 사람에게 양보하는 일이었다. 어쩌면 내가 먼 길을 운전해 왔다고 이번에는 아내가 져 주는 것 같았다.

단풍은 예상했던 것처럼 그렇게 아름답지 않다고 아내는 말했다.

"이 정도면 환상적이 아니요?"

처음 간 나에게는 산마다 계곡마다 형형색색의 단풍이 아름다웠다. 그래서 아우트룩(조망을 위해 좁은 길에 주차 공간을 만들어 놓은 곳)이 있는 곳이면 어느 곳이나 다 들러 사진을 찍었다. 중간에 산 꼭대기에 바위로 된 노인의 옆얼굴을 볼 수 있는 곳도 있었다. 나타니엘 호손이 "위대한 바위 얼굴"이라는 단편을 쓴 바로 그 위대한 노인의 얼굴이 먼 산 위에 옆얼굴을 보여야 할 텐데 지난 해 5월에 한쪽이 부서져 떨어져 나가 지금은 그 노인의 모습이 보이지 않았지만 신기했다. 사람들도 그 바뀐 모습을 카메라에 담으려고 열심히 찍고 있었다. 아내는 전에는 여기 단풍도 아름다웠었다며 계속 아쉬워했다. 작년의 아름답던 단풍의 모습을 보여주지 못해 속상해 하는 아내의 모습이 나에게는 단풍보다 더 아름다워 보였다. 기독교인들은 자기만 믿지 왜 남까지 성가시게 믿으라고 끌고 가는지 모르겠다며 예수 믿는 사람들을 웃기는 푼수로 생각하는 자들에게 이 아름다운 경치를 한 번 와 봐라, 권하지 않게 생겼냐고 밀해 주고 싶은 심정이었다. 예수를 믿어 보라고 권하는 것도 이런 심정이 아니겠는가?

트윈 마운틴을 조금 지나면서부터 아내는 기억을 되살리며 얼굴이 밝아졌다 조금 더 가면 백 년이 넘은 마운트워싱턴 호텔Mount

Washington Hotel이 나온다는 것이었다. 그녀는 아들에게 배운 지식으로 나에게 자랑을 하기 시작했다. 이름은 잊었지만 한 산악인이 1792년에(그녀는 숫자를 기억하는 데는 천재였다) 이 곳에 와서 화이트 마운틴의 관광로를 개척했으며, 실제로 마운트워싱턴 산의 정상으로 가는 길도 개척해서 지금도 쓰고 있다는 것이었다. 이제부터는 아내가 관광 안내인이었다. 이 마운트워싱턴 호텔도 1902년에 그 부자가 세운 것이라는데 100년이 넘었지만 아직도 산뜻한 백색에 빨간 지붕을 한 호텔은 너무 멋있었으며, 이런 곳에는 꼭 한 번 투숙하고 싶다는 생각까지 들게 했다. 백 년 전의 모습을 유지하면서도 현대의 고속 인터넷까지 갖추었다고 자랑하고 있는 이층 식당의 전망대에서는 정원과 산등성이의 아름다운 단풍이 보일 뿐 아니라 먼 곳에 흰 눈을 이고 있는 마운트워싱턴 산이 바라보여서 쉽게 떠나고 싶지 않았다. 이제는 왜 자기가 이 곳에 가 보자고 했는지 알겠느냐는 눈빛을 아내는 자주 나에게 보냈다. 그것은 사랑을 하던 처녀 때 보냈던 눈빛과 별 다름이 없는 것이었다. 우리는 다시 젊어지라고 해도 그러고 싶질 않다. 아내와 단둘이서 이렇게 호젓한 여행을 어찌 즐길 수 있겠는가?

그 곳을 떠나 계속 서쪽으로 달리는 302번 선은 크고 작은 폭포들이 있는 곳이었지만 우리는 들르지 않고 좁은 길을 달렸다. 산길이기 때문에 빨리 달릴 수 없어 숙소까지 제대로 갈 수 있는지도 모르는 일이었다. 단풍은 아름다운 곳과 그렇지 않은 곳이 뒤섞여 있었다. 우리는 아름다운 단풍을 보면 감탄하고, 그렇지 않으면 약간 맛이 갔다고 말하며 끝없는 단풍 길을 달렸다. 사람들은 천국의 입구도 이 단풍 길처럼 아름다울 것이라고 상상한다. 이십일 세기의 뷰익센추리를 타고 천국 입구까지 갈 수 있을까?

번화하다는 콘웨이 쪽도 그리 사람이 많지 않았다. 인디언인 칸카마구스의 조부가 이 곳에 정착해서 살았다는데, 지금 이 근방은 번화한 여행객을 위한 상가가 되어 있었다. 상가보다도 우리를 더 황홀하게 한 것은 띄엄띄엄 있는 집들이 아름다운 단풍나무로 둘러싸여 그림 엽서를 보는 것 같은 것이었다. 칸카마구스는 17개 부족을 통일하고 백인들과 평화롭게 살기를 원했는데 백인과의 피비린내 나는 싸움 끝에 300여 년 전에 뉴햄프셔의 북쪽이나 캐나다 쪽으로 쫓겨났다고 한다. 그 피 빛깔이 붉게 단풍을 물들이고 있는지도 모를 일이었다.

드디어 칸카마구스 112번 도로로 들어왔다. 아내가 환상적이었다고 노래한 도로였다. 이 도로는 쌍방 통행을 하는 좁은 길이어서 양편의 단풍이 더 아름답게 보인다고 했다. 아내는 노래를 부르기 시작했다.

　　참 아름다워라 주님의 세계는
　　저 솔로몬의 옷보다 더 고운 백합화…….

"갑자기 무슨 백합화야. 어울리지 않게."
그러나 아내는 듣지도 않고 계속했다.

　　주 찬송하는 듯 저 맑은 새 소리
　　내 아버지의 지으신 그 솜씨 깊도다.

나는 찬송가의 가사를 외우지 못한다. 그래서 찬송에서 감동을 못 받는 편이다. 가끔 아내는 찬송을 하다 말고 맛이 간 단풍을 원망했다. 전에는 그렇지 않았으며, 정말 그 때는 이 길이 천국으로 통하는 길 같았다고 되풀이해서 말했다. 그러다가 아름다운 길이 또 나타나면 찬송을 하기 시작했다.

주 하나님 지으신 모든 세계 / 내 마음속에 그리어 볼 때
하늘의 별 울려 퍼지는 뇌성 / 주님의 권능 우주에 찼네.
주님의 높고 위대하심을 내 영혼이 찬양하네.
주님의 높고 위대하심을 내 영혼이 찬양하네.

"나 죽으면 무슨 찬송 해 달라고 했지요?"
"그 때는 나도 없을 텐데, 아들들에게 부탁해 놓지 그래."
"당신은 오래 살 거예요."
"왜?"
"내가 식사할 때마다 '수' 자가 쓰인 숟갈은 당신 드리고 나는 '복' 자가 쓰인 숟갈로 먹지 않아요?"
"그것보다도 당신의 호기심을 만족시키기 위해서는 오래 살면서 기사 노릇을 해 줘야 할 텐데……. 어디 바쁜 애들이 당신 데리고 다니겠소?"
"십 년 뒤에도 이렇게 여행할 수 있을까요?"
"팔십둘이라, 그 때도 해야지요. 우리는 건강하지 않아요?"
"그 때까지 기다리지 말고 빨리빨리 다닙시다. 골다공증이나 관절염이 생기면 어떻게 다니겠어요."

"우리가 죽으면 천국에서 만날 수 있을까요?"

아내가 물었다.

"이 세상과 천국은 연속선상에 있지 않아요."

"그게 무슨 소리예요?"

"이 뷰익 차를 타고 천당 입구까지 갔다가 거기서 내려서 천국 문으로 들어갈 수 없다는 말이요."

"같이 죽는 게 아니고 내가 가서 기다리면 당신이 오느냐는 말이에요."

"내 말은 이 세상의 끝과 천국의 시작은 이어져 있지 않고 불연속이라는 것이요. 다시 말하면 이 세상에서는 시계가 째깍째깍 움직이면서 시간이 흘러서 늙고, 죽고, 지구가 달처럼 사막이 되고 그러지만, 천국의 입구에서부터 시계는 사라지고 시간이라는 것이 깡그리 없어진다는 말이요. 우리가 죽어서 가는 세상에서는 육체는 썩어 흙으로 돌아가고 영혼만 음부라는 곳에 가서 과거도 현재도 미래도 없는 곳에 머물러 있게 된다는 말이요."

"천당에 가는 것이 아니구요?"

"음부에는 낙원과 옥이라는 곳이 있는데 구원받은 사람은 낙원에 머무르게 되고 불순종한 사람은 옥에 갇혀 있게 되지요. 낙원과 옥 사이에는 건너갈 수 없는 심연이 있다고 그래요."

"언제까지 거기 있게 되는데요?"

"예수님이 재림하실 때까지지요. 주께서 호령과 천사장의 소리와 하나님의 나팔로 친히 하늘로 좇아 강림하시면 모든 낙원에 있는 영혼들이 육체를 가지고 부활한다는 거지요."

"썩은 육체가 다시 소생하나요?"

"시간 속에 있는 육체가 다시 소생할 수는 없지요. 썩지 아니할 육체, 병들지 않고, 고통이 없고, 남·여가 없는 하늘의 형체로 다시 태어나는 것이지요."

"그럼 누가 누군지 알아볼 수 있나요?"

"알아본다는 것이 아무 뜻이 없어요. 이들은 다 망각의 레테 강을 건넌 사람들이지요."

"그럼 사랑하는 사람을 보낼 때 '요단강 건너가 만나리.' 하고 찬송하는 것은 무슨 뜻이에요? 세상 사람들이 말하듯 이건 종교라는 이름으로 하는 사기극이란 말이에요?"

아내는 좀 흥분한 것 같았다.

"아니요, 구원을 받고 갔기 때문에 낙원에 있으리라고 확신하는 것이지요. 그리고 나도 그 곳에 가기 때문에 만날 수 있다고 이 세상의 연장선상에서 생각하는 것 아니겠어요? 사람의 경험과 말로 설명해야 하니까요. 또 그 때는 영적인 눈이 뜨여서 형체가 없어도 알아볼 수 있을지도 모르지요. 예를 들어 변화산에서 베드로와 요한과 야곱이 모세와 엘리야를 단번에 알아봤는데 초상화도 없었던 시대에 어떻게 천여 년 전의 모세와 팔백여 년 전의 엘리야를 알 수 있었겠소."

아내는 얼마 동안 말이 없더니 새로운 결론을 낸 듯 말했다.

"그건 당신이 꾸며낸 이야기지요. 꼭 이단 종파에 홀려든 것 같아요. 나는 그렇게 복잡하게 예수 안 믿을래요. 잘 믿으면 천당 가고, 새벽 기도, 십일조 잘 내고 주의 일에 헌신하다 죽으면 주께서 행한 대로 갚아 주시며, 주의 우편에 앉혀 주시고, 의의 면류관, 영광의 면류관을 씌워 주신다는 것을 믿고 살래요. 당신이 가 보지 않고 어떻게 그렇게 말할 수 있어요?"

아내는 이제는 단풍 구경도 시들해졌고, 내 말에도 신임이 안 가고 흥미를 잃은 것 같았다. 그러나 나는 계속해서 말했다. 물론 내가 가 보지 않았기 때문에 내 말을 안 믿을 수도 있다. 우리가 죽은 후를 예견하려면 인간의 머리로 추리하고 상상하는 것과 하나님께서 계시와 환상으로 알려 준 것을 통해 예견해야 하는데 이 두 가지가 다 과오를 범할 수 있다. 첫째로 인간의 두뇌는 추리에 한계가 있고 이 지상의 모델로 천국을 생각하게 된다. 즉 천국은 화려한 성으로 되어 있으며 벽옥과 정금, 남보석, 녹보석, 홍보석, 황옥으로 치장되어 있고, 또 하나님과 어린양 보좌에 둘려 이십사 보좌들이 있고 그 보좌들 위에 이십사 장로들이 흰 옷을 입고 머리에 금 면류관을 쓰고 앉아 있다고 생각한다. 환상과 계시도 마찬가지다. 하나님께서 보여주신 것이지만 인간에게 설명하기 위해서는 인간의 경험과 용어를 써야만 한다. 그래서 천국은 이 세상에 있는 것처럼 왜곡되기 마련이다. 바울은 고린도 교회의 교인들이 너무 환상과 계시에 취해 있는 것을 보고 경고하며 자기의 체험도 이야기했다. 그는 낙원으로 이끌려 가서 말할 수 없는 말을 들었으니 사람이 가히 이르지 못할 말이라고 했다. 또 하나님이 자기를 사랑하는 자들을 위해 예비한 모든 것은 눈으로 보지 못하고, 귀로도 듣지 못하고, 사람의 마음으로 생각지도 못한다고 말했다. 천국은 사람의 이해를 초월한 것이다. 그래서 인간의 눈으로는 볼 수 없으며, 인간의 귀로는 들을 수도 없으며, 인간의 마음으로는 정확히 생각할 수도 없다는 것이다. 그러나 천국은 우매한 인간을 순한 가금家禽으로 길들이기 위해 꾸며놓은 곳이 아니다.

이런 복음은 안 믿는 자에게는 어리석은 것이지만, 믿는 자에게는 구원의 능력이 된다. 천국이 있다고 믿어라. 그러면 그 곳에 천국이 있다. 다만 고린도 교인들처럼 지상에서 발을 떼고 하늘나라에 부평초처럼 매달려 행복한 가정을 파괴하지 말라. 너희 몸을 귀신의 집으로 만들지 말고 성령의 전으로 보존하라.

이렇게 열을 올리며 옆을 보았더니 아내는 잠들어 있었다. 그럴 만도 했다. 링컨까지 달려온 시간은 그만두고도 산길만 세 시간 이상을 달리고 있었다. 그런데다 나는 성경의 레위기보다도 더 지루한 이야기를 하고 있었으니 졸리지 않을 수가 없었을 것이다. 외롭게 혼자가 되자 나는 입을 다물고 앞만 보고 달리기 시작했다. 얼마쯤 달렸을까?

정말 화려한 단풍 길을 달리고 있었다. 그것은 아내가 말한 그대로 하늘로 통하는 단풍 길 같았다. 이렇게 아름다운 단풍 길은 보지 못했다. 얼마나 아름다운지 말로 표현할 수가 없었다. 누군가에게 이것을 보여주지 않으면 견딜 수 없을 것 같았다. 나는 아내를 부르다가 깜짝 놀라 정신을 차렸다.

나는 내 차도를 벗어나 차가 달려오는 반대편 차선을 달리고 있었다. 나도 한 순간 아내와 같이 졸았던 것이다. 등골이 오싹해졌다. 그런데 다행한 것은 아무 차도 달려오지 않고 있었다는 것이다. 뒤에도 앞에도 차가 없었던 것이다. 우리는 정말 하늘나라로 갈 뻔했다. 차를 옆으로 세웠다.

"뭐 하는 거예요?"

"너무 감사해서 기도하려고."

"그렇다고 길 옆에 이렇게 세워 놓으면 어떻게 해요. 빨리 달려요."

아내는 정신이 드는지 카랑카랑한 목소리로 명령했다.

"기도하고 갔으면 좋겠는데……."

"글쎄, 달리다 보면 루크아웃이 나타날 거예요."

"안 나타나면?"

"글쎄, 가 보라니까요."

이번에는 아내가 주도권을 잡은 것이다. 그녀의 주도권은 언제나 강압적이었다. 내가 기독교인답지 않은 외람된 말로 자기 믿음을 혼란케 했다고 화가 난 것일까? 아무튼 나는 순종해야 매사가 순조롭다는 것을 터득한 지 오래다. 한참 가니 루크아웃이 나타났다.

"이제 기도하세요."

"당신은 안 하고?"

"나는 심장이 약해서 지금 숨도 제대로 못 쉬겠어요. 나 심장 수술 받은 것 알지요?"

나는 기도했다.

"하나님, 우리를 지켜 주신 것을 감사합니다. 어떻게 해서 우리를 이렇게 살려 주십니까? 하나님께서 함께 하신다는 말을 수없이 하면서 어떻게 함께 하시는지 둔해서 깨닫지 못했는데 이제야 그것을 알게 됩니다. 아직도 저희들에게 주님을 위해 할 일을 남겨 두셨습니까? 저희의 남은 생명까지 아끼시니 저희가 주를 위해 무슨 일을 해야 하겠습니까?"

다시 달리기 시작하자 아내가 말했다.

"당신 천당이 어쩌고저쩌고 해서 하나님께 벌 받았다고 생각하지 않으세요? 그런데 왜 회개하는 기도는 하지 않아요? 그리고 당신은 아직도 그 교만을 못 버리고 있어요. 당신이 주를 위해 무슨 일을 할 수 있다고 '주를 위해 무슨 일을 해야 하겠습니까?' 하고 기도를 하는 거예요? 지금까지 우리는 신앙 좋은 분의 본을 받아 하나님께 우리를 맡기고 살아왔어요. 이제부터는 우리가 자녀들에게 그리고 이웃에게 선배들처럼 신앙의 본을 보이며 살면 되는 거예요. 또 은퇴했으니 중국 선교 떠나겠다는 말 하려고 그런 기도 했어요?"

아내는 언제나 나에게 침을 놓고, 나는 그 침 때문에 깨달음을 얻을 때가 많았다.

"처음부터 내 말 듣고 칸카마구스를 먼저 왔으면 그런 일이 없었을 거예요. 이게 뭐예요. 서쪽을 향해 달리고 있으니 눈도 부시거니와 역광이 되어 단풍 색이 전혀 아름답지 않잖아요?"

그런지도 몰랐다. 그러나 302번의 좁고 험한 길에서 이런 일이 일어났다면 어쩔 뻔했는가? 아내의 직관은 언제나 내 이론을 앞섰다.

아내는 갑자기 생각난다는 듯이 물었다.

"참, 내가 잠자다가 생각난 것인데요. 거지 나사로는 죽어 아브라함의 품에 안겼는데 그때 음부에 빠진 부자가 아브라함과 이야기하는 구절이 나오지요? 어떻게 영계에서 영혼들이 서로 알아볼 수 있었어요? 그들은 육체를 가지고 있었나요? 그리고 그들이 과거에 서로 부자와 거지 사이였다는 것을 기억할 수 있었나요?"

"잘 모르겠는데……."

나는 솔직히 고백했다.

"천상의 일은 우리의 이해와 상상을 초월하니까 그런 일도 일어나는 모양입니다."

"그럼 알은체를 말아야지요. 그리고 불신자가 죽으면 귀신이 되나요?"

"귀신은 사탄의 심부름꾼이라고 해요, 마치 천사가 하나님의 사자인 것처럼. 그들은 의심하는 사람들의 마음을 집으로 삼고 살고 있는데, 죽으면 다시 나와서 방황하다가 성령이 없는 빈 집에 들어가 사는 것이지요. 그래서 불신자가 죽어서 귀신이 되는 것은 아니지요."

"어디서 그런 생각을 해냈어요. 천상의 세계에서 일어나는 일들을 인간의 이성에 맞춰 짜 맞추려는 생각은 맞지도 않거니와 위험한 것 같아요. 아예 하나님께 맡기고 평안하게 사는 것이 낫지 않겠어요?"

나는 아무 말도 하지 않고 운전을 계속했다. 만일 사고가 났다면 우리 둘은 어떻게 되었을까를 생각하면서······.

숙소는 룬 산마루에 있는 산악인의 클럽The Mountain Club on Loon이라는 이름을 가진 곳인데 호텔이라기보다는 산을 찾아온 가족들을 위한 콘도였다. 겨울철에는 스키장이 개장되는 곳으로 창문을 통해서 보면 룬 산과 언덕의 단풍들이 아름답게 물들어 있는 환상적인 숙소다. 112번의 단풍을 보는 사람들에게 알맞은 장소이며, 스키장 정상을 올라가는 콘도라가 가까운 곳에 있고, 자전거, 말들을 빌려 타고 갈 수 있으며, 그냥 등산 장비로 올라갈 수도 있고, 암반 등산도 할 수 있는 곳이다. 그런 곳에 앉아서 밥에 뜸이 드는 구수한 냄새를 맡는 것은 말할 수 없는 행복감을 가져다 주었다.

우리는 여행을 할 때는 작은 밥통을 가지고 다닌다. 저녁이면 밥을 해서 다음날 들고 다니며 적당한 휴게소Rest Area의 의자에 앉아 마른 반찬과 함께 먹는데, 언제나 호텔에서 밥을 할 때는 짠돌이 동양인 같은 느낌이 들어 약간 께름칙하다. 그런데 이 곳은 모든 요리 시설이 다 된 콘도이기 때문에 스테이크 요리를 해먹지 못한 것이 아쉬울 정도다. 뉴햄프셔의 화이트 마운틴을 여행하는 사람에게 권하고 싶은 호텔이다. 인터넷 사이트 loonmtn.com에서도 만날 수 있다.

저녁 식사 때는 아내가 기도했다.

"주님은 문이십니다. 그리고 우리로 하여금 그 문에 들어가게 하시고, 기도를 들어주시고, 생명을 얻되 더욱 풍성히 얻게 하시니 감사합니다. 건강 주신 것 감사합니다. 생명을 연장시켜 주신 것 감사합니다. 특히 좋은 남편 주신 것 감사합니다. 귀한 음식 주신 것 감사합니다."

나는 '좋은 남편' 이라는 말에 귀가 번쩍 띄었다. 아내에게 흔하게 칭찬을 듣지 못한다. 그러나 가끔 아내의 기도 속에서 칭찬의 말을 들으면 기분이 우쭐해진다. 그리고 아내의 주도권 때문에 자존심을 잃고 있다가도 기도를 듣는 순간 모든 응어리가 포근히 녹아나는 것을 느낀다. 다혈질은 칭찬을 좋아한다고 한다. 그렇게 보면 나는 아무래도 다혈질인 것 같다. 어떻든 하늘나라로 통하는 길을 달리고 온 나는 기분 좋고 감사할 뿐이다.

전등불이 우리들의 볼을 단풍처럼 붉게 물들인다.

(2005년 장로문학 제8호)

내 손으로 밥을 지어 주고 싶다

임봉녀 할머니가 백두산, 두만강 국경 지대 여행에 동참하기로 했다. 여든다섯도 넘은 할머니였지만 북한의 국경 지대라도 가 보고 싶다는 임봉녀 할머니의 간절한 청을 거절하지 못하여 그 아들 김길상이 동행한다는 조건하에 이 여행에 참석시키기로 했다. 2000년 남북 이산가족 상봉 때 아들을 만난 임봉녀 할머니는 다시 한 번 만나 볼 수 있을까 하고 기대했으나 기회가 오지 않자 죽기 전에 이북 국경 지대라도 보고 싶다고 말했다. 6·25 때 실종된 아들을 만난 것은 꿈과 같은 기쁨이었지만 그것도 잠깐이요 수 년 간 영영 만날 수 없다는 것이 그녀를 더 안타깝게 했다. 아들에게 자기 손으로 밥 한 끼라도 따뜻이 해 주고 싶다는 것이 소원이었다. 생사를 확인했으면 전화는 어려울지라도 이제 서신이라도 교환할 수 있어야 하지 않겠는가? 감옥에 있는 죄수도 검열을 통해 서신을 교환하고 사식을 넣어 줄 수도 있는데, 왜 다시 만나면 안 되고 안부도 전할 수기 없는가?

그러나 국가에서는 남한만도 이산가족 수는 767만 명에 달하며, 직접 분단을 경험한 이산가족 수도 123만 명이나 되어서, 이들에게 공평하게 한 번이라도 만나게 해 주려면 한 번 만난 사람에게는 다시 만날 기회를 줄 수 없다는 것이었다.

임봉녀 할머니는 자기는 다 늙어서 쓸모가 없으니 이북으로 보내 주면 죽기까지 아들에게 밥이나 지어 주고 살고 싶다는 것이었다. 남쪽에 있는 아들들은, 자기 나름대로 살게 되었으며 함께 지냈기 때문에 50여 년을 만나지 못하고 몽매에도 잊지 못한 아들 곁으로 자기를 보내 주면 되지 않겠는가, 자기 같은 사람에게 사상과 이념이 무슨 소용이 있는가, 또 인간이란 살고 싶은 데서 살아야 하는 것이 아닌가, 이제 살 만치 산 노인이 누구의 눈치를 보고 묶여 있어야 하는가, 라고 생각했다.

1.

임봉녀 할머니는 나이에 비해 훨씬 건강했다. 그래서 인천에서 심양을 통해 연길까지 비행기로 여행하는 데 아무 탈이 없었다. 그녀는 평생 외국 여행이라고는 이번이 처음이었다. 비행기 여행도 남편이 살아 있을 때 제주도를 가 보고 이번이 두 번째였다. 그러나 멀미도 없이 젊은 사람 못지않게 건강했다. 심양에 와서 시간이 남아 한국인 거리인 서탑에 갔는데, 거기서 그녀는 깜짝 놀랐다. 거리가 한국과 조금도 다름이 없었기 때문이다. 모든 간판이 한국어로 되어 있었고, 상점, 음식점 등이 한국과 같았으며, 그 곳 사람들은 다 한국말을 하는 것이었다. 그녀는 북한에 있는 자기 아들도 이 곳에 와서 산다면 얼마나 좋을까 하고 생각했다. 그러면 가끔 와서 함께 살며 따뜻한 밥도 자기 손으로 지어 줄 수 있겠다는 생각을 한 것이다. 6·25 때 그가 떠난 뒤 행여 집으로 들어올까 해서 문도 잠그지 않고 놋그릇에 밥을 담아 털실로 짜서 만든 그릇 덮개로 씌우고 아랫목 이불 속에 넣어 둔 채 얼마나 오래 기다렸던가?

그 아들은 성질이 급해서 싸움을 잘 하고, 그럴 때면 늘 제 아버지께 매를 맞고 집에서 쫓겨나기도 했었다. 그럴 때면 고개 하나를 넘으면 있던 큰댁에 피해 있었는데, 그녀는 아들의 버릇을 고쳐야 한다는 남편의 독특한 처벌 방법 때문에 아들을 데리러 가지도 못했다. 남편의 분노가 가라앉기까지 기다리면서 반찬과 국을 남겨 놓고 가서 달래어 데려온 뒤 따뜻한 밥하고 국을 데워서 따로 차려 주곤 했던 것이다. 남편은 칠 남매 중에서 왜 그 애만 그렇게 미워했던 것일까? 아마 그가 자기 성격을 가장 많이 닮았기 때문일 것이다. 6·25가 되자 그는 집을 뛰쳐나가 버렸다. 똑같이 사랑했지만 제일 사랑을 느껴 보지 못했던 아들이 이렇게 멀리 떠나 버린 것이다. 임봉녀 할머니는 어떻게 하면 그에게 자기의 한결같은 사랑을 전해 줄 수 있을까 하고 늘 안타까워했었다.

그녀는 그가 오십 리 떨어진 초등학교 교정에서 인민군 훈련을 받고 있다는 소식을 듣고 아직 두 살짜리인 딸을 업고 걸어가서 그를 만났다. 그런데 아무것도 해 줄 수가 없었다. 만나고 싶은 일념으로 서시까지 걸어갔는데 수중에는 돈도 없었고 그를 빼내올 계책도 없었다. 그냥 쳐다보면서 "건강해야 한다."고 한마디 했을 뿐이다. 그는 아버지를 미워해서 떠난 것이 아니었다. 그는 부모와 형제들을 사랑하고 있었다. 그래서 행여 자기라도 그 곳에 가 있으면 가족들이 덜

다칠까 봐서 그리한 것이 분명했다.

휴전이 되고 포로 교환이 시작되었다. 그래서 신문의 명단을 다 뒤졌지만 그의 이름은 없었다. 철수 도중 사망했을 것이 분명했다. 그러나 임봉녀 할머니는 그의 생일마다 미역국을 끓였다. 그때 가족 중에서 웬 미역국이냐고 묻는 사람은 아무도 없었다. 그렇게 수 년이 지난 뒤 그녀는 가끔 먼 산을 바라보고 앉아 있을 때가 많았다. 꿈을 꾸었는데 돼지들이 홍수에 마구 떠내려 가는 것을 보았다는 것이다. 그래서 한 돼지를 가까스로 구해내서 잘 먹여 주고 왔다는 것이다. 그 아들은 돼지 띠였다.

임봉녀 할머니는 자기가 죽기 전에 그 아들을 다시 한 번 만나고 따뜻한 밥 한 끼를 먹여 주었으면 좋겠다는 생각을 하며 서탑의 이곳저곳을 그 생각만으로 걸어 다녔다.

"어머님, 참 잘 걸으시네요."

일행 중 한 사람이 말했다.

"걸음은 잘 걷지라우."

그녀는 미소하며 짧게 대답했다. 같이 동행하고 있던 아들도 그냥 미소만 짓고 있었다. 그녀는 버스비를 아껴서 삼십 리 길을 걸어 시장에 갔다가 돌아올 때 짐이 무거운 경우만 버스를 타는, 그런 전형적인 시골 어머니였다.

2.

연길 공항에는 연변 조선족이 한 사람 안내인으로 나와 있었다. 그는 시인이었다. 이 모임은 한·중 문학 세미나로 중국 작가협회가 한국의 기독교문인협회 회원을 초청하는 형식으로 되어 있었다. 임봉녀 할머니는 그들과 아무 상관이 없었지만 저녁 리셉션에는 참가해서 저녁을 먹었다. 음식점은 한국 여행객이라면 잘 들른다는 〈해당화〉라는 곳이었다. 이 음식점은 북한이 경영하는 음식점으로 북한 여인들이 호스티스로 한복을 입고 식당에 나와 노래도 부르고 손님 접대도 하기 때문에 북한에 가 볼 수 없는 한국 여행객들이 북한을 방문한 것 같은 대리 만족으로 이 곳을 잘 들르는 모양이었다. 그 호스티스들에게 무슨 특별한 정보라도 얻을 수 있을까 해서 여러 가지 물어 보지만 한국에서 가지고 있는 지식 이상으로 이북에 대해 얻을 수 있는 것은 없었다. 그러나 김일성 배지를 가슴에 착실히 달고 나와 북녘 노래를 부르는 것을 듣는 것만으로도 만족한 듯했다.

 임봉녀 할머니는 이상한 광경을 본 느낌이었다. 북한처럼 그렇게 꽉 막혀 있는 나라에서 어떻게 이렇게 호화로운 음식점을 중국에서 경영할 수 있는가? 이 곳에 나와서 장사할 수 있는 사람들은 어떤 사람들인가? 또 그 종업원으로 이 곳에 나올 수 있는 사람들은 어떤 사람들인가? 자기 아들은 왜 이런 사람들 속에 끼어 나올 수 없는가? 이북에도 자기 손녀가 있다고 들었는데 그런 애들도 이 곳에 나올 수 있지 않을까? 그렇다면 그들에게서 부모의 소식을 직접 들을 수도 있을 텐데…….

 아들은 어머니를 붙들고 설명하기에 바빴다. 이런 음식짐은 다 나라에서 돈을 벌어들이기 위해 훈련된 당원들을 보낸 것일 게다. 종업원들도 마찬가지다. 따라서 이 곳에 나온 요리사들은 다 기술자들이다. 기술이 없는 형이 어떻게 요리사로 같이 나올 수 있겠는가? 또 설령 기술이 있고 딸들이 예쁘다 할지라도 남한에서 올라온 사람들은 성분이 불량하다고 배제될 수도 있다. 그 곳에서 무사히 잘 살고 있는 것만으로도 만족해야 하지 않겠는가? 만날 수 있는 길은 누군가 북한으로 들어가는 일인데 거의 불가능하다. 북한에 과학기술대학이 설립되면 초빙 교수로 누가 갈 수 있을지 모르지만 미국이나 중국 등 외국 시민권을 가진 사람이면 모르지만 한국 시민권을 가진 사람은 세계적 석학이 아니라면 입국이 거의 불가능할 것이다. 가뜩이나 어머니는 갈 수가 없다.

대개 이런 설명이었다.

"어머님은 백두산이나 두만강변을 지나는 것만으로 만족하셔야 할 것입니다."

"하나님도 할 수 없다냐?"

"그분도 이것만은 어쩔 수 없을 것 같아요. 어머니가 오래 사셔서 통일을 기다리는 수밖에요."

다음날은 연변과학기술대학에서 연변민간문예가협회 주석 등이 참석한 한·중 세미나가 열리는 날이었다. 그동안 임봉녀 할머니는 일행이 주의시킨 대로 호텔에서 아무 곳에도 가지 않고 날라다 주는 식사를 하면서 방안에서 뒹굴뒹굴 했다. 아니, 뒹굴거린다기보다는 어떻게 하면 아들을 만날 수 있을까 하고 궁리하고 있었다는 것이 옳은 표현이었다.

3.

다음날 백두산을 향할 때는 날씨가 흐렸다. 맑은 날에도 백두산은 그 신령한 자태를 잘 나타내지 않는다는데 흐린 날씨로 여간 걱정되는 것이 아니었다. 그러나 네 시간 남짓 달리는 동안 여러 가지 북한 이야기가 나왔다. 안내로 왔던 조선족 시인이 장황하게 북한의 어려운 사회상을 이야기하기 시작한 것이다.

1990년대가 가장 어려운 때였는데 먹을 것이 없어 굶어 죽는 사람이 부지기수였다고 한다. 쌀이 없어 나무 껍질을 벗겨 먹어, 산에 얼마 남지 않은 나무들은 고사했다. 나무 껍질은 삶아도 삶아도 너무 딱딱해서 먹을 수가 없어 삶다가 꺼내어 방망이로 두들기고, 다시 삶고, 이러기를 몇 번 한 뒤에는 양잿물을 넣어서 부드럽게 한 다음 먹었다. 젊은 부부가 효도하고 애들 기르다가 먹지 못해 먼저 죽고 노부부와 애들이 다음에 죽었다. 어딜 가도 굶어죽은 사람들의 시체가 곳곳에서 눈에 띄었다. 국경 감시자가 좀 소홀하게 생각하는 어린애들이 두만강을 건너가 중국 땅에서 구걸을 하고 돌아와 끼니를 이었는데, 이런 길거리를 헤매는 꽃제비들이 무수히 많았다. 살 수가 없는 처녀들은 안내자에게 돈을 주고 두만강을 건넜는데, 두만강은 수심이 낮아 가슴에 와 닿을 정도인 곳도 많다. 그러나 국경 경비가 심해 안 볼 때 해치우고 볼 때는 날래게 숨는 빨치산 수법을 써야 한다. 어쩔 때는 굶으며 몇십 리를 걸어야 하고, 도강한 뒤로도 중국 공안에게 붙들리지 않기 위해 낮에는 숨어 살고 밤에만 행군하는 일을 계속해야 한다. 근 도시에 와서도 친척이 있으면 몰라도 그렇지 않을 때는 한족漢族 집에 팔려가 성폭행을 당하고, 마침내는 다른 곳으로 팔려가 또 노리개가 되고 노동하며 짐승 같은 생활을 해야 한다. 그러다가 중국 공안원에게 붙들리면 도강죄로 북조선으로 송환되는데,

그 때는 맞아 죽거나 병신이 되는 경우가 많다. '민족 반역자 새끼' 라는 매도와 함께 구둣발과 각목으로 피투성이가 되게 얻어맞고 종래에는 농포 집결소라는 곳에서 강제 노동을 하게 된다. 붙들려온 여자 중 임신한 자들은 반역자가 "중국 씨종까지 배 왔다."고 욕하며 발길로 배를 차서 하혈하고 죽는 경우도 많다.

안내원은 자기가 북한에 있는 친척을 찾아간 이야기를 계속했다.

쌀을 가지고 갔더니 밥을 지어 내놓았는데 왜 그렇게 흰 쌀이 검은 쌀이 되었는지 처음에는 의심했다. 그러나 그것은 검은 쌀이 아니라 그렇게 많은 파리 떼가 도망갈 줄 모르고 밥그릇 위에 붙어 있었기 때문이다. 또 밤에 잠을 자려고 불을 끄면 어디서 나타났는지 공수작전이나 하는 것처럼 빈대들이 천정에서 뚝뚝 떨어져 와 몸을 뜯어 먹는다. 진실만 말하고 거짓말 말라고 할지 모르지만 이것은 직접 보고 겪은 진실이다.

임봉녀 할머니는 이야기를 듣는 동안 가슴이 후려 파이는 아픔을 느꼈다. 어쩌면 그렇게 한 나라가 둘로 나누어져 틀리게 살 수가 있을까? 좀 나누어 먹고 살 수는 없을까? 어쩌자고 그 곳에 가서 이런 고생을 하고 살아야 하는가? 그래서 자기 아들은 그렇게 담배를 많이 피고 술을 많이 마시나 보다고 생각했다. 그 손은 못이 박히고 굳어진 늙은 농부의 손이 아니었던가?

화룡을 지나면서부터 비포장이었지만 울창한 원시림을 볼 수 있었다. 임봉녀 할머니는 젊어서 압록강변의 목재들에 대해 듣던 이야기를 상기했다. 그 곳은 산림이 얼마나 울창한지 백두산부터 벌목을 시작하여 압록강 하류까지 다 베고 나면 다시 백두산에는 울창한 산림이 자라 있다고 동화처럼 이야기하던 그 압록강변의 산림 이야기 말이다. 이런 산길을 지나 이도백하二道白河를 지나자 장백폭포가 보이는 백두산 마루에 도착했다. 이야기로만 듣던 백두산에 도착한 것이다. 운 좋게 날씨는 쾌청해졌다. 그러나 주변에서는 우산과 우비를 팔고 있었다. 아래쪽은 쾌청하지만 위로 올라가면 비가 온다는 것이었다. 점심 후 그들은 백두산 등정을 시작했다. 여기서부터 천지까지는 지프차로 30분쯤 올라가야 하는데 길이 구불구불하고 운전이 거칠어 임봉녀 할머니는 안 올라가는 것이 좋겠다고 일행들이 권했다. 또 올라가더라도 거기서부터 도보로 가파른 길을 올라야 정상에 갈 수 있는데 할머니는 어렵다는 것이었다. 그러나 그녀는 여기까지 왔으니 정상은 갈 수 없을지라도 그 가까이까지라도 지프차로 가 보겠다고 우겼다. 인솔 책임자는 불의의 사고가 있을까 봐 걱정했으나 끝까지 어른 말을 거역하지는 못했다.

위로 올라가자 안개가 자욱하게 끼어 앞이 잘 보이지 않았고 보슬비도 내리기 시작했다. 목욕재계 하지 않은 등산객이 많아선지 영산은 그 모습을 감추어 버린 것이다. 모두 지프차에서 내렸다. 이 차들은 순서대로 서서 관광을 마친 다음 사람들이 타기를 기다리고 있는 것이었다. 임봉녀 할머니는 비록 건강했지만 비포장도로를 너무 거칠게 운전하여 달려왔기 때문에 현기증을 일으키고 있었다. 임봉녀 할머니와 아들은 지프차에서 등산을 포기하고 앉아 기다렸다.

돌아와서 장백폭포를 구경하고 유황 냄새 나는 하류에서 뜨거운 물로 계란을 쪄서 파는 것을 구경하고 또 사 먹곤 했다. 그녀는 마치 꿈을 꾸고 있는 것 같았다. 모든 것이 상상도 할 수 없는 것이었다. 죽어서 아들을 만나러 가는 길에 보고 느끼는 광경 같았다. 이렇게 끝없이 꿈길을 걷고 가다가 갑자기 아들을 만날 수 있었으면 좋겠다고 생각했다.

임봉녀 할머니는 그날 밤 자면서 깊은 잠이 들지 않아 횡설수설한 꿈을 많이 꾸었는데 아들은 만나지 못하고 전혀 뜻밖에 동생을 만났다. 그는 장남이라고 신학문을 했는데 어느 날 농사를 짓는 아내와 두 아들을 남겨 두고 감쪽같이 땅을 팔아 그 돈을 챙겨 집을 나가 버렸다. 북간도로 갔다는 소문이 있었는데 그 뒤로 소식이 끊어져 죽은 것으로 알았던 그 동생을 만난 것이다.

"누님이 여기에 웬일이십니까?"

"자네는 지금까지 살아 있었어?"

"죄송합니다. 저는 불효 자식입니다. 아내와 아들을 홀어머니에게 맡기고 와 버렸으니……."

"그래, 살아 있었어?"

그러면서 얼굴을 만지려 하는데 그는 사라져 버렸다. 어떻게 지금까지 까마득하게 잊고 있었던 동생이 나타난 것일까? 그는 살아 있을 리 만무했다. 지금쯤이면 그도 80이 다 된 노인일 텐데 친척과 조상의 묘를 버리고 떠나 이 외딴 곳에서 살아 남아 있을 리가 없었다. 그녀는 자기도 죽을 때가 다 되어 저승 객이 된 동생을 만난 것이라고 생각했다.

4.

연길로 돌아오면서 그들은 용정, 일송정, 해란강 등을 돌아보았다. 일송정에는 큰 소나무가 있었는데 한국의 독립 투사들이 늘 그 곳에 모여 회의를 했기 때문에 폭격을 했으나, 그래도 소나무가 죽지 않아서 나무에 약을 주입해서 죽여 버렸다 한다. 지금은 그 곳에 늦게 심은 작은 소나무 하나와 팔각정의 정자가 서 있었다. 일행들은 감격스러운 듯 멀리 보이는 해란강을 바라보며 선구자의 노래를 불렀다.

일송정 푸른 솔은 늙어 늙어 갔어도
한 줄기 해란강은 천 년 두고 흐른다.
지난 날 강가에서 말 달리던 선구자
지금은 어느 곳에 거친 꿈이 깊었나.

21세의 망명 청년이 작곡했다는 것 때문에 더 가슴이 저리는 가곡이라고 말하며 일행들이 노래를 부르고 있는 동안 임봉녀 할머니는 전날 꿈에 보았던 동생을 생각했다. 그도 이 용정 바닥을 헤맸을까? 한국 농부들은 땅을 빼앗기고 광활한 농토가 있다는 북간도로 들어왔고, 청년들은 징병을 피해 또는 항일 운동을 하다가 쫓겨서 이 곳 만주로 왔다. 그리고 아예 독립 투사가 된 것이다. 한국에는 김좌진 장군이 종횡무진 산을 누비며 일본 군인을 섬멸했다는 전설 같은 소문이 입에서 입으로 전해지고 있었다. 그런 독립 운동의 고장을 돌아본다는 것이 꿈만 같고 신기했다. 아마 동생은 독립 투사도 되지 못하고 억척 같은 농군도 되지 못하고 그냥 떠돌이로 있다가 어디에선가 개사한 것이 아니었을까 하고 생각했다. 기구한 운명들을 타고 나서 왜 이렇게 가족의 사랑을 모르고 헤어져 살다가 죽는 것일까 하고 안타까워했다. 해방이 되어 살아 있었으면 남한으로 가족을 찾아 내려올 수도 있었을 것이다. 그러나 그는 아마 금의환향할 처지가 되어 있지 못했거나 이 곳에서 아내를 얻어 자식을 낳고 살고 있었을지도 모른다고 생각했다. 힘이 없고 짓밟히며 사는 사람이 어떤 선택권이 있었겠는가? 만일 살아 있었다면 그가 살 수 있는 곳에서 최선을 다해 살아 남았을 것임에 틀림없다. 가족들을 끌어모아서 한 지붕 밑에서 살 수는 없다. 신의 돌보심에 맡길 수밖에 없다.

일행은 용정을 지나 도문으로 왔다. 도문은 두만강에 접경한 도시 치고는 큰 곳이었다. 누군가가 조선 숙종 때 세운 백두산 경계비에 "동은 도문으로 경계를 삼고, 서는 압록으로 경계를 삼는다."는 글귀가 있어 도문이 중국 도시가 되고 압록강과 두만강이 국경이 되었다는 고사를 설명했다. 어떻든 북한과 중국이 교역을 하는 도문대교는 아름답게 잘 꾸며져 있어서 세관 다리 역할을 하고 있었다. 그것은 이차선으로 중앙선은 황색으로 북한까지 점선이 그려져 있었다. 여러 작은 강줄기들이 합해져서인지 두만강도 다른 곳보다는 수심이 깊고 강폭도 넓어 두만강답다는 생각이 들었다. 임봉녀 할머니는 이 강이 범람한 모습을 보고 있었다. 이 강에서 돼지들이 떠내려 갈 때 자기가 죽을힘을 다해 한 돼지를 끌어냈었다고 꿈과 현실을 혼동하고 있었다.

중국과 북한을 잇고 있는 다리 중간까지가 중국 소유이고 그 남쪽은 북한 소유였다. 그 지점까지 키가 10척도 넘는 노란 기둥이 양편에 열 걸음 정도의 간격으로 서 있었고, 그 꼭대기에는 전등이 들어 있는 우유 빛 유리 커버가 오므라진 호박꽃 모양으로 매달려 있었다. 남쪽으로는 그 기둥이 더 이상 서 있지 않았다. 마치 부자 나라와 가난한 나라를 상징하고 있는 듯이 말이다. 그 너머로는 북한 집들이 보였는데 그 어느 곳보다도 그래도 볼 만한 마을이었다. 그쪽에도 국가 안전 보위부 사람인지 행인인지 몇 사람 걸어 다니는 그림자가 보였다. 일행은 기념 사진을 찍으려고 되도록 최남단까지 걸어가 포즈를 잡았다. 한 발만 남쪽으로 디디면 북한이라는 지점까지 걸어가 아슬아슬한 긴장감을 가지고 사진을 찍으려고 각종 포즈를 취했다. 그런데 갑자기 요란한 호루라기 소리가 나고 중국 공안원이 달려오고 있었다. 무슨 일인가 하고 뒤를 돌아보니 임봉녀 할머니가 경계선을 넘어 남쪽으로 걸어가고 있는 것이 보였다. 벌써 몇 걸음 걸어가서 북한의 안전 보위부 사람이 그녀를 붙들고 있는 것이 보였다. 인솔자는 얼굴이 새파랗게 질려 그 할머니를 돌려보내라고 고래고래 소리를 쳤는데 할머니와 보위부 사람은 뒤도 돌아보지 않고 걸어가고 있었다. 따뜻한 밥 한 끼를 지어 주고 싶어 가 버린 것이었다.

(2005년 기독교문학 27호)

평화 회담

　의류 재활용 매점에는 여러 가지 의류들이 격자 옷걸이에 걸려 있었다. 이 매점은 자원 봉사자들에 의하여 운영되는 곳이었다. 헌 옷을 깨끗이 빨아 걸어 놓은 것이어서 푼돈을 받고 거저 주다시피 하는 옷들이었다. 아까운 옷을 버리는 사람이 많기 때문에 전화 연락만 받으면 가져와서 세탁해 걸어 놓고 나누어 입기를 하자는 것이었다. 여러 사람이 와서 만져 보고 그냥 갔지만 가끔 가져가는 사람도 적지 않았다. 아침 9시면 열어서 저녁 5시에 닫고, 일요일에는 쉬는 매점이었다. 간판에는 '선한 사마리아인의 집'이라고 쓰여져 있었다. 그런데 이상한 것은 가게가 문을 닫고 어두워지면 옷들이 나와서 이야기를 시작하는 것이었다. 말하자면, 옷의 효용 가치를 따져 이 옷 저 옷 둘러보던 사람들의 살 냄새가 가시면 이제는 옷 자체가 이야기를 시작하는 것이었다. 이들은 육을 떠난 영들이기 때문에 자기 주장을 거침없이 했고, 따라서 고성으로 끝나는 토론이 많았다. 따라서 몇몇 지도자들이 모여서 이날 밤은 평화 회담을 하자고 제의하고 모이는 자리를 주선했다. 사실 이 옷걸이에는 교수가 걸쳤던 옷, 목사, 신부가 걸쳤던 옷, 스님, 유학자가 걸쳤던 옷, 깡패가 걸쳤던 옷, 부잣집 마님의 옷으로부터 술집 아가씨의 옷까지 가지각색의 옷이 걸려 있어 그들이 다 자기 이야기를 시작할 때 의견의 통일을 도저히 기대할 수는 없었다. 그러나 적어도 영들의 대화는 세상 사람들의 대화와는 다르게 차원 높은 평화스러운 이야기가 오가야 하지 않겠느냐는 생각에는 이견이 없었다.

평화 회담 참석자 중의 한 사람인 가죽 잠바는 머지않아 세상의 종말이 온다는 종말론자였다. 그는 종말론으로 비관하는 것이 아니라 자기 힘으로 인류를 구원해야 한다는 사명감에 불타고 있었다. 인간들이 빨리 회개하지 않으면 하나님의 진노가 이 세상을 불로 심판하게 된다고 굳게 믿고 있었다. 이 세상에 만연한 우상을 제거하지 않으면 하나님의 진노가 믿는 자들에게 임한다고 입버릇처럼 말하고 있었다. 우상을 찍고 부수고 불태우며 가루로 만들지 않으면 인류의 구원은 기대할 수 없다고 기염을 토했다. 히스기야 왕이 어떻게 나라를 구했는가? 여러 신당을 제하고 주상을 깨뜨리며 아세라 목상을 찍고 이스라엘 백성이 분향하던 모세의 놋뱀을 부수었기 때문이 아닌가? 그렇게 하나님께 의지함으로 앗수르의 왕 산헤립의 군사 185,000명을 무찌른 것이다. 이 나라에는 지금 얼마나 많은 우상들이 득실거리고 있는가? 누군가가 이들 잡초를 제거해야 한다. 그는 사실 추운 겨울날 밤 전기톱과 망치를 가지고 초등학교에 가서 단군상 목을 쳐서 떨어뜨린 장본인이었다.

유학자가 걸쳤던 개량 한복은 외국 문물에 의해 한국의 전통과 문화가 망가져 가는 것을 통탄하고 있는 사람이었다. 우리나라는 백의민족으로 반만 년 전통을 가진 문화 민족이라고 말했다. 그런데 반도를 둘러싼 강대국들이 우리나라를 지배하며 사대사상을 심어 놓았고, 특히 일본은 우리의 문화를 말살하려고 창씨개명을 하고, 내선일체를 주장하여 자기의 문화를 이식하려 했으며, 우리의 국부 단군을 섬기는 것을 철저히 배격하고 민족 혼을 말살하려 했다는 것이다. 사실 자기는 우리가 살 길은 우리 민족이 모든 외래 종교를 배격하고 태백산 신단수 아래 내려와 신시神市를 열어 홍익인간弘益人間, 이화세계理化世界의 대업을 시작한 단군 왕검을 모시고 단결하는 길이라고 했다. 널리 세상을 이롭게 하자는 홍익인간이 바로 기독교가 말하는 사랑이고, 불교가 말하는 자비가 아니겠는가? 그는 자신은 단군을 섬기는 대종교를 신봉하는 사람이라고 말했다. 유언서 정감록에도 단군신령이 유불선 3대 종교를 단군의 신령으로 통합하기 위해 부활하여 오셨다고 말했다. 그가 바로 한얼님이시다. 그러나 사직공원과 초등학교 등에 360개의 단군상을 만들어 세운 것은 대종교가 한 짓이 아니다. 서울시가 자라나는 세대들에게 민족 혼을 일깨워 준다는 명목으로 시작한 것을 한문화운동연합회에서 이어받아 민족 통일을 기원하여 세운 것이다.

　가죽 잠바는 이 말을 듣고 분개했다.

　기독교는 외래 종교가 아니고 그 자체가 진리이기 때문에 믿는 것이다. 민족 혼에 호소하는 국수주의도 좋지만 단군 신령이 부활했다는 것은 웃기는 이야기다. 그가 부활하여 딱딱한 돌멩이가 되어 앉아 있다는 말인가? 사람이 옮겨다 놓으면 그 자리에서 한 치도 옮겨 앉을 수 없는 돌멩이가 어찌 신령이란 말인가? 이는 우상이다. 상천하지에 하나님은 오직 한 분뿐이다. 그 하나님 외에 다른 신을 섬기면 하나님의 진노를 면할 수가 없다. 온 인류를 구원하기 위한 하나님의 구원 사역이 완성되려면 이 지상에서 모든 우상을 제거해야 한다. 기독교의 신만이 참 신이며 그분은 오래 참고 있으나, 이 지상에 하나님이 원하는 믿는 자의 수가 차면 재림하셔서 온 세계를 심판하시되 예수를 믿고 그 이름을 부르는 자들은 하나님과 함께 영광의 보좌에서 천년왕국을 누릴 것이다.

여호와의 증인인 까만 치마가 초롱초롱한 목소리로 말했다.

하나님이 한 분인 것은 맞다. 그러나 그 하나님은 여호와다. 기독교에서는 하나님과 예수와 성령이 다 하나님이라고 한다. 어떻게 세 사람이 한 하나님이 될 수 있는가? 그리고 안 믿으면 지옥에 떨어져 영원히 꺼지지 않는 유황 불에 떨어진다고 신자를 위협하여 믿게 하고 있다. 지옥이나 영원한 심판은 없다. 여호와의 기준에 미달하는 사람은 모두 멸절된다. 기독교 지도자들이나 세상의 지도자들은 다 마귀다. 이 마귀들로부터 양들을 구원해 내야 한다. 이렇게 노력함으로써 우리는 구원을 받을 수 있다.

다시 가죽 잠바가 끼어들었다.

너희들은 이단이다. 삼위일체 하나님을 믿지 않는나. 영혼의 불벌도 믿지 않으며 몸과 함께 영혼도 죽는다고 생각한다. 예수는 하나님의 아들이 아니고 인간이라고 주장한다. 너희가 만일 하나님을 모른다고 하면 너희 죄는 사함을 받을 수도 있을 것이다. 그러나 유일하신 하나님을 믿는다고 하니 하나님의 심판을 면할 수가 없을 것이다. 내 집 문전에 만일 전도하러 왔다면 나는 너희들을 그냥 두지 않았을 것이다.

까만 치마가 치받았다.

너희들은 마귀의 자식들이다. 안식일을 거룩하게 지키라고 했는데 해의 신을 섬기는 일요일에 예배를 드리고 있다. 살인하지 말라고 십계명을 외우면서 전쟁터에 나가 싸운다. 우리 형제들 중에는 양심에 따른 병역 거부 때문에 7년 간이나 형무소를 전전하고 살다 나온 사람이 많다. 그는 출소 후에도 전과자, 군 미필자로 취직도 할 수 없다. 군에 가면 이보다 더 편한 줄을 알고 있다. 그런데 왜 병역을 거부하는가? 국가의 명령과 여호와의 명령이 상충될 때는 신앙을 지켜 여호와의 명령을 따르고자 하기 때문이다. 너희들은 어떠냐? 박해가 있다면 바로 피해서 마귀의 명령을 듣는 자들이다.

스님이 걸쳤던 도포가 말했다.

사실 기독교는 자기를 되돌아보고 살필 필요가 있다. 자기는 외국 사람으로 신학교를 나온 기독교인인데 한국에서 참선 수행을 하려고 나왔다. 선은 무엇인가? 자기 자신의 참 모습을 찾는 것이다. "예수는 누구이고, 나는 누구인가?" 이런 근본적인 물음에 대해 답을 얻기 위해 이 곳에 나왔다. 그런데 내가 이 곳에 와서 발견한 것은 기독교인은 일반적으로 말을 너무 가볍게 그리고 너무 많이 하는 것 같다는 점이다. "성경을 읽으시오. 예수를 믿으시오. 예수만이 여러분을 구원할 수 있습니다."라고 큰소리로 전철 안에서 자기 안방에서처럼 외치는데, 나는 그가 정말 성경을 읽고 진리를 알고 있어 이렇게 외치는지 묻고 싶었다. 나는 신학교에서 성경과 해석을 전공하면서 많이 읽었다. 그러나 진리에 도달하지 못해 이 곳에 와서 선 수행을 하고 있다. 안다는 것은 결국 모른다는 것이다. 진리는 밖을 향하는 것이 아니고 내 내부로 파고들어 나를 변화시키는 일이다.

한국 사람들은 성질이 급하고 과격하다. 자기가 믿는 하나님을 안 믿는다고 내가 머무는 절에 와서도 몇 번이나 방화를 했다. 분명 무언가 기독교를 잘못 믿고 있는 것이다. 내 친구는 미국에서 한국 전쟁이 난 6월 25일에서 미국 독립 기념일인 7월 4일까지 한국에서 LA에 기증한 자유의 종에서 캘리포니아 사막에 세운 태고사 평화의 종까지 도보로 걸으며 세계 평화와 한국의 통일을 기원하겠다고 하고 있다. 이런 불교 신도들이 거처하는 집에 불을 놓을 수가 있는가?

가죽 잠바가 다시 말했다.

당신은 기독교인이라면서 무엇을 몰라도 너무 모른다. 무엇 때문에 종교를 갖고 참선을 행하는가? 인류 구원을 위해서가 아닌가? 그런데 성경에 보면 "다른 이로서는 구원을 얻을 수 없나니 천하 인간에 구원을 얻을 만한 다른 이름을 주신 일이 없다."고 말하고 있다. 즉 예수님 외에는 구원이 없다는 말이다. 그래서 부처에게 절하고 있는 불신도들을 보면 너무 안타까운 것이다. 그런데 지금 한국은 너무 많은 우상들이 우글거리고 있다. 이렇게 되어서는 우리 인류의 장래가 임담할 뿐이다.

천주교 신부인 칼라가 없는 검은 제복이 말했다.

도대체 구원이라는 것이 무엇인가? 예수님이 지상에 오셨을 때는 인류의 구원만을 생각하셨다. 그러나 지금은 부활, 승천하여 하늘 위에서 자신이 창조한 온 우주의 구원을 생각하고 계신다. 즉 우주 만물이 에덴 동산 시대로 회복되기를 구하고 계신다. 공기가 오염되고 물이 썩어 가고 하늘에 구멍이 나고 있는데, 기독교가 다른 종교 죽이기만 해서 대승적 견지에서의 구원이 완성되겠는가? 우리 추기경이 불교 방송에 나가 우리나라 국보인 팔만대장경에 호의적인 발언을 했다고 욕만 하면 되는가? 절에서 예수 탄생을 축하하는 현수막을 걸었다고 웃기는 일이라고 외면해야만 하는가? 기독교 학교에서 석탄 축하의 현수막을 걸었다고 꼭 비난을 해야 하는가? 목사와 승려들이 친목 축구 경기를 하기로 하고 목사가 교인이 무서워 배신하는 일이 꼭 좋은 일인가? 서로를 아끼고 존경하는 것은 좋은 일이다. 물론 각 종교가 각각 오르는 길이 다를 뿐 정상에서는 같이 만난다는 뜻이 아니다. 각각 다른 산에서 다른 정상을 향해 올라가고 있다 할지라도 굶주린 사람과 병든 자를 돕고 죽어 가는 지구를 살리는 일에는 하나가 될 수 있지 않겠는가?

진 바지를 입었던 청년이 말했다.

나는 무신론자다. 그래서 여러분이 하는 말을 잘 알아들을 수 없다. 어떻게 보면 각각 주장하는 말이 일리가 있는데 잘 들어보면 그 주장들이 억지가 섞여 있다. 다시 말하면, 어떤 정당한 논리를 주장할 때 자기가 믿는 경전을 참이라고 가정하고 시작하는 일이다. 그것은 안 믿는 사람에게는 설득력이 없다.

오늘 이 모임은 남을 탓하지 말고 "내 잘못이요."를 말하는 자리라고 생각한다. 이 모임은 혈연 공동체도 아니요, 신앙 공동체도 아니요, 민족 공동체도 아니요, 이 순간은 평화를 추구하는 공동체다. 따라서 사랑하고, 용서하고, 포용하고, 오래 참는 미덕이 있어야 한다고 생각한다. 다행히 천주교 신부님은 굶주린 사람과 병든 자를 돕고 죽어 가는 지구를 살리는 일에는 하나가 될 수 있다고 제안했다. 한얼님, 하나님, 하느님, 여호와 또는 어떤 비슷한 이름이 되었건 어떤 공통점을 찾을 수 있지 않을까? 없다면 그들이 각각 다르다는 것을 인정하고 그 교리에 저촉되지 않는 일들, 예를 들면 운동 경기, 음악회 등을 다양하게 할 수 있지 않을까?

가죽 잠바가 다시 말했다.

우리는 어떤 종교와도 협력하고 싶은 생각이 없다. 또 그래야 할 이유도 없다. 다른 종교를 인정한다는 것 자체가 학 두루미와 돼지를 뒤섞어 놓자는 이야기와 같다. 또 많은 이견을 덮고 오믈렛처럼 가짜 평화를 위장하면 무슨 유익이 있겠는가?

그 중에 점잖은 유학자가 말했다.

오늘 우리는 서로 모여 많은 상처를 받았다. 그러나 이것을 참고 용납한 것은 이 모임에 희망적인 열매를 기대해서 그러는 것이라고 생각한다. 가죽 잠바는 참으로 견제하기가 힘들다. 그러나 그를 빼고 우리가 무슨 평화 회담의 결론을 내릴 수 있겠는가? 우리의 모임이 헛되지 않았다는 것을 알리기 위해 가죽 잠바의 요구를 최대한으로 수용해서 결의문이라도 하나 채택하자.

오랜 논의 끝에 다음과 같은 결의문을 채택하고 회담을 끝냈다.

1. 우리는 각 단체가 각각 다른 이념으로 뭉쳐 있는 것을 인정한다.
2. 다른 단체를 와해시키기 위해 소모적인 활동을 하지 않는다.

3. 누가 알곡이고 누가 가라지인가를 두고 싸우지 않는다.
4. 진정한 평화를 위해 기도할 때 우리가 사랑과 자비의 통로가 되는 것을 믿는다.
5. 각 단체의 이념을 저해하지 않는 활동과 교제를 최대한 지원한다.

(2005년 중부문학 제3호)

〈작품 해설〉

신과 종교 문제에 대한 진지성과 치열성

임 영 천 (문학 평론가 · 조선대 교수)

오승재 작가의 첫 번째 소설집 『신 없는 신 앞에』가 출간되었다. 이미 70대에 들어서 버린 나이에 처녀 소설집이라니, 어딘가 잘 어울리지 않는다는 느낌이 얼른 드는 것도 같다. 그러나 자연스레 '노익장'이라는 말도 함께 떠올려진다. 인생의 20대부터 문학에 대한 정열을 불태우다가 생의 중반기에 들어서면서 수학 공부라는 쪽으로 방향을 바꾸고, 이후에는 아예 수학 교수로 생활하며 문학의 세계와는 동떨어져 있었던, 문단에선 거의 잊혀져 가던 한 작가가 이제 생의 말년(?)에 이르러 다시 옛 마음의 고향으로 되돌아온 것을 보면서 문학의 위력을 다시 한 번 의식하게 되는 것 같다고나 할까.

우리나라 작가들 가운데 소위 기독교 소설가로 이름난 분들은 거의(아니라면, 대체로) 장편 소설로 출발하거나 그렇지 않다고 하더라도 그것[장편]으로 문명文名을 얻은 분들이라고 볼 수 있다. 『상록수』

---

1) 한국문학비평가협회장, 기독교문학평론가협회장.

의 심훈, 『순애보』의 박계주, 『순교자』의 김은국(이분을 한국 혈통의 작가로 친다면), 『사람의 아들』의 이문열, 『라하트 하헤렙』·『야훼의 밤』 시리즈의 조성기……등을 사례로 들어볼 수 있을 것이다. 아마도 『사반의 십자가』의 김동리, 『조선 백자 마리아상』의 서기원, 『성역』·『성자여 어디 계십니까?』 등의 유재용, 그리고 조금 경우가 다를는지는 모르겠으나 『에리직톤의 초상』의 이승우, 『구도자』의 이신현 등도 비슷한 그룹으로 볼 수 있지 않을까 한다.

또한 『가룟 유다에 대한 증언』(1979)의 백도기까지도 이 그룹에 포함시키는 것이 불가능하지 않을 것으로 보인다. 그러나 그 작가에게는 『청동의 뱀』(1976)이라는 괄목할 만한 처녀 작품집이 따로 나와 있기 때문에, 이럴 경우 상기上記 장편 소설이 더 비중 있는 업적이라고 보아야 할지, 아니면 예의 그 처녀 소설집이 더 비중 있는 업적으로 평가될 수 있을 것인지에 대해서 한마디로 잘라 말하기가 쉽지는 않을 것 같다. [동시에 그 작가(백도기)가 『가룟 유다에 대한 증언』이란 장편 소설로 '문명을 얻은' 작가란 표현이 가능할는지도 단언하기가 어렵다고 하겠다.] 만일 그런 관점이 허용될 수 있다면 『청동의 뱀』이란 창작집의 위상이 그 개인 작가의 경우 상대적으로 더 높아질 가능성도 전혀 없지는 않다고 보겠다.

이상以上으로, 기독교 문학 작품들로 이름이 난 작가들은 단편 소설집보다는 장편 소설로 문명을 얻은 경우가 태반이라는 점을 필자는 몇 가지 사례를 들어 설명하였다. 그 중에 백도기의 경우만은 그의 장편 소설보다는 어쩌면 첫 창작집에 더 무게가 실릴지도 모른다는 조심스런 진단을 내려 보기도 했다.(그러나 이는 그의 상기 장편 소

설이 문학 평론가들로부터 문학적 가치를 인정받고 있지 못하다는 의미가 전혀 아니다.)[2]

그런데 여건이 더 열악한 작가가 있다. 오승재 작가다. 남들은 장편 소설로 화려한 문명을 얻고 출발하거나, 그렇지 않다고 하더라도 최소한 장편 소설이 후속 작품으로 뒤따라 나옴으로써 그의 튼튼한 문학적 토대를 뒷받침해 주거나 하는 경우가 일반인데, 오승재의 경우 아예 장편 소설은 따로 나온 게 없는 것이다.(아직까지는 없다는 말이다.) 이 점에서 그는 다소 전영택이나 김유정[3]을 연상시키는 면이 있는 작가라고 할 수 있다.

이 때문에 그가 앞으로 훌륭한 장편 기독교 소설을 써 내어 한국 기독교 소설사에 결코 지울 수 없는 한 획을 그을 수 있게 되기를 바라는 마음 전혀 없지 않다고 하겠다. 기독교 목사나 장로급 문인들 가운데 장편 기독교 소설을 내놓은 이들이 상당수 있다는 사례에 비춰 보아[4], 오승재 장로의 경우 결코 불가능한 일은 아니라고 보는 것이다.

이번에 나온 그의 이 처녀 소설집 속의 「이차적 가공」(1961)이란

---

2) 이의 증거가 이 소설 작품에 대한 필자의 다음의 글(평설)이다. 임영천, "사랑과 정의, 그 변증법적 통일의 낙원", 『기독교 역사소설의 이해』(조선대 출판부, 2002), pp. 13-21.
3) 기독교 소설 작가라고는 할 수 없다는 면에서 오승재의 경우와는 다소의 차이점을 보여주고 있기도 한 그(김유정 작가)는 「숲밭」이란 이름의 장편 소설, 또는 「생의 빈녀」란 이름의 신문 연재소설 등을 시작하기는 했던 모양이나, 모두 지병 또는 사망으로 중도에 그쳐 버리고 말았다.
4) 백도기, 김병로, 박요한, 이신현, 김성일 등이 있다. (참고로 말하자면, 소설을 쓴 목사들 가운데 전영택, 임영빈 등의 작가들이 더 있지만, 이분들은 장편 소설 작가들은 아니라고 보겠다.)

제목의 소설이 매우 흥미롭다는 생각을 하게 되었다. 이는 수록된 12편의 작품들 중 발표 연도가 가장 빠른 축에 드는 소설이다. 이 소설집에 실린 작품들만을 놓고 볼 때, 이 작품이 작가에게는 이를테면 처녀 소설이 되는 셈이다. 아마도 20대 후반의 나이에 발표한 작품으로 보이는데[5], 이 소설에는 그의 작가적 재능이 한껏 내장되어 있는 것으로 판단된다. 소설가들의 작품의 경우, 특히 그의 처녀 작품에 대체로 그 작가의 문학적 비밀이 다분히 숨겨져 있다고들 말하는 편이다. 이런 관점에서 볼 때 「이차적 가공」은 충분히 우리의 관심에 값하는 작품이라고 생각된다.

먼저 느끼게 되는 점은, 작가가 무한의 상상력의 소유자라는 점이다. 상상력은 소설가에게 있어서 이를테면 쉽게 고갈되지 않을, 무한정의 예술적 자원의 저장고라고 할 것이다. 다음은 이 작가의 경우, 이른바 관념 소설의 경지에 매우 능한 면을 보여주고 있다는 것이다. 그러한 면이 특히 등장 인물들의 대화 형식을 통해 잘 드러나고 있는 편이다. 그 다음으로 지적할 수 있는 것은, 이 작가가 과학과 종교(기독교) 문제에 비상한 관심을 표명하고 있다는 것이다. 결국, 앞으로 이 모든 것들이 한데 어우러지면서 그의 특유의 문학적 세계가 전개될 것임을 이 처녀 소설은 독자들에게 예고한 셈이라 하겠다.

이 소설의 다채로움(다양성 및 다변성)은 이 작품을 읽어 나가는 독자들에게 그 어떤 특징적인 면과 관련하여 타인의 많은 소설 작품들을 연상하게 만드는 힘을 지니고 있는 것 같다. 그래서 이 작품은,

---

[5] 작가는 20대 중반의 나이에 〈한국일보〉 신춘문예(1959)를 통해 공식 등단하였다.

때로는 조지 오웰의 알레고리 소설「동물 농장」을 연상케 만들며, 때로는 프란츠 카프카의 우수에 어린 어떤 사색적 분위기의 소설들을, 또 때로는 누구의 무슨 실존주의 혹은 심리주의 문학 작품들을 떠올리게 만드는 힘을 가지고 있다. 때로는 안국선의 우의 소설「금수회의록」을 떠올리게 하며, 때로는 김성한의 풍유 소설「오분간」이나 다른 동물 우화의 소설들을, 또 때로는 기독교적 종말과 휴거의 문제를 다룬 윤진상의「최근의 인간」[6]을 연상하도록 만들기도 하는 것이다.

이 처녀 소설에서 보여준 그의 기독교 문제에 대한 관심이 이후의 그의「-교회」시리즈 소설들에서 보다 구체화되었다고 말할 수 있다. 「제일교회」(1971)와「대성리교회」(1970) 등에서, 그리고 그 세속적 변형인「신 없는 신 앞에」(1973) 등에서 말이다.

「제일교회」는 한마디로 표현해 재미있는 소설이다. 그 재미가 어디서 기원하는가. 그것은 이 소설이 품고 있는 강한 풍자성 때문이다. 이 풍자성은 일종의 반어적 풍자성이다. 그것이 이 소설의 제목에서부터 흘러나오고 있다. 아마도 서울의 어느 대형교회를 연상시키는 이 '제일교회'는 무엇이나 제일이요 최고다. 그런데 다른 일로 최고가 아니라 문자 그대로 기독교회의 일로 제일이요 최고니까 그 형식에서뿐만 아니라 내용 면에서도 역시 최고여야 할 것이다. 그런데 그것이 아님이 백일하에 드러나면서 이 제일교회에 대한 풍자가 그 극에 다다르게 되는 것이다.

---

6) 《한국소설》 2000년 여름호 소수(所收). 이 작품에 대해서는 임영천, "튼튼한 기독교 신앙과 구원의 가능성",《기독교교육》 2004년 9월호 pp. 126-130 참조.

예수는 분명히 가난한 자들을 옹호하고 사랑하였다. 이 때문에 예수 그리스도를 따르는 제자라고 할 크리스천들은 당연히 가난한 걸인들을 옹호하고 사랑해야 할 것이다. 세상의 모든 거지들을 다 사랑하지는 못한다 하더라도, 그 교회에서 예배 보기 위해 출입하는 거지에 대해서만은 배려(사랑 베풀기)가 있어야 하지 않겠는가. 아니, 인간인지라 그렇게까지는 하지 못한다고 할지라도 교회(예배당)에서 최소한 그들에 대한 노골적인 천대 행위만은 하지 말아야 할 것이다. 그러나 모든 것에 최고인 제일교회는 거지들에 대한 천대(문전박대)에 있어서도 역시 최고다.

이 일로 그 교회의 원목사와 부목사 사이에 의견 대립이 일어나고, 부목사가 거지를 옹호하는 입장을 표명하자 난처해져 버린 원목사는 결국 그 부목사를 인천의 어느 작은 교회로 쫓아 버린다. 이런 원목사 뒤에는 영향력이 큰 방 장로가 도사리고 있다.[7] 이처럼 큰 교회를 중심으로 세 사람의 주요 인물들이 등장해 삼각의 인간관계를 맺고서, 교회의 일로 상호 협조하거나 혹은 충돌하는 모습을 보여준다는 점에서 이 소설은 유재용의 중편 소설 「위대한 환상」[8]을 연상시키는 면이 강하다. 「제일교회」의 원목사와 「위대한 환상」의 김장수 목사가 대응하며, 앞쪽의 부목사는 뒤쪽의 정치구 집사와, 그리고 방 장로는 박만준 집사에 맞먹을 만한 인물들인 셈이다.

---

7) 말하자면, 그 교회의 담임목사와 시무장로가 합세하여 가난한 자들에 대한 반기독적인 행위를 서슴없이 자행하고 있는 셈이다.
8) 《한국문학》 1996년 가을호 소수. 이 작품에 대해서는 임영천, 『문학 연구와 실천 비평』(새롬, 2005), pp.147-153 참조.

앞서 「이차적 가공」 세계의 다양성 또는 다변성이 그 작품을 읽는 독자들로 하여금 여러 유관 작품들을 떠올리게 하는 면이 많다고 했었는데, 「제일교회」 역시 마찬가지다. 앞서 「위대한 환상」의 경우도 살펴보았지만, 부목사가 의료비를 대납하면서까지 거지 왕초를 병원에 데려다 입원시켜 주는 「제일교회」 속의 한 장면은 허근욱의 「싸늘한 달빛의 눈덮인 고원」[10]이란 작품 후반부에 나오는, 강준석 목사의 갸륵한 행위를 연상케 한다. 또한 그 부목사가 거지 왕초의 거처인 다리 아래, 가마니 쳐 놓은 곳에 찾아와 그 누추한 삶의 마지막 모습을 확인하는 장면은 김원일의 「나는 두려워요」[11]의 주인공 윤여은 선생이 똘중 같아 보이는 한 승려의 거처, 곧 다리 아래 가마니로 두른 곳을 찾아가 장애자들의 가족 공동체적 삶의 모습을 확인하는 장면과도 상당히 닮아 있다.

그런데 그 거지 집단의 지도자 격인 연장자 이름이 김부자다. 매우 재미있는 이름이다. 가난해서 가진 것이 없는 거지이지만, 그래도 그는 부자인 것이다. 그가 교회에 들어가려 하자 이를 말리는 안내 집사와 실랑이가 붙게 되었다. 어쩔 수 없게 된 송 집사가 백 원짜리 하나를 그의 손에 들려 주면서 나가 달라고 청하자, 그는 그 돈을 팽개치며 이렇게 호령한다. "여보시오, 날 거지로 취급하는 거요?" 그리고 예배 도중 헌금 상자가 돌아가다가 거지들 있는 데를 건너뛰자 김부

---

9) 《월간문학》 2003년 7월호 소수. 이 작품에 대해서는 임영천, "가난한 자들의 벗 - 민중의 동지 예수 상", 《말씀과 문학》 2004년 봄호, pp. 69-75 참조.
10) 《작가세계》 2001년 봄호 소수. 이 작품에 대해서는 임영천, 앞의 책(2005), pp. 78-86 참조.

자가 벌떡 일어나 소리쳤다. "우리를 도둑놈으로 인정하는 것이오?" 비록 거지 신세이기는 하지만 그는 항시 이처럼 당당하다. 또 이런 일도 있었던가 보다. 거지들의 교회당 출입을 막으려는 교회 청년들과 실랑이를 벌이던 김부자가 교회 출입구 시멘트 바닥에 쭈그리고 앉은 채로라도 예배 보게 해 달라고 요청하자, 청년은 "여보세요, 이건 예배를 방해하는 행위요. 알겠소?"라고 말한다. 이에 김부자는 "예배를 방해하는 것은 우리가 아니고 당신들이요."라고 응수했는데, 이 말이야말로 바른 말이 아니겠는가.

앞서 살펴보았던 「이차적 가공」의 기독교적 관념의 문제를 현실적인 실제 장면으로 뒤바꿔 놓은 게 바로 이 「제일교회」란 작품이라고 볼 수 있다. 이 소설은 기독교회와 걸인 집단의 본격적 대결이라고 하는 소재 면의 독창성, 그리고 교회 내의 부정적인 문제에 대한 화자(작가?)의 비판 정신의 충일성 등이 특히 돋보이는 작품이라고 할 만하다.

「대성리교회」는 「제일교회」에 아직도 눌어붙어 있는 관념의 잔재(남은 찌꺼기)를 더욱 철저히 청소해 버리고 아예 사람들이 살아 숨쉬는, 진짜 교회의 교인들이 살아가는 실제 모습으로 탈바꿈시켜 놓은 작품이라고 할 만하다. 이를테면 「이차적 가공」이 거의 닫혀진 동굴 속의 이야기라고 할 때, 「제일교회」는 절반쯤 열려진 동굴의 이야기라고 할 수 있으며, 이제 「대성리교회」는 그 동굴 속을 벗어난 광장에서의 이야기라고 할 수 있을 것이다. 그래서 독자는 매우 친숙한 감정으로 이 작품에 접근할 수 있다. 동시에 이를 아무런 꾸밈이 없는, 마치

물 흐르듯 하는 분위기의 작품 같다고 표현해 볼 수도 있을 것이다.

「대성리교회」는 어떤 작가(최인훈)의 소설 제목 「GREY 구락부 전말기」처럼 '대성리 구락부 전말기' 형식으로 읽히는 면이 있다. 이 전말기에서 주요한 역할을 하는 인물(교역자)들은 윤 전도사, 고 전도사, 천 전도사 등이다. 그들은 교역자로서 근무하다가 단계적으로 떠나 버리는 인물들이다. 윤 전도사는 겨우 일 년 근무하고서 신학교에 가서 더 공부하고 목사가 되겠다는 포부를 밝히고 떠나갔다. 고 전도사는 어느 신학대학원을 갓 졸업하고 부임한 인텔리 전도사였는데, 교회 안의 문제보다는 교회 밖의 단체인 대학생성경연구회 지도에 더 적극적이라는 평을 듣고 있었으며, 교회 내부의 문제에 있어서는 자기 나름의 교역관敎役觀을 세우고 다소 고집스럽게 그 기본 입장을 바꾸려 하지 않았다. 교인 수가 이전보다 줄어들면서 다소 궁지에 몰렸던 고 전도사는 강도사 시험에 합격한 것을 계기로 곧바로 미국행을 결행해 버리고 만다.

천 전도사는 체구가 크고 목소리도 우렁찬 만큼 교역에 있어서도 열성적이었고, 어느 면에서는 희생적이기도 하였으며, 그만큼 교인 수를 불려 나가는 데 성공적이기도 하였다. 그러나 다산 때문에 아이가 다섯이나 되었으므로 교세가 약한 대성리의 시골 교회에서 감당하기엔 벅찬 교역자 식구였다고 하겠다. 이것이 문제가 되어 제직회에서 전 전도사를 내보내야 한다는 어느 집사의 발언이 있었고, 급기야 천 전도사 자신의 귀에까지 그 소식이 들려왔을 때 그는 두말 하지 않고 짐을 싸 그 교회를 떠나 버리고 말았다.

그러나 이 세 인물들은 마치 흐르는 물처럼 시간이 지나면서 그렇게 흘러가 버린 사람들이었다. 그런 의미에서, 이 전말기의 진정한 주요 인물들은 이 교회의 주인 격인 인물들, 곧 김 장로 · 박 집사 · 윤 집사 등이다. 앞서 본 세 전도사들의 부임과 이임 등의 거취를 다 지켜 본 바 있는, 흐르는 물이 아닌 계곡의 붙박이 바위들이라고 할 수 있으리라. 「대성리교회」는 그러므로 이 세 인물들이 가난한 대성리 마을에 작은 교회 하나를 지어 놓고서 그 교회를 어떻게 하면 유지해 나갈 수 있을까 노심초사하며 하루하루 버텨 나가는 힘겨운 공동체(구락부?)의 전말기 형식을 취한 작품이라고 할 수 있다.

「GREY 구락부 전말기」에서 마지막 와해 위기가 찾아오듯이, 이 '대성리 구락부 전말기' 에서도 마지막 위기가 닥쳐오지 않았나 싶다. 교세가 워낙 약한 데다가 교회 재정 역시 열악하고, 설상가상으로 인근에 교회당이 하나 둘씩 늘어나며(막바지엔 옆에 천주교 성당까지 세워진다 하며), 자연히 사례금을 제대로 드리지 못해 교역자에게 미안한 데다, 때로 속없는 교인들이 교역자 축출 운동이나 벌이고 있으니 이 교회가 제대로 운영되기는 어려울 것이 분명하다. 글쎄 하나님의 은총을 입어 기적이나 일어나면 모를까, 현 사정은 컴컴한 동굴 속처럼 앞이 보이지 않는 오리무중이다. 진짜 그레이(GREY) 구락부 말기의 처지라고나 할까.

「신 없는 신 앞에」는 「이차적 가공」의 세계가 안고 있던 여러 문제점들이 「제일교회」의 수준에서 재현되어 보이되, 그 논란거리들이 교회 내부에서가 아니라 세속 사회에서 행해지는 형식의 특성을 보여 주고 있다. 즉 「대성리교회」에서와 같은 단순한 이야깃거리가 아니라, 적어도 「제일교회」 수준에서 다루어진 기독교회 관련 문제점들이 어느 정도는 관념적으로도 다루어지는 양상을 등장 인물들의 일상생활 가운데서 펼쳐 보이고 있다 할 것이다. 그러므로 과학과 종교(기독교)의 논의점들이 서양 화가나 의학 박사 등의 입을 통해 다소 관념적이며 사변적인 형태로 현란하게 펼쳐지는 국면을 노정露呈하고 있는 셈이다.

이 소설의 주인공은 정혜란이다. 과거 어느 병원의 간호사였으나 전업하여 현재 아담다방의 마담이다. 문제는 다방 마담의 신분에 어울리지 않게 다방 안에서 찬송가를 틀어놓고 손님을 맞이하는, 시류에 뒤떨어진 영업을 한다는 데 있다. 영업이 제대로 될 리 없다. 그런데 그녀가 그렇게 하는 이유는 그녀가 독실한 기독교 신자라는 데 있었다. 기독교 신자가 다방 마담이라……. 어딘가 어울리지 않는 데가 있음이 분명한데, 그녀는 거기(찬송가 트는 일)에 개의치 않으려 한다. 그러다 문을 닫으면 어떠랴는 식이다. 그러나 그녀가 반드시 절망적인 심적 상태에 빠져 있는 것은 아니다. 잘 하면 하나님이 도와주셔서 의외로 사업이 번창할 수도 있는 게 아니냐는 희망도 없지 않은 것이다. 그녀는 무엇인가 이렇게 이율배반적인 태도 속에서 살아가고 있다.

그런 괴리는 남편과의 관계에서도 나타나고 있다. 화가인 남편과 그녀 사이는 요즘 정상 상태가 아니다. 그녀 쪽에서 보아서도 그렇고, 화가 남편 쪽에서 보아서도 그렇다. 거의 별거 상태다. 결혼 초 아이를 갖지 않으려고 피임을 하다 보니, 이제 정작 아이를 가져야겠다고 생각했을 때 아이가 들어서지 않으면서 둘 사이에 감정적인 금이 가기 시작한 것이다. 병원에 함께 가서 검사해 보자고 하다가 우연찮게 상대방을 향해 병신이란 말이 튀어나와 상호 감정 충돌이 일어나기도 하였다. 그런 속에서 남편에게 동침을 거부하는 일이 하나의 빌미가 되어, 레지인 이 양과 남편 사이에 불륜 행위가 일어나는 현장을 혜란이 직접 목도하기도 한 것이다. 이후로 둘은 서로 물과 기름이 되어 버렸다.

여기에 또 하나의 변수가 있었다. 처녀 혜란이 간호사 시절에 의사인 임 박사와의 사이에 로맨스가 있었던 것이다. 둘은 어느 호텔에 들어가 한밤을 새우는 일이 있었고, 혜란이 이에 대한 막연한 기대를 갖기도 했었으나 임 박사는 그 후 미국으로 떠나 버리고 말았다. 이 이야기는 의사에 대한 선망이 간호사로 하여금 자기 몸까지 의사에게 바쳐 버린 뒤 막연한 기대를 갖게 만들지만 끝내 버려지고 마는 신세가 된다는 점에서 김이은의 소설 「진미식당 블루스」[11]의 경우를 연상케 한다. 동시에 세상을 쉽게 타협적으로 살아가려는 안이한 태도의 소유자라는 점에서(임 박사의 경우), 그리고 비록 여의치 않은 그림을 그리느라고 요즘 시간이나 죽이고는 있지만, 신의 문제에 관한 한 매우 진지한 자세의 소유자라는 점에서(화가인 남편의 경우), 두 인물은 각각, 황순원의 『움직이는 성』[12]의 민속학자 송민구와 회의주의자 함준태를 연상시키는 인물들이라고 하겠다.

이런 과거를 가지고 있는 그녀였지만, 남편의 이 양과의 간통 행위

---

11) 《한국문학》 2003년 여름호 소수. 이 작품에 대해서는 임영천, 같은 책(2005), pp. 206-211 참조.
12) 문학과지성사, 1973년 간. 이 소설에 대해서는 임영천, 『한국 현대소설과 기독교 정신』(국학자료원, 1998), pp. 116-155 참조.

를 결코 용서하지 못한다. 물론 자신의 처녀 때의 행위와 결혼한 뒤의 남편의 행위는 같은 수준에서 논의할 성질의 것이 아니라고 변명할 수는 있을지 모른다. 그러나 보다 근원적인 면에서의 논란이 가해진다고 한다면, 객관적인 입장에서 보아 어느 쪽이든 떳떳하지 못한 행위란 점에서는 크게 다르지 않을 것으로 보인다. 그런데 그녀에게 더욱 난처했던 일은 미국에 갔던 임 박사가 그 곳에서 아내를 얻어 가지고 귀국해서는 장로가 되어 그의 다방엘 가끔 들른다는 점이다. 가뜩이나 남편과 별거하다시피 하고 있는 마당에 그녀에게 아무런 도움도 되지 않을 사람이 가끔씩 그녀 앞에 나타났을 때 그녀가 일으켰을 혼란스러운 감정을 가히 짐작할 만하다.

 이 소설은 이런 통속적인 사랑의 이야기가 주축이 되어 있는 작품이다. 어쩌면 마담 혜란, 화가 남편, 의사 임 장로 사이의 삼각관계 속에서 진행되는 사랑 이야기처럼 비쳐질 수도 있다. 의사인 임 장로와의 과거사가 현재 그녀의 삶의 리듬을 흐트러뜨리는 또 하나의 요인으로 작용하는 면이 전혀 없지는 않다는 관점에서 볼 때 그러하다.

 그러나 이 소설로 하여금 통속 소설로 떨어지지 않게 하는 힘은 이 등장 인물들의 진지한 삶의 자세와, 그런 그들의 삶이 모두 기독교 신앙 혹은 신의 문제와 밀접하게 관련되면서, 또는 그들 자신이 그런 종교와 신의 문제를 놓고 매우 진지하게 반응하고, 때로 고민하며, 서로 지열하게 논쟁하는 상면들에서 우러나온다고 할 수 있다. 이는 「이차적 가공」에서의 관념적인 종교 세계의 논란거리, 그리고 「제일교회」에서의 보다 실제적인 기독교적 논란거리들이 한데 합쳐져 이 작품 「신 없는 신 앞에」에 이르러 세속적 변형의 상태로 펼쳐진 특유의 모습이라고 볼 수 있겠다.

　이상以上에서 필자가 다루어 온 오승재 작가의 네 편의 소설들은 「이차적 가공」(1961) 한 편을 제외하면 나머지 작품들, 곧 「제일교회」(1971)와 「대성리교회」(1970), 그리고 「신 없는 신 앞에」(1973) 등이 모두 1970년에서 1973년 사이에 씌어진 작품들이란 사실을 확인하게 된다. 그런 의미에서 이 소설들은 김은국의 『순교자』(1964)나 엔도 슈사쿠의 『침묵』(1966), 그리고 황순원의 『움직이는 성』(1973) 등이 산출된 시대적 배경과 그 어떤 관련이 없지 않으리라고 여겨진다. 김은국·슈사쿠·황순원의 상기 작품들이 멀리는 F. 모리악·G.베르나노스·그레이엄 그린 등의 유명한 서구 가톨릭 소설들, 즉 『독사의 집』(1932), 『어느 시골 신부의 일기』(1936), 『권력과 영광』(1940) 등의 영향권에서 크게 벗어나는 작품들이 아니라고 볼 수 있듯이, 작가 오승재의 상기 단편 소설들도 당대의 시대적 조류 또는 사상적 흐름과 결코 무관할 수 없었으리라고 판단된다.

　이는 상기 모든 작품들에게 직·간접적인 영향을 주었던 신의 부재不在, 혹은 신의 침묵의 기독교 문화적 풍토, 때로는 신의 죽음의 신학 등 사상적 조류와 그 어떤 식으로든 혈연적 관계를 맺고 있었던 때문이 아니었나 싶다. 그리고 이를 다른 말로 바꿔 표현해 본다면, 당대의 작가들이 니체와 도스토예프스키의 영향력을 애써 떨쳐버릴 수 없어 했던 시대적(세계문학사적) 한계성, 특수성과 결코 무관하지 않았으리라고 볼 수 있을 것 같다. 그러므로 이 창작집의 명칭이며 또한 표제작의 이름이기도 한 「신 없는 신 앞에」는 그런 정황의 단적인 증거라고 지적할 수 있을 것이다.

신神 없는 신神 앞에

초판 발행 | 2005년 11월 30일

지은이 | 오승재
펴낸이 | 임만호
펴낸곳 | 창조문예사

등록 | 제16-2770호(2002.7.23)
주소 | 135-092 서울 강남구 삼성2동 38-13
전화 | 02)544-3468~9
FAX | 02)511-3920
ⓒ 오승재, 2005

Printed in Korea
ISBN 89-90777-41-0 03810

정가 10,000원